Colecção Literatura de Macau

澳門基金會 FUNDAÇÃO MACAU

中华文学基金会

·散 文·

燕堂夜话

蒋忠和／著

作家出版社

澳门文学丛书

总序

值此“澳门文学丛书”出版之际，我不由想起1997年3月至2013年4月之间，对澳门的几次造访。在这几次访问中，从街边散步到社团座谈，从文化广场到大学讲堂，我遇见的文学创作者和爱好者越来越多，我置身于其中的文学气氛越来越浓，我被问及的各种各样的问题，也越来越集中于澳门文学的建设上来。这让我强烈地感觉到：澳门文学正在走向自觉，一个澳门人自己的文学时代即将到来。

事实确乎如此。包括诗歌、小说、散文、评论在内的“澳门文学丛书”，经过广泛征集、精心筛选，目前收纳了多达四十八部著作，暂分两批出版。这一批数量可观的文本，是文学对当代澳门的真情观照，是老中青三代写作人奋力开拓并自我证明的丰硕成果。由此，我们欣喜地发现，一块与澳门人语言、生命和精神紧密结合的文学高地，正一步一步地隆起。

在澳门，有一群为数不少的写作人，他们不慕荣利，不怕寂寞，在沉重的工作和生活的双重压力下，心甘情愿地挤出时间来，从事文学书写。这种纯业余的写作方式，完全是出于一种兴趣，一种热爱，一种诗意追求的精神需要。惟其如此，他们的笔触是自由的，体现着一种充分的主体性；他们的喜怒哀乐，他们对于社会人生和自身命运的思考，也是恳切的，流淌着一种发自肺腑的真诚。澳门众多的写作人，就这样从语言与生活的密切关联里，坚守着文学，坚持文学书写，使文学的重要性在心灵深处保持不变，使澳门文学的亮丽风景得以形成，从而表现了澳门人的自尊和自爱，真是弥足珍贵。这情形呼应着一个令人振奋的现实：在物欲喧嚣、拜金主义盛行的当下，在视听信息量极大的网络、多媒体面前，学问、智慧、理念、心胸、情操与文学的全部内涵，并没有被取代，即便是在博彩业特别兴旺发达的澳门小城。

文学是一个民族的精神花朵，一个民族的精神史；文学是一个民族的品位和素质，一个民族的乃至影响世界的智慧和胸襟。我们写作人要敢于看不起那些空心化、浅薄化、碎片化、一味搞笑、肆意恶搞、咋咋呼呼迎合起哄的所谓“作品”。在我们的心目中，应该有屈原、司马迁、陶渊明、李白、杜甫、王维、苏轼、辛弃疾、陆游、关汉卿、王实甫、汤显祖、曹雪芹、蒲松龄；应该有莎士比亚、歌德、雨果、巴尔扎克、普希金、托尔斯泰、陀思妥耶夫斯基、罗曼·罗兰、马尔克斯、艾略特、卡夫卡、乔伊斯、福克纳……他们才是我们写作人努力学习，并奋力追赶和超越的标杆。澳门文学成长的过程中，正不断地透露出这种勇气和追求，这让我对她的健康发展，充满了美好的期待。

毋庸讳言，澳门文学或许还存在着这样那样的不足，甚至或许还显得有些稚嫩，但正如鲁迅所说，幼稚并不可怕，不腐败就好。澳门的朋友——尤其年轻的朋友要沉得住气，静下心来，默默耕耘，日将月就，在持续的辛劳付出中，去实现走向世界的过程。从“澳门文学丛书”看，澳门文学生态状况优良，写作群体年龄层次均衡，各种文学样式齐头并进，各种风格流派不囿于一，传统性、开放性、本土性、杂糅性，将古今、中西、雅俗兼容并蓄，呈现出一种丰富多彩而又色彩各异的“鸡尾酒”式的文学景象，这在中华民族文学画卷中颇具代表性，是有特色、有生命力、可持续发展的文学。

这套作家出版社版的文学丛书，体现着一种对澳门文学的尊重、珍视和爱护，必将极大地鼓舞和推动澳门文学的发展。就小城而言，这是她回归祖国之后，文学收获的第一次较全面的总结和较集中的展示；从全国来看，这又是一个观赏的橱窗，内地写作人和读者可由此了解、认识澳门文学，澳门写作人也可以在更广远的时空里，听取物议，汲取营养，提高自信力和创造力。真应该感谢“澳门文学丛书”的策划者、编辑者和出版者，他们为澳门文学乃至中国文学建设，做了一件十分有意义的事。

是为序。

2014.6.6

目　录
CONTENTS

爱我澳门

情系家山

留住乡愁

怀人忆旧

旅思游兴

绿色生活

教育漫谈

生活哲理

历史回眸

闲情偶寄

爱我澳门

美哉澳门

美哉澳门！这是许多游客对澳门的真实评价。

有朋友自远方来，公事倥偬，最后只剩下四个钟头，让我带他逛逛澳门。我说，澳门虽小，但历史悠久，中西交流，文物丰厚，可供游览的景点很多。时间这么紧，虽有专车，也只能走马看花了，而且还只能在半岛。

于是我带他去看看大三巴和妈阁庙。一西一中，颇具代表性。车行水坑尾、荷兰园街的时候，我大略向他介绍了澳门旧城的历史情况，因为这是了解葡人从租借筑城到扩张殖民的关键。到了大三巴，还是人山人海，一派旅游旺景，并无经济萧条的样子。

大三巴牌坊就是建成于1637年的圣保禄教堂的前壁残迹，这是西方文明进入中国的象征，见证了澳门曲曲折折的历史。从遗址仍可窥见当年气派，欧洲文艺复兴时期建筑风格与东方建筑特色美妙结合，雕刻精细，巍峨壮观。大三巴牌坊已经成为澳门的标志，也是游客澳门之行的必到之地。

我特别让朋友注意大三巴和哪吒庙后的一道黄土墙，这就是澳门旧城城墙幸存的一部分。澳葡当局曾多次在澳门建筑城墙，但都先后被当时明朝政府拆毁。以前整个澳门城除西部内港外，北部、东部及南部均建有城墙，并在诸要塞处建置炮台。我专门为朋友讲解了后来澳葡当局为了扩张殖民，不但拆毁了水坑尾旧城墙，还霸占了龙田、望厦等一大片清政府管辖的中国农村，开辟大路，直达关闸，其中还发生了青年沈志亮刺杀澳督亚马勒的重大事件。

我还带朋友到大三巴牌坊邻近的炮台看看，也谈了葡人和荷兰人开战的事情。那两千多平方米的博物馆没时间看了，留待下一次补课。

转到中国人耳熟能详的妈阁庙，福建来的人特别有自豪感，因为妈阁庙是早期来澳的福建人盖的。朋友说妈阁庙很像海上神山，远一点看，庙宇建筑依山而建，掩映在茂林修竹之间，飘飘渺渺。那最早的石殿以及帆船石，是我介绍的重点，只有这样，才能认识妈阁庙的悠远历史和沧桑变化。

我还顺便推荐了妈阁庙对面的海事博物馆，该馆系统地阐述了葡萄牙和中国在海事方面的历史。这也同样要留待下一次参观了。

匆匆忙忙结束了四个钟头的半岛游，朋友离开澳门的时候赞不绝口，一直说澳门是一个美丽的城市，下一次来的时候，应该来一个深度旅游。

澳门虽然是一个蕞尔小城，但是四百多年来中西文化在此汇聚交流，留下了许多名胜古迹，要看的地方实在太多。这次我亲自带他半岛游，不敢说挂一漏万，至少连观音堂和莲峰庙这样重要的景点都失之交臂了，所以朋友一再说要补补课。

目前来澳门的游客绝大多数是冲着赌场来的，长此以往，对于澳门经济的持续发展是没有好处的。最近大家都在谈论如何发展多元经济，其实，澳门经济的多元化，最实际最利便的就是发展澳门旅游业，尤其是要在深度旅游这方面下功夫。现在的问题是，虽然许多人都认识到深度旅游对于澳门经济持续稳定发展的重要性，但是拿出具体的方案和做法的却还是不多。

很多人都知道，如果游客在澳门多玩一些景点，那么他们就有可能延长在澳门逗留的时间，甚至多住宿一两天，那么，他们在博彩之外就势必增加消费，这样也就可以带动澳门其他行业的发展了。

澳门的深度旅游，确实需要大力倡导，更需要好好设计。比如大三巴配上大炮台和澳门博物馆，妈阁庙配上海事博物馆，都是很好的安排。如果再在这些景区配置熟练的导赏员，那就是锦上添花了。因此，旅游业导游和景区导赏员的培训，也是一件刻不容缓的事情。

别样风景

澳门是一个既有历史而又现代的都市，深度旅游的话，可看的地方真不少，并不是仅仅去赌场或是到大三巴、妈阁庙逛一圈那么简单。

这天我接待两位远方来的朋友，知道他们逛过赌场、大三巴和妈阁庙，于是我想起春节期间正在举办花卉展、光影节的龙环葡韵。这是著名的澳门八景之一，有迷人优雅的葡萄牙住宅博物馆。龙环葡韵本来应该是澳门一个重要的旅游景点，不过由于地处离岛，宣传不够，游客来得不多。近年政府推出花卉展、光影节之类的活动，又增设了不少设施，渐渐地多了一些人气。这天下午我们来到时，游人络绎不绝，幽静的石板路、浓密的老榕树、湖畔的古典凉椅，尤其是花卉展区，随处可见人们拍照留影。而朋友参观了高雅别致、简单清爽的葡人旧居，更是称赞不已。

游罢龙环葡韵，我突然想起路环龙爪角海岸步行径，到那里享受一下郊野的宁静，应该也很不错吧。

我这是第三次游览龙爪角了。头两次是在朋友路环别墅喝过茶之后朋友驾车带我去的，于是我认识了澳门的另一面，难得一见的澳门自然风光。

龙爪角被称为澳门的“天涯海角”，也就是天尽头的意思。有人说澳门龙脉在这里终结，于是就有了如此霸气的名字。这个与黑沙海滩紧邻的景点，是享受自然风光的好去处。我带着朋友一直往前走，沿途奇特的巨型岩石，让人惊叹天地造物的奥妙。低头脚下，惊涛拍岸，三两抛竿垂钓者，却是那么怡然自得。而到了路尽头的听海轩，凭栏观海，看渔帆点点，海上初月，不禁心旷神怡。

朋友感谢我为他们安排的这一趟特别旅程，说是在繁华喧闹、灯红酒绿的澳门，发现了一种自然的、独特的安闲和宁静。是啊，澳门应该展示她更为丰富、更为美好的风貌，尤其是她的另类和别样，让来到这里的人找回那种久违的感动。

澳门这个中西文化交融的城市，在繁华喧闹、灯红酒绿的后面，还有一种更为广阔厚重、更为安闲宁静的风貌。诚然，博彩业是澳门旅游的一大特色，几十家赌场每天客流不断，直接带动了澳门的经济成长。不过，这个城市同样适合人们用自由行的方式体验澳门的里巷和乡野风情。许多有识之士提出，澳门为何不增设多些寓历史文化教育于娱乐的旅游点呢？当然，到了澳门，许多游客都会游览大三巴和妈阁庙，但其实，澳门吸引人的旅游景点还有很多很多，比如澳门博物馆、海事博物馆、赛车博物馆、葡萄牙民居博物馆、路环郊野公园的土地及自然博物馆等，这些博物馆都很有特色。可以说，不看博物馆不算来过澳门。

深度旅游是应该除了赌场之外，还要包括参观博物馆、休闲式走街串巷，多了解澳门旧城区文化、食用本地特色食品、观赏大自然景色、采购具澳门特色的手工艺和设计产品。因此，政府和民间都要加强这方面的宣传，业界更应该将之当作运营的重点。

澳门蕞尔小城，中西文化交融，有为数众多的世遗景点，大街小巷有深厚的人文历史，郊野海滨风光秀美，很适合全局旅游。迎接大众旅游时代，逐步提升环境条件、接待水平，满足不同层次、不同爱好的游客需求，政府和业界应该共同努力。

追寻澳门先民

不久前，在澳门南安同乡会主办的一场纪念郑成功的研讨会上，有澳门学者递交了一份《郑芝龙与澳门》的论文，谈到早期的闽澳台关系。

目前有许多零散的资料都提到，郑芝龙成为海上强人，肇因于他早岁在澳门的经历。1621 年，还只十七岁的郑芝龙，从福建南安来到澳门投靠经商的舅父黄程。他在澳门受洗礼成为天主教徒，教名 Nicolas（尼古拉斯）。在欧洲文献中，则以“Iquan”（一官）闻名于世。郑芝龙勤学外语，当过外商的翻译。有说他先是在澳门娶陈氏为妻，生下长女郑婉舍（后嫁土生葡人）；后来又在日本娶田川氏，生下郑成功。

郑芝龙在日本结识了旅日侨领、大海商李旦，受到李的赏识。李旦去世后，郑芝龙逐渐接收李的势力，遂于 1624 年与同党颜思齐等人将基地从日本迁到台湾笨港（今北港附近），开拓台南以北到嘉义附近沿海一带地区，在台湾建立了基地。郑芝龙后来背明投清，在北京落得身首异处的下场。郑芝龙对历史的影响主要是作为先于荷兰人开台的汉人，郑成功后来即以收回郑芝龙暂借给荷兰人立足点为理由，成功驱逐荷兰人，使台湾成为以汉人、台湾少数民族为主流的社会。

其实，郑氏家族在澳门的留迹并不仅仅自郑芝龙始。据郑芝龙作序的崇祯《郑氏族谱》记载，郑芝龙许多先辈在澳门做生意，死后多葬在澳门。最近福建出版的《闽商发展史》也具体罗列了这些郑芝龙先辈的名单。这些珍贵史料，对于研究澳门早期移民史，具有十分重大的意义。

《闽商发展史》罗列的郑芝龙先辈死后葬在澳门的，跨度至少有三四代之多。人们当然有理由推断，研究澳门早期移民史，应该还可以把年代再往前推进许多。

虽然葡萄牙史学界认为澳门是在1557年“开埠”的，但在此之前，澳门早已有中国人居住。澳门是唯一以妈祖命名的城市。《澳门记略》记载，“相传明万历时，闽贾巨舶被飓，殆甚。俄见神女立于山侧，一舟遂安，立庙祠天妃，名其地曰娘妈角”。1553年葡人初到澳门，在半岛的南端登岸，闻当地人说“妈阁”，因而称澳门为“Macau”。“Macau”或英文的“Macao”就是广东话“妈阁”（即指妈祖庙）的发音。而这一妈祖庙是早期定居澳门的福建人建起来的。由此可见，早在葡人来澳门之前，中国人尤其是福建人已在此休养生息。

不少澳门史研究者把澳门早期大规模移民的时间点放在宋元时期，这是有一定根据的。据史料记载，宋末名将张世杰与军队曾在濠镜澳（即澳门半岛）驻扎。而宋军最后溃败时许多散兵游勇流落新会、雷州半岛甚至海南岛一带，澳门半岛距宋元大军最后决战的大战场如此之近，又离曾经作为大本营的香山不远，难道就没有幸存下来的人在这个避风港藏身？澳门沙梨头土地庙，原名“永福古社”，是澳门早期土著居民遗留下来的。关于“永福古社”的古老传说不必轻易断为不经，其实还是很有考究价值的呢。早期在澳门定居的人在妈阁、望厦地区形成小村落，依靠捕鱼与务农种植为生。现在的美副将大马路一带就有何、沈、黄、许、赵、陈、郑、韦、杨诸姓的宗庙或家祠，其中最有名的就是俗称“何家祠”的何氏宗祠。

濠镜澳自南宋开始属广东省香山县。我们参观中国近代著名思想家郑观应的故居郑家大屋时一定也会联想，这个来自中山三乡的郑氏家族最早是什么时候进入澳门的？中山三乡郑氏家族于北宋时期肇基，其第三代就已经有人移居现在珠海的南屏了。南屏离澳门是何其近啊！澳门半岛的这一条莲花茎，不就是澳门早期移民的天然陆桥吗？

追寻并研究澳门早期居民，是很繁重然而又是很有意义的课题。

路过牧羊巷

每次路过牧羊巷，都会产生一种无以名状的怀古黍离之感。

很多人不知道，从美副将、雅廉访甚至高士德这几条大街到北区的慕拉士大马路有一条快捷方式，那就是穿过观音堂旁边的牧羊巷，然后再经福海、望厦新村，很快就可以到达目的地。以前要去慕拉士那头的公司上班，每天都要经过这个狭小宁静的小巷。

随着澳门的经济发展与建设，昔日的望厦村早已消失了。不过，在现今的通衢大道美副将大马路附近，仍然存留一小部分望厦村的街巷，比如这小小的牧羊巷。

牧羊巷在望厦村旧有的众多里巷当中可能只是一个小弟弟。它的位置就在观音堂旁边的康真君庙两侧，它们中间还有一条叫作生蔗里的小巷，也就是说，牧羊巷和生蔗里是将康真君庙包抄起来的U形小巷。这区区小巷，却引人无限遐思。牧羊、生蔗，这早期农耕时代的代表性事物，就在这里留下了它们过去的身影。令人想象当初莲花山下的望厦村落，桑麻鸡犬，桃源古风。

年前认识从澳洲回来探亲的牧羊巷旧人李先生，蒙他引领，参观了其先人李功平的故居。他介绍了一些李功平的陈年旧事，从中我也了解到观音堂附近街巷的变化。李先生说，李功平有武功，曾在康真君庙边厢开馆行医，并兼普济禅院武术教练。李功平收治的跌打伤者中，有不少是被葡兵打伤的村民。观音堂后面的山边，曾有一队葡兵驻扎，葡兵欺凌中国人，村民愤起反抗，打架的事情是经常发生的。

像牧羊巷这些旧时望厦村的街巷，看似不起眼，却都隐藏着许多动人的故事。望厦开村，先民勤劳，创造了澳门的繁荣。同时，他们也勇敢地抗击外敌，保卫自己的家园。清道光二十九年（1849），葡萄牙人驱逐望厦村的县丞与官员，拆毁望厦村的县丞衙署，中国士兵退守白石村。望厦村民在城隍庙址自行组织“望厦乡民知守义团”，捍卫家园社稷。两广总督张之洞曾奏报清帝，盛赞望厦村人不畏时局变迁，“团体独固，深堪嘉尚”。望厦村民的英雄壮举，当然首推沈志亮之刺杀亚马勒。

走过牧羊巷，想起沈志亮、李功平的故事，能不感慨系之？

据李功平后人描述，牧羊巷、生蔗里以下的观音堂后山，已经没有什么村落了，现在的观音堂街，百年前是一个葡兵军营。这是澳葡跨出旧城大肆扩张后的产物。

如今很多澳门人已经不知道澳门旧城这回事了。葡人借居澳门半岛之后，私自在澳门建城墙，最早可追溯至明朝隆庆三年（1569）。现存位于圣保禄教堂遗址左侧、邻近哪吒庙的夯土墙体，正是当时旧城墙的一部分。从当时澳门城市图可见，整个澳门城除西部内港外，北部、东部及南部均建有城墙，并于险要处建置炮台。这些炮台最主要的有妈阁炮台、仁伯爵炮台、圣约翰城堡、三巴炮台及加思栏炮台，互相连贯，防守澳门东南方向的沿海地区。而东望洋炮台和马交石炮台，则是澳葡扩张殖民之后建筑的，是为了增强整个半岛北面的防守。

那天在《澳门日报》看到一篇介绍马交石古迹的文章，不禁令人产生沧海桑田的感慨。马交石在莲花山东北面的海坦，即大约现时螺丝山、海角游云对开处。现在我们可以大略勾勒出莲花山山麓旧时村落的面貌。从马交石附近的天后古庙算起，接下来的有莲峰庙、观音古庙、普济禅院（观音堂）这些华人所建的庙宇。那么，在这些庙宇附近蜿蜒的莲花山山麓，就应该有华人聚居了，这就是望厦、龙田各村的早期概貌。

昔日牧羊生蔗、鸡犬之声相闻的望厦、龙田旧村早已消失了。散落在现今通衢大道美副将大马路附近的一些西洋别墅，就是葡人巧取豪夺华人土地建起的楼宇遗存。随着澳门的社会、经济发展，城市的规模也在不断扩大。尤其是20世纪70年代末开始的新移民浪潮，澳门人口急剧增加，填海造地也就成为必然。慕拉士大马路以外的佑汉等新村，就是新填出来的，形成了北区居民点。而在澳门旧城区的南、西湾一带，这十几二十年也新填了不少建设用地。要辨认新旧城区，只要看看城市中间那些大榕树就清楚不过了。

我们感叹城市发展的高速，我们也应该珍惜那些偏僻角落的村巷遗迹。这些珍贵的代表性事物，留下了澳门过去的身影，隐藏着许多动人的故事。

望厦肌理

最近，位于美副将大马路普济禅院一侧的康真君庙，由原来的平平静静，给摆到了舆论的风口浪尖上。

新闻的点拨使大家醒悟，原来从美副将、雅廉访甚至高士德这几条大街到北区的慕拉士大马路还有一条快捷方式，那就是穿过观音堂旁边的牧羊巷，然后再经福海、望厦新村，很快就可以到达黑沙环那头。于是，被交通问题搞得焦头烂额的有关部门似乎捞了根救命稻草。交通局提议搬开康真君庙、打通牧羊巷“掘头路”作公共道路，认为这样有助分流车辆，节省高地乌出黑沙环的交通时间。

根据最新挖掘的信息，望厦康真君庙早于1717年建成，现存建筑为晚清光绪元年（1875）重修。拟议中的拆迁方案遭到一些城规委员反对，他们认为俗称观音堂的普济禅院与康真君庙均是数百年历史遗留下来的，这些硕果仅存的望厦村肌理应予保留，不应为开一条行车线而迁移这些庙宇。头脑清醒的文化局也声称，康真君庙属砖木结构，平移难度大，不应将庙移近观音堂。

澳门是国际上颇有知名度的文化古城，许多古旧中西建筑也被列为世界遗产保护，理应在文保上做出更大的努力，怎么会仅仅为了开一条行车线，而牺牲掉有三百年历史的庙宇？

说真的，每次路过牧羊巷，都会产生一种强烈的怀古黍离之感。随着澳门的发展，昔日的望厦村早已消失，可在现今的通衢大道美副将大马路附近，仍然存留一小部分像牧羊巷这样的小街巷。它们看似不起眼，却都隐藏着动人的故事。望厦先民勤劳勇敢，创造了澳门的繁荣，同时也勇敢地抗击外敌，保卫家园社稷。走过牧羊巷，想起刺杀亚马勒的沈志亮，想起“望厦乡民知守义团”。我们赞叹城市发展的高速，也应该珍惜那些偏处一隅的村巷庙祠。

何谓望厦村肌理？澳门口述历史协会曾经举办过为期两周的“望厦五百年”专题展览，向公众详细剖析望厦的肌理脉络，让社会大众加深认识和关注望厦文物。

望厦位于澳门半岛西北部。印光任、张汝霖的《澳门记略》载：“关闸稍南为望厦村，有县丞新署。”望厦何时开村？根据赵家祠石碑文字记载，推敲出望厦开村约为明洪武十九年（1386）。历史学者汤开建考证望厦村的开村时间，大约在明嘉靖二十七年至三十二年之间（1548—1553）。1627年澳门城墙建成之后，望厦村在城墙以北，至此村的范围逐渐清晰。望厦村从早期的五百余户，约二十多条里巷，逐渐发展成澳门半岛的大村落，街巷达一百三十多条。这样看来，望厦开村已有五百年的历史，应是言之有据。

望厦开村同澳门半岛北端的莲花茎密切相关。从陆路来到澳门的移民，走的就是这条莲花茎，也就是一条不断冲积扩大的沙堤。莲花茎的另一端就是莲花山。如今仍然依序散落在莲花山山麓的天后古庙、莲峰庙、观音古庙、康真君庙，以及正名为普济禅院的观音堂，见证了望厦开村、发展的悠悠历史。这些庙宇、宗祠和牧羊巷、生蔗里等许许多多里巷，不正是当年望厦村的肌理吗？

据考证，当年望厦村内里巷有二十余条，旧居有何、沈、黄、许、赵、陈、郑、韦、杨等诸姓五百余户。各姓人家都建有自家的宗庙或家祠，有的还建有书塾。但在开辟马路后，随着许多街、巷、围、里的消失，这些建筑物多已被毁弃，仍存在的实在寥寥无几。在现今观音堂、澳广视、旅游学院一带的僻静处，你还可能有幸发现一些大族所建的家庙或书塾遗迹，其中就有家庙中硕果仅存的何家祠。

何家祠亦称何氏宗祠，相传望厦有这样一句俗谚：“未有望厦村，先有何家祠。”这就是说，何姓人是最早在望厦村聚居的土著。现在何家祠大门已被其他建筑物遮挡，要接近它可不容易。这样一处具有历史文化意义的建筑遗存就这么被弃置一旁，你说可惜不可惜？

我住在观音堂附近，经常会在美副将大马路附近逛逛。昔日的望厦村如今已成为马路纵横、大厦林立之市区，许多文物古迹也多已风流云散。人们在感叹澳门的经济发展与建设的同时，也会慨叹望厦村之被人遗忘，惋惜望厦文物的湮没和荒废。对澳门人或者游客来说，昔日的望厦村已经消失，但能够勾起人们美好回忆的文化遗产还是应该有所保留吧。

我希望政府和有识之士能够共同努力，将观音古庙、何家祠、康真君庙、普济禅院观音堂，以及牧羊巷、生蔗里等建筑遗存，给整体开发出来，加以优化整合，建设成一个体现望厦五百年历史的文化园区，让人们记得望厦的肌理脉络，展示澳门小区历史，提升人们对本土的凝聚力与自豪感。

赞赏《镜海魂》

为庆祝澳门回归祖国十五周年，由澳门基金会和江苏省演艺集团京剧院共同打造的澳门新编近代史诗京剧《镜海魂》，将在文化中心演出两场。

历史的印记

《镜海魂》由澳门本土女作家穆欣欣编剧，讲述一百六十五年前，葡萄牙第七十九任澳门总督亚马勒为扩张势力，在龙田、望厦两村毁田地、拆民房、踏平村民祖坟，村民义愤填膺。为保护家园，以沈志亮为首的七位青年刺杀了亚马勒。事件发生后，清政府迫于葡方压力，将沈志亮问斩。

穆欣欣在谈到《镜海魂》创作缘由时说："我成长于澳门，创作《镜海魂》的过程，也是我对澳门、对这段历史的一次再认识过程。"1940年代，葡萄牙人在葡京酒店对开广场矗立一座亚马勒策马扬鞭的铜像。《中葡联合声明》确定了1999年12月20日由葡萄牙将澳门政权交还中国后，澳葡当局于1992年12月拆卸铜像，翌年2月运回里斯本。穆欣欣表示："从前的'铜马广场'留在老澳门人的记忆里，现在这里叫'亚马喇前地'。显然，这段历史的印记依然存在于澳门。而'生而倜傥，慷慨尚义'的沈志亮呢？在澳门，我却找不到他的一丝一毫印记。身为澳门人，我又怎么能忘记这个在澳门苦难关头挺身而出、又在清政府非诛一人而不足以平息事件时选择了担当的人？这也许是这个澳门故事多年来在我心中挥之不去的原因吧！”

我在一篇题为《何处酹酒祭忠魂》的短文里发过类似的感慨，“澳门回归祖国，中国人民吐气扬眉。不过，十多年来，有两件事还是令澳门人难以释怀。一件事是狂热的殖民主义分子亚马勒的铜像虽然早已拆下，但澳门至今还保留以亚马勒的名字命名的一个广场；另一件事是澳门至今还没有见到一尊民族英雄沈志亮的塑像，空留那块见证沈志亮刺杀亚马勒的阿婆石沐雨餐风”。冬春轩在为拙著作序时也表示，这是“有关澳门掌故，或者说是华人的屈辱史。对于‘亲者辱，仇者荣’的不公待遇，致令爱国志士心寒齿冷”。

我们的孩子需要了解历史，了解这样一段过往。在澳门回归祖国十五周年之际，《镜海魂》面世并公演，这是值得赞赏的。

讲好“澳门故事”

很多人觉得澳门是一个华洋杂处、休闲浪漫的地方，却忽视了它拥有四百年开埠的，走过的沧桑岁月。

1849 年是澳门的一个重要转折点，当时的澳葡总督亚马勒在澳门推行疯狂的侵略政策，把魔爪伸到了小城之外。他对华人征收并强行扩大地租、人头税和不动产税；撤销设立于澳门的中国海关南湾稽查口，逮捕并驱逐中国稽查口的巡役；擅自审判中国居民，侵犯中国司法权；开辟通向关闸的马路，在筑路途中故意毁坏华人坟墓；派兵捣毁海关，捣毁竖立在市政厅的《澳夷善后事宜条议》石碑……“攘夺衅窦开，掩袭肆狡悍”，此后澳门开始殖民化。

穆欣欣选择沈志亮刺杀亚马勒而牺牲这个壮烈的传奇故事

编写了《镜海魂》，这个剧本就是为了让人们了解澳门历史沧桑厚重的另外一面，“在国家积弱难返、列强侵略的时候，即使是自食其力安度平生这样的简单梦想，也是无法实现的奢望”。

这段发生于一百六十五年前澳门民众抗击外国侵略者的真实故事，曾经引起很大的轰动，台湾革命志士丘逢甲游览澳门时就写下了《哭沈烈士》一诗：“谁报凶酋发冢冤，宝刀饮血月黄昏。要携十斛葡萄酒，来酹秋原壮士魂。”但随着岁月的流逝，这个澳门故事逐渐被年轻人淡忘。穆欣欣也说年少时曾在亚马勒策马扬鞭的铜像前照过相，快门定格在如花笑靥上。凶酋铜马虽然已经拆除，但从前的“铜马广场”却变成了“亚马喇前地”，保留至今，这难道不是一个遗憾？

我们在庆祝澳门回归祖国十五周年的时候，应该回顾一下那一段沉重的历史。十五年也不是很长的时间。就是在十五年前，澳门的中国人还在外国人的管治之下呢！爱国并不是口号空言，当香港有些青年举着英国国旗游行，在 Facebook 上呼唤彭定康回来做行政长官的时候，我们是不是更应该讲好我们的“澳门故事”呢？

打造文化产业，用讲好“澳门故事”的方式，告诉我们的下一代，今天澳门的繁荣稳定来之不易，同时也将澳门的历史底蕴、城市性格告诉世人。《镜海魂》这出戏是很好的开端，澳门还应该有一个沈志亮的纪念性建筑。

艺术再创

从简单的历史素材到成功的舞台剧，这中间需要三个过程：首先是故事题材的选取，然后是剧本的创作，最后才是戏剧舞台上的艺术展现。现在我们看到的《镜海魂》，就是这样一出经过艺术再创的、宣扬爱国主义优良传统的新编历史剧。

首先，剧作者撷取龙田村农民沈志亮等刺杀澳葡总督亚马勒这段历史事件，讴歌沈志亮奋起保护家园、怒杀野蛮扩张的殖民主义者的忠肝义胆，以及他勇于承担、挺身而出保护村民的侠骨豪情。沈志亮无疑是主角，是全剧浓墨重彩努力烘托的典型人物。沈志亮这种舍生取义的高尚精神，正是今天社会特别缺乏而我们急需抢救的。《镜海魂》没有故作拔高，没有生硬的标签教条，而是通过艺术的形式，展现了沈志亮这个历史人物的风采。在观众看来，这个人物是真实感人的。

沈志亮和若兰的爱情显然是剧作者添加上去的，但这样的添加并不是节外生枝，并没有损害沈志亮的英雄形象，而是令这个铮铮铁汉充满柔情，更加人性化。两个相爱的人将成阴阳永隔的生、死矛盾冲突，丰富和推高了剧情。这种情景，就像我们在诵读林觉民的《与妻书》，壮烈中充满凄美，感人肺腑，催人泪下。

《镜海魂》以传统京剧的艺术形式表现澳门反抗殖民主义的历史，不论是内容还是形式，都有大胆的创新。主角不是帝王将相、才子佳人，而是一个普通农民；首尾呼应、酣畅热烈的醉龙舞和朴素自然的广东话童谣等的运用，别出心裁；舞台布景中独特的澳门风景，包括大三巴牌坊、莲峰古庙、葡萄牙欧式建筑、大炮台等，本土味道浓烈；电影蒙太奇手法的运用，紧凑灵活。这些都是艺术创新的亮点，又和剧情紧紧相连，确实令人耳目一新。

《镜海魂》有质朴的家国情怀，有坚贞热烈的爱情，有视死如归的壮烈，题材丰满，塑造完美，达到了“以乡之物教万民”的目的。新编京剧《镜海魂》是成功的！

优良传统

澳门是一个极富爱国传统的地方，由于地理位置和历史角色的特殊，许许多多的志士仁人利用这个舞台，不断地上演可歌可泣的反抗侵略、鼓动革命的爱国大剧。

记得十多年前看过一部有关澳门的历史小说，故事以南宋与元军在澳门附近十字门的一场大规模海战展开。海战的结果是宋军惨败，数十万南宋军民葬身海底，大宋灭亡。少数幸存的南宋军民作鸟兽散，有些人就以当时的濠镜澳作为藏身之地。在澳门口耳相传的历史中，沙梨头土地庙“永福古社”就是一个不忘故国的故事。

明末清初，又是一个江山易主的历史重大转折。一批反清志士来到澳门，代表人物是被尊为普济禅院开山祖师的大汕和尚。俗称“观音堂”的普济禅院建立不久，大汕来到澳门，重修并扩大了这处禅林。这里便成为坚持和保存中国文化的阵地，同时也成为反清的文人士大夫汇聚之所。

沈志亮等人伏击砍杀亚马勒，无疑是惊天地泣鬼神的悲壮篇章。此外，“望厦乡民知守义团”发动乡民抵制澳葡当局强编户籍、勒收地租，也是与殖民者做斗争、捍卫家园社稷的壮举，时为粤督的张之洞曾奏请朝廷嘉奖。

19 世纪 20 年代初，改良派先驱郑观应、戊戌变法领袖康有为、梁启超，以及资产阶级民主革命先驱孙中山等都在澳门活动。尤其是青少年时代的孙中山，他与青年朋友在这里抨击时弊，倡言救国。孙中山推翻帝制、建立共和的早期民主革命思想，是在澳门形成的。

抗日战争期间，澳门五十多个社团联合成立“澳门学术界、音乐界、体育界、戏剧界救灾会”，组织百人下乡宣传，唤起民众，齐心救国。“四界救灾会”组织捐献筹款、派粥赠衣、开办义学等，尽责尽力，无愧于自己的国家民族。

新中国成立直至迎接澳门回归，澳门民间社团不断发展壮大。澳门民间社团的诞生和发展，无不伴随着社会的变革和转换，无不与祖国的荣辱兴衰紧密相连。爱国是澳门民间社团贯穿始终的主线。

澳门人爱国要归功于教育。学校推行爱国教育行之有效，社团宣扬爱国持之以恒。澳门人一直以作为中国人而自豪，澳门人爱国确是优良传统。

要在澳门继续弘扬爱国主义的优良传统，有一件事情必须要做，那就是结合实际，深入、系统地挖掘和整理有关的乡土素材，“以乡之物教万民”。

“江山代有才人出，各领风骚数百年。”每个地方，每个时代，都会有引领潮流的英雄豪杰出现。已故李鹏翥社长在一篇文章中写道，澳门“四百多年来历尽沧桑，中间有我们勤劳勇敢的祖先的艰辛劳动，也有在殖民主义压迫下的民族呻吟”，“仁人志士利用这个舞台，在反抗侵略、鼓动革命方面，演出过可歌可泣的角色”。澳门并不缺乏爱国主义的乡土素材，只不过我们还没有加以深入、系统地挖掘和整理罢了。穆欣欣在谈到《镜海魂》的创作过程时说，“澳门缺少故事，是我一直引以为憾的事”；“写一个让人记住澳门的故事”，是她的一桩心愿。写好《镜海魂》，“讲好澳门故事”，“也是我对澳门、对这段历史的一次再认识过程”。穆欣欣成功地用澳门人的方式告诉世人、告诉我们的下一代，今天澳门的和谐背后，曾经有过苦难！

乡土素材的挖掘和整理是落实“教万民”的重要基础。究竟澳门有多少值得挖掘和整理的爱国主义素材呢？《镜海魂》毕竟只是截取了沈志亮刺杀亚马勒这个历史片段，澳门四百多年来还有许许多多可歌可泣的故事呢。究竟澳门政府有哪些部门是负责这方面事务的呢？而这些部门是认真、勤恳地工作，还是有名无实、流于形式的呢？在澳门，新的社会形势对爱国主义教育提出了更高的要求，澳门文化、教育行政当局，该要好好思考挖掘和整理爱国主义乡土素材的工作了，如何有计划、有系统、有目标地组织各方面的力量，挖掘和整理澳门的爱国主义乡土素材，并努力将之提升为切合澳门实际的中小学教材和类似《镜海魂》的文学作品。许多有志于此的作家、学者和教师在这方面作出了很大的努力，取得了不少的成绩，但他们的工作需要政府的热诚鼓励和大力支持。

今天，澳门不但要永续文化旅游城市的特色和优势，还要培养对澳门和祖国有归属感的心智健全的年轻一代，澳门文化工作者任重道远。

澳门骑楼

澳门是中国最早接触西方文化的地方，但这个蕞尔小城，却也是最顽强地坚守中华传统文化的堡垒。在澳门，你可以很轻易地看到中国的庙宇与西方的教堂相互辉映的情景。而澳门的骑楼，作为中西建筑文化结合的产物，在这里一直兼收并蓄。

澳门最著名的骑楼片区是内港骑楼街和新马路骑楼街。内港骑楼街由19世纪下半叶单边临海骑楼开始，随着码头填海工程，逐渐演化成街道式的骑楼布局。内港骑楼的产生和兴旺，与渔民生活、渔业生产和商贸活动等息息相关。这种华人海洋商业文化，在早期澳门经济社会中占有重要地位，内港遂也成为当时澳门最为繁华的街区。新马路则是1910年代开辟的新大街，当时为了打通外港和内港，收购了很多房子，建成了骑楼形式的商业街，使临海骑楼街向城市腹地延伸，最终形成一个比较连贯、完整的骑楼街区形态。旧时香港人所说的“澳门街”，应该就是指新马路和内港一带。

较早建成的内港骑楼比较粗糙，而后期的新马路骑楼则较精致。但总的来说，澳门骑楼与内地的相比，风格多样，中西结合显著，有古典式、现代式；墙面有多种浅色涂装，色彩丰富；饰有中西混合的窗框、壁柱和浮雕花饰；脚下的葡式石仔路有多种图案，与街道氛围契合。

内港骑楼已经老态龙钟，有些甚至破烂不堪，但它作为至今尚为完整的连续性骑楼街道，就算是在当今华南地区，也是硕果幸存，极为难得。而现在“新马路”也已经变成了旧街，但它风韵犹存，今天仍保留着很浓厚的商业氛围，街道两边布满了海味铺、金铺、澳门特产店等，生意还很不错。

骑楼是一种非常适合岭南多雨、炎热气候的建筑形式，雨天能在骑楼下躲风避雨，照样做生意；盛夏可以遮挡猛烈的阳光，给了顾客和游人清凉舒适的环境。所以在澳门，不仅老城区保留着骑楼，新城区一些新建筑也用上了骑楼的形式。新口岸一带就有不少外廊式建筑，柱廊、节奏等都很有骑楼韵味。

近年澳门社会不断发展，昔日繁华的内港甚至新马路一带，因小区设施老化、面貌残旧，游客量大不如前。应该承认，民间和政府都将硕果仅存的骑楼视为珍宝，也更希望通过评定程序，形成保育的共识，将内港、新马路一带的骑楼纳入“被评定的不动产中的建筑群”，整体修缮。在深挖骑楼文化，实施整区成群保育，善用骑楼旅游资源方面，厦门中山路的经验也许值得借鉴。

在骑楼的保护和更新上，新马路有成功的例子，这就是“德成按”。“德成按”是民国六年（1917）开设的一间当铺，长期空置。2000年左右，业主希望将这一建筑改造成赚钱的商铺，但文化局通过考察发现，其内部结构也具有保留价值。此后经过多轮沟通，最终由特区政府出资140万澳门币，对德成按进行加固、维修，保留了当铺原来的内部结构，并将之改造成文化会馆、“典当博物馆”，从而获得联合国颁发的“2004年亚太文化遗产保护奖”。不少业主也希望按此模式进行整修更新。

在澳门，所有的物业都是私人的，如何对建筑进行处理，业主有自己的权利，但也要服从一定的规则。主要是高度，然后是外观，要保留骑楼的外立面。如果房子出现结构性问题，业主又没有钱维修，政府就应该介入。

骑楼是澳门一道美丽的文化风景线，我喜欢带外来的朋友逛内港和新马路。作为澳门居民，我希望那些老骑楼都保护得好好的，成为吸引游客的主要景点。

小议澳门文化

新马路的“文化会馆”结业。消息传出，小城议论纷纷。正如经营者所言，澳门发展文化创意项目并非坦途。“文化会馆”这样一个独立项目的兴衰，虽然不能作为政府文化政策成败的标杆，但仍值得政府和民间一起细加检讨。

应该肯定，澳门回归祖国后，特区政府在文化建设上作出了很大的努力。文化局、旅游局、民政总署、澳门基金会等许多机构都积极支持和赞助澳门的文化活动。继设立文化创意产业促进厅及文化产业委员会后，特区政府最近还正式启动了文化产业基金。这些都是澳门文化建设很好的条件和助力。

目前，澳门整体经济仍然是博彩业一枝独秀，中小企业经营相当困难。在这样一个形势面前，尽管政府和经营者都付出了很大的努力，“文化会馆”也曾经风光一时，但终究还是难以为继。这就向我们提出了一个问题，那就是政府的整体社会发展导向是否明确，政策是否到位？如果政府并没有一套长远、可持续、多元发展的经济政策，任你多好的文化项目，最终都难以逃避惨淡收场的命运。

澳门文化建设仍欠整体规划。文化会馆坐落于新马路，这里与清平直街、福隆新街、十月初五街和康公庙前地等毗邻，有优越的文化历史背景和地理位置。这一带本来是商业十分繁华的区段，可现在却是非常萧条，建筑物也日益破败，有些甚至荒废弃置。这里就牵涉到旧区改造问题。政府常说要活化旧街区，可至今仍然没有一个系统、科学的整体规划。

那天带一位内地来的文化界朋友到新马路、清平街一带游览，让他了解一点澳门旧街区的风貌。朋友对这些老街区深感兴趣，尤其关心静静地“瑟缩”在清平直街一角的清平戏院何时可以“重获新生”。

清平戏院是一百多年前与清平街、福隆新街共生的澳门最早的戏院，有人说它是珠三角地区的第一座现代戏院。这座戏院有过显赫的历史，不少粤港粤剧名角都曾在此处演出。怎奈时代变迁，难以为继，终于 1992 年结业。此后，这家“百年老店”一直没人打理，变成了杂物房、停车库。

风光一时的清平戏院曾经带旺新马路清平街、福隆新街一带，因此清平戏院的衰败破落也影响了这一带的店铺。老店家都唉声叹气，如今生意是一落千丈，不少店铺陆续结业搬离。他们都希望尽快将清平戏院修复活化，这样兴许对周边商家的生意会有帮助。

去年听说有坊间文化公司获当局支持，与清平戏院物业持有人签下三十年租约，要将清平戏院修复及活化，打造成为多元化及多功能的文化展示中心，推广粤剧文化，满足街坊的要求，为旅客提供一个特色景点。有关清平戏院修复活化的咨询会议也开过了。文化局有关方面负责人对外表示，整体的修复支出由该公司负责，但保护技术、研究及制订计划的开支则由文化局承担。他说，文化局正展开详细规划方案，预计几个月完成，希望尽量保留戏院原有的风貌。

时间又过去了大半年，事情仍然没有什么进展。澳门街许多事情是雷声大雨点小，又或者是研究研究再研究，互相拉扯，一拖再拖，最终不了了之。希望清平戏院的修复活化不会是这样。

澳门之光

在南京抗日航空烈士纪念馆一号展馆，一张女护士的照片引起了我的注意。照片说明很简单：黄欢笑，1912 年生，1941 年从澳门回来。次年到达昆明，成为美军医院唯一的中国籍护士。

回来后，我查找资料，才更加详细地了解到黄欢笑的生平事迹。这位从澳门走出去的平凡女子，在战火纷飞的抗日战争中，不是藏身深闺，也不是避难乐土，而是勇敢地上了对敌战斗的第一线，奉献她的爱心、她的医术。她是一朵鲜艳的“战地玫瑰”，她是澳门的骄傲。

黄欢笑出生于广东新会，四岁时全家移居澳门。她于八岁开始读书，十四岁进入澳门圣罗撒女子中学，十八岁考上香港玛丽医院高等护士学校。她毕业后被聘为“英国皇家护士协会”的会员。

1941 年，日本侵略者占领了香港。黄欢笑正在九龙医院工作，医院满是日本鬼子烧杀下的病人和被强奸的妇女，惨状不忍目睹。她的同班同学、陈香梅的妹妹陈香菊告诉她，内地盟军医院需要会讲英文的护士。听到这个消息，黄欢笑十分激动。但她没有赶上当时有组织的行动，现在只能是自己一个人想办法了。黄欢笑先是从澳门乘船到梧州，又混在难民里到了柳州，几经辛苦，年底终于到了重庆。然后她又在同学的介绍下，乘搭美军军机到达昆明。她被分配到美国空军飞虎队医院——云南驿战地医院担任护士，是当时三十多名医护人员中唯一的女性。在艰苦的战争年代，黄欢笑的美丽、善良、刻苦耐劳给伤员们以及同事留下了深刻印象，大家亲切地称她“驼峰天使”。

2002年，黄欢笑在儿女的陪伴下，回访了家乡澳门。黄欢笑老人活到九十五岁。

由于葡萄牙在第二次世界大战中采取所谓中立政策，日军炮火未及澳门。澳门成为南方的小避难所，但澳门居民和全国人民一道，在抗日战争时期的艰苦岁月里，始终将抗日救亡作为第一要务。像女护士黄欢笑这样从澳门走出去，上了对敌战斗第一线的人物，还有很多很多，只是我们没有好好地加以寻找，加以整理，加以记录。这么美好的足以鼓舞和激励后人的史料散失了，湮没了，多可惜啊！

1937年全面抗战爆发后，在澳门与夫人李秀文及其子女共同生活的叶挺赶赴延安。不久，他出任新四军军长，率部队奋战在抗日最前线。李秀文变卖了一批首饰，为叶挺买了3600支枪，送给新四军。贾伯乐提督街七十六号的“叶挺将军故居”，是叶挺在澳生活的重要见证。这座别致的楼房和庭院留下的不仅是他与家人生活的温馨片段，更承载着叶挺夫妇精忠为国的爱国情怀。

“人民音乐家”冼星海1905年出生在澳门一个海员家庭，并在澳门度过了童年。1935年他自欧洲游学回国后，积极参加抗日救亡运动，创作大量战斗性的群众歌曲；1938年赴延安，担任鲁迅艺术学院音乐系主任。1945年10月，无情的病魔让冼星海逝于莫斯科。他留下的《到敌人后方去》《在太行山上》《黄河大合唱》等脍炙人口的作品，成为最为鼓舞人心的抗战歌曲。

在全国抗日救亡怒潮的冲击下，一向静寂的澳门，也掀起了抗日救国的浪潮。澳门各界不分政治和宗教信仰，不分阶层，结成广泛的抗日战线。许多教师、学生、工人、店员、小贩纷纷以读书会、戏剧社、音乐社、歌咏团、座谈会等形式组成爱国社团。“澳门学术界音乐界体育界戏剧界救灾会”（简称“澳门四界救灾会”），汇集了澳门当时各方面的青年爱国力量，以“筹款赈灾，拯救受难同胞”为宗旨，投入抗日救国工作。多年前出版的《濠江风云儿女》，较为详细地记载了澳门四界救灾会的事迹。

我曾经与四界救灾会老人有过接触，他们中许多人就是当年的学子或年轻教师。听他们说，当年学界以抗日救亡为主旋律，除教学之外，演讲、结社、戏剧、歌咏，以各种形式激励学生，热气腾腾。师生还走出校园，参与社会上的抗日活动，练就了合作精神和组织能力。不少进步的师生还想方设法支持游击区工作，有文化宣传方面的奥援，镜湖护校师生还秘密为抗日伤员战士治病疗伤。不少澳门师生也和各界爱国志士一起，挺身而起，直接奔赴前线，参加五桂山游击队、东江纵队。有些人在抗日游击战中牺牲，留下可歌可泣的忠烈故事。

家住唐家花园旧址附近，多少听说抗日战争期间广州培英中学西关分校迁来澳门这段历史。

抗战时的澳门成了广州及附近地区的避难所。澳门人口骤增，不少学校迁来，造成澳门文化教育一次战时的繁荣，产生深刻的、长远的正面影响，谱写了澳门教育的华章。这也可以说是国家不幸澳门幸。

教育界老人介绍，当年自内地迁入不少中学、中专，同时流寓澳门的教育界人士，也与澳门天主教会创办了不少新学校，收容内地入澳的青少年入学。资料显示，1939 年全澳共有中学、中专三十六间，学生三万余人；小学一百四十余间，学生人数约三四万人。名师纷来，促使澳门学校的管理水平、教学水平、设备水平大大提高。不少学校还设立免费、半费学额，收容难民学生，大兴义学。还有一些学校开办夜校，免费为成年人提供课程，形成一次有效的扫盲活动。

为教育后人宣扬正气，抗战期间澳门的教育盛景，尤其是澳门学界同仇敌忾共赴国难的情况，非常值得发掘整理。一些旧屋原址年久失修，需要及时加以抢救保护；除重新订定出版抗战书籍资料外，一些亲历其事的老人已经风烛残年，更需要立即行动，为他们做一做“口述历史”。战时澳门，是一个需要抢救的研究课题。

而今迈步从头越

“天鸽”远去，留下狼藉和悲伤。不过，阳光总在风雨后，澳门会站立起来，以患难激发起来的勇气、坚守与担当，描画更加美好的明天。

8 月 23 日，澳门遭受几十年未遇的强台风袭击，狂风呼啸，暴雨倾盆，海水倒灌，造成人员伤亡和财产损失。灾害一过，人们就看到了澳门民间的救灾力量。许多人挺身而出，参加义工团队，走上街道，走进小区，投入清理和重建活动；帮助独居长者，为受断电缺水缺食物影响的居民、商户提供力所能及的帮助。街头巷尾，到处都有人在免费派水，送食物给有需要的人。有的工程公司免费帮助受风暴之害的居民重建家园，有的酒店也按原来价格收取房费，不涨价，不更换房间。还有人呼吁居民尽量发送有用的信息和消息，有条件的多关心邻居的状况，守望相助。小城到处都是爱心和关怀，充满正能量，鼓舞人心。凭这股蓬勃朝气和战斗力量，澳门有什么事情办不成？

从 8 月 25 日起，澳门驻军和市民一起进行灾后的各项援助和建设工作，振奋人心！驻澳部队的雷厉风行、拚搏精神以及他们的工作效率，都令澳门居民衷心感佩。尤其是当居民要送饭给解放军时，他们说他们带有干粮，让居民送给更有需要的人，场面感人。人们由衷地发出赞叹：向人民子弟兵致敬！

澳门政府也在灾后提供经济援助，给风灾遇难者家属和受伤者发放慰问金；给因台风吹袭及海水倒灌造成损失的住户补偿；给受到影响的中小企业、商户无息贷款。不过，为什么“天鸽”登陆珠海，受灾最严重的却是澳门？为什么珠三角十七人死亡，小小澳门死亡人数比例竟然最多？

专家指出，澳门基建差，政府长期处于松散状态，缺乏应对突发事件的统筹处理能力，才让澳门在此次台风面前，显得如此无力。

说是天灾，也是人祸。政府多年前制定的《突发事件之预警及警报系统》，对各类突发公共事件相关信息发布、民防演习及应急单位成立及运作模式做出规定。但“天鸽”来袭，民防中心没向市民发出有效预警，特别是没提早预测天文潮和台风叠加情况，提醒市民防范。

千夫所指的是澳门气象局。“天鸽”明显更近本澳，但本澳整体预警及悬挂风球时间均较香港慢半拍，造成人员伤亡。市民怨声载道，要求气象局局长下台，为事件负起责任。气象局局长对台风重视程度严重不足，警觉性低，后知后觉，被市民普遍批评，当然应当严肃问责，加以淘汰。

不过，风灾造成这么大的损失，却只拿预测天气的气象局局长一人来问责，似乎还难以服众。懒散怠慢，对于海水倒灌这件危及市民生命财产的事从没下定决心整治，算不算一个严重的失误，该不该问责？不从源头抓起，对症下药，根治海水倒灌隐患，很可能澳门的灾难不会只是这一次。

在强台风“天鸽”劫后的救灾活动中，有社团打出“民心是我心”的旗号，动员和组织志愿者救灾，解除民困，收到很好的效果。我想，如果政府官员能以“民心是我心”作为工作的准绳，那该多好啊！

过去人们管当官的叫作“父母官”，在旧中国，父母是一家之主，凡事由父母做主，儿女是没有权利出主意的；官之于民，大体上是高高在上，什么事都由他们说了算。最好的官也只能发出“当官不为民做主，不如回家卖红薯”这样的豪言壮语。现在没有了古代那么专制压抑的环境，当官的应该好做得多了。可是躺在安逸的位子上，不去考虑老百姓的需求，也是会养出贪官、懒官来的。

有批评指出，澳门近年经济急速发展，赌收增加，内地奥援，让澳门政府运作顺顺利利，也造成政府官员懒散怠慢，不思进取。比如海水倒灌这件危及市民生命财产的事，政府官员从来不急，从没下过决心加以整治。澳门基建差，政府长期处于松散状态，缺乏应对突发事件的统筹处理能力，才是这次灾难损失惨重的主要原因。政府官员离“民心是我心”的标杆还很远啊！

有些官员觉得“民心是我心”只不过是口号，老生常谈，并没有真正放在心上。殊不知“民心是我心”正是老百姓对政府官员的基本要求，政府公开甄选官员，提高官员评鉴标准，首先就应该将有没有“民心是我心”这个认知摆在第一位。

习近平总书记深情描绘的中国梦，是国家民族的梦，归根到底又是人民的梦。“我们的人民热爱生活，期盼有更好的教育、更稳定的工作、更满意的收入、更可靠的社会保障、更高水平的医疗卫生服务、更舒适的居住条件、更优美的环境”，“人民对美好生活的向往，就是我们的奋斗目标”。这里头没有空洞的说教，情真意切，老百姓倍感温暖。诚盼澳门政府官员也将“民心是我心”作为自己的奋斗目标，时刻将人民群众的衣食冷暖放在心上，为老百姓谋利益。

而今迈步从头越，澳门人一起努力。

活化旧区

那天夜里到康公庙、十月初五街逛逛，赶上康公庙前地一个艺墟热闹进行。印象中康公庙前地经常有类似的活动，说明政府和有关部门正在努力活化旧区。

说到活化旧区，许多人的目光一定首先盯在康公庙及其附近的十月初五街一带，好像最近特首下区视察了解市情民情，也是从康公庙起步的。因为毕竟康公庙、十月初五街一带是旧时澳门最繁华又最受民众欢迎的游览购物区。我说的游览购物，是有可供观赏的名胜古迹、历史文物，还有价廉物美的林林总总的小商品。康公庙、十月初五街就具备了这样的好条件。

其实，早期各地的市集，都是从寺庙前地发端的，类似庙会这样的群体性娱乐活动一下子就带动了人流，营造了浓烈的商圈气氛。二三十年前，康公庙、十月初五街一带仍然是澳门最兴旺的街区。只是到了近十几年，随着新赌场的一一兴建，这个地方的优势才渐渐被新赌场内外的新兴商圈取代。因此，澳门要在博彩业之外谋求多元全面发展，振兴、活化旧区实在是当务之急。

不久前，有一位大学生做社会调查的功课采访我，问如何重振新马路、旧港码头一带街区。我说，单单整顿新马路是不够的，还要兼顾到康公庙、十月初五街以及清平街一带的旧街区。只有内外一起活化，才能保持长久，体现富有特色的澳门整体传统民间商业文化。要不然澳门怎么称得上世界文化遗产众多的旅游城市？至于新马路那些店面，政府和有关方面完全有能力将之改造成类似厦门中山路那样富含历史文化色彩的街道。

记得特区政府讲过，旧区重建是一个社会利益重整的过程，合法、合情、合理地解决其中衍生的社会矛盾，是政府责无旁贷的任务。政府将以几个旧区作为切入点，以符合社会的整体利益为依归，以提升市民的综合生活质量为考虑，全面而有序地重建旧区。

其实，特区政府成立后，一直致力于开展各城区的道路整治、交通网络和设施的优化、基础建设的加强、市容景观的美化，改善居住和营商环境。政府和民间经过协商，成立了旧区重整咨询委员会。咨委会收集社会不同界别的意见，作出评估并提出建议供政府及相关的机构参考和讨论，以收集思广益之效果。新马路、旧港码头一带的重整，应该已经列入了政府的规划。这方面我看厦门中山路的经验是可取的，切不可大拆大建，搞得面目全非。

澳门现在是博彩业一枝独秀，虽然博彩业对于澳门社会发展的作用很大，但也带来了不少问题，因此政府才要不断地强调多元发展。由于历史形成的原因，旧街区集聚了不少的中小商户，单就经济的角度来说，就要好好保护旧区的营商环境。而从居民生活来说，普罗大众习惯了旧区的生活，旧区提供了人民群众方方面面的生活需求。这也是为什么许多地方要将步行街设在旧区的原因。

澳门应该好好发展博彩业之外的文化旅游。旧区有小城历史的集体记忆，有沧桑孑遗的建筑文物，有斯土斯民的独特风貌。以文化旅游来推动旧区重整，相辅相成相得益彰。澳门旧区有许多建筑物被列入了世界文化遗产名录，这就是国际社会对澳门旧区保护的支持和肯定。

讲好澳门故事

很多人以为澳门只是一座赌城，不知道澳门还是一座有着四百多年丰厚历史文化的重镇。因此，澳门人和澳门政府就要认真、努力宣传澳门文化，改变人们的印象。

其实澳门的长处正是澳门文化。我们至少应该鼓励来澳门的人，迈开双腿，到澳门半岛和两个离岛的街区走走，去发现那些散发着特有的文化气息、让人有一种意外惊喜的名胜古迹、中外建筑、街区小巷，甚至风味饮食或特色店铺。他们一定会感慨，澳门真的就是一座饱含历史与文化内涵、具有明显个性特征的可爱小城。

澳门文化的最大特点是中西文化的共处和交融。由于澳门独特的地理位置和历史背景，澳门文化是有深厚传统内涵的中华文化和以葡萄牙文化为特质的西方文化共存的文化。历经四百多年的磨合，今天澳门许多文物古迹，大都具有“以中为主，中葡结合”的特色。数百年来，随着中国内地居民不断迁入澳门，传统的中国文化也被带入澳门，形成了澳门人的主体文化。澳门大大小小的庙宇，仍然坚守传统，香火鼎盛。在五百多年前澳门还是小小的渔村的时候，来自福建的渔民，建立了祭拜保护他们出海平安的女神妈祖的妈阁庙；明末建成的观音堂，曾是爱国志士进行反清活动的秘密据点；莲峰庙，是民族英雄林则徐巡视澳门查禁鸦片及接见葡萄牙官员的地方。西洋建筑中最具代表性的大三巴牌坊，是圣保禄教堂浴火仅存的前壁遗址，雕刻精细，巍峨壮观，糅合了欧洲文艺复兴时期与东方建筑的风格。还有中世纪欧洲风格的市政厅建筑、澳门唯一的欧式剧院岗顶剧院，以及形形色色的博物馆，都有可观之处。

既然澳门的长处是丰富多彩的文化，那我们就应该在挖掘、整理和宣传澳门文化方面下功夫，这是我们向外界传递澳门人的情怀和价值观的需要，也是澳门建设休闲旅游城市、推进经济多元发展的关键。不能再让赌博淹没了澳门文化的美名。

讲好澳门故事，我们有哪些工作要做呢？我看还是应该从实际出发，走普及和提高相结合的道路。

恕我孤陋寡闻，时至今日，我能说出来的有关澳门故事的文学作品，并不太多，不妨罗列一下：根据廖子馨的小说《奥戈的幻觉世界》改编的电影《奥戈》，展示澳门“土生族群”生活，反映他们在澳门回归中国的1999年所面临的抉择；据澳门土生葡人作家飞历奇的同名长篇小说改编的影片《大辫子的诱惑》，通过葡萄牙贵族青年与中国担水姑娘之间的感情纠葛和悲欢离合，展示了不同种族、不同文化背景和不同观念所造成的矛盾、渗透、碰撞与融合；周毅如的长篇小说《聚龙里轶事》及其改编八集电视剧《澳门轶事》，反映20世纪40年代澳门社会底层人们的痛苦遭遇，讴歌澳门同胞同仇敌忾抗日救国的爱国主义精神；澳门政府文化局为庆祝澳门回归中国而邀请中外艺术家创作的歌舞剧《澳门新娘》，讲述一个中国水手与其葡萄牙女友在澳门发生的爱情故事；朱崇山的长篇小说《十字门》，讲述了从林则徐视察澳门到1999年澳门回归中国期间，澳门一家三代人的悲欢离合，反映澳门百余年的风云变幻、历史变迁；2014年，澳门基金会投资出品、穆欣欣编剧的京剧《镜海魂》，是以传统戏剧形式讲述澳门故事的一次成功尝试。

我们当然欢迎比较高端的反映澳门历史文化的文学作品，但是，我们更加希望政府在基础教育、民间传承、旅客导游等方面多下功夫，大力挖掘、研究和整理澳门悠久深厚的历史文化，讲好澳门故事。澳门基金会这几年推出的一系列澳门知识丛书，就是一件很有意义的工作。

政府和民间可以分头并进，多编写和印行一些短小精悍、通俗易懂、图文并茂的澳门历史文化丛书，让更多的人来讲好澳门故事。

讲好澳门故事，除了专家学者、文学工作者著书立说外，还需要拓展澳门历史文化知识的普及层面，培养澳门居民，特别是年轻一代深入了解澳门历史文化，并且能够薪火相传，让更多的人认识澳门的真实面貌，讲得出澳门故事。最近进行的历史文化大使培训计划，就是一项非常有意义的普及工作。

文化大使活动由澳门基金会及澳门历史教育学会合办、澳门理工学院协办，年初办过一期，现在是第二期了。这一期中学生仍然是主要对象，不过增设了公开组让市民参与。主、协办单位希望通过理论学习及实地考察，使学员深入认识澳门历史文化的内涵和价值。

虽然上课的时间不是太长，但通过集中、密集、精炼的讲解，学员应该会对澳门社会文化发展脉络、澳门文物建筑及世遗发展等方面有比较系统清晰的了解。特别是，最后的课程是带领学员到本澳不同地方实地考察及传授导赏技巧，这无疑会为学员将来组织考察团提供宝贵经验。此外，听说还有后续安排，要组织学界的考察活动。实地考察的目的，是加深印象，学以致用。首批学员最后一课也是这样，分组行走本澳四条具不同文化遗产及特色建筑的路线。听课和考察相结合，也就是理论联系实际，这样的培训能够收到事半功倍的效果。

文化大使的培训，是澳门文化建设方面一个基础工程，我看应该扩大到导游这个群体。要让外来游客更多地了解澳门，真正体验澳门的美妙，从而留下好印象，似乎更多地还得需要导游。有关部门要重视导游的培训和考核，让他们能够称职地服务游客。

如果来过澳门的游客回去后都能头头是道地介绍真实、地道的澳门，说得出澳门的著名景点及其前世今生，说得出澳门中西文化交融的特色，那无疑也是澳门的一大幸事呢。

情系家山

荔城无处不荔枝

澳门访问团的大巴离开莆田的时候，团长提起一大袋的荔枝分发给大家。这是她的莆田友人为她送行时特意带来给大家分享的，确是有心。摘下一枚剥开一尝，果然核小肉厚，味极甘美，应是荔中佳品。

我对荔枝这种家乡特产，自有特别的感情。小时候曾和玩伴爬上树比赛吃荔枝，也曾在河沟里边戏水边吃荔枝。莆田农谚“小暑小吃，大暑大吃”，说的就是当地荔枝的造季。又有吃又有玩，暑假当然是孩子们最高兴的季节了。后来离乡背井，竟拿了一块断了头的和平鸽寿山石刻了“荔城旧人”四个字，附庸风雅，不过这中间总还有一份对于家乡的情愫在。苏东坡说“日啖荔枝三百颗，不辞长作岭南人”，他是颇以住过岭南为荣的，而我则是地地道道的莆田人，能不将家乡名产引以为傲？

莆田史称兴安、兴化，“荔城”则是莆田的别称，这是因为莆田荔枝闻名全国甚至饮誉世界。据说过去兴化府衙曾悬有一副对联：“荔子甲天下，梅妃是部民”。宋代邑人蔡襄著有世界上第一本《荔枝谱》，称兴化荔枝天下之最。《荔枝谱》中说：“宋公荔枝……世传其树已三百岁，旧属王氏。黄巢过莆，士兵欲砍为薪。王氏媪抱树号泣，愿与树偕死。巢怜之，遂不伐。”这么说，此树应与梅妃同时代。江梅妃是唐明皇的妃子，比杨贵妃更早得宠。杜牧诗曰：“一骑红尘妃子笑，无人知是荔枝来。”莆中与西蜀都盛产荔枝，江、杨两人会不会也因为荔枝而争风吃醋？

岭南荔枝也很出名，可明代增城湛若水还是从现属莆田市的枫亭怀核而归，引种了当地名品，这就是“尚书怀”的前身。这件事清代岭南三大家之一的屈大均《广东新语》里有记。郭沫若先生60年代初在莆田考察时，也题下“荔城无处不荔枝”的诗句，盛赞莆田荔枝。

莆田四季水果不断，枇杷领先，荔枝紧跟，然后龙眼，再就是文旦柚，此为莆田四大名果。这是莆田农业经济的骄傲，应该发扬光大。如今大兴土木，适合果树生长的良田沃土越来越少，令人担忧。郭沫若《途次莆田》盛赞的“漫道江南风景好，水乡鱼米亦如之”，应该仍是努力的方向。

家乡情结

这几天又有好几个莆田老乡买了车票往老家跑，春节不都过了吗，还回去干什么？原来他们这是赶回去闹元宵！如果说回家过年是中国人家庭情感强化剂的话，闹元宵则是我们莆田人一个非常特殊的家乡情结。

莆田农历正月最热闹的时候是在正月初四到初五，这两天，就相当于中国传统的大年三十和正月初一。这是因为莆田在明代时曾遭到倭寇祸害，有一次还是快要过年了倭寇来屠城，死亡枕藉，幸存者纷纷逃往他乡避难。待到几天后官军击退倭寇，逃亡的人才回到家乡。这大年三十虽然已经过了，可还得补回来啊。于是，莆田人改在正月初四做大岁，这传统一直流传下来，直到现在。慎终追远，这是多么沉重的历史和文化啊！

一般来说，元宵节是中国人春节以后紧接着的又一个欢庆大节，它的日期在正月的十五日。即使古代北方有十三上灯十八落灯的习惯，那也才热闹五天呢。可是莆田人是从正月初六就开始了他们的狂欢，而且长达二十多天！元宵节除了吃元宵，莆田人的重头戏是抬灯巡游。参与者众，观看者更是人山人海。

莆田乡村元宵节巡游的路线很长很远，有的包括了好几个村子，这也成了莆田乡村一项盛大的乡村联谊活动。巡游时一般是几个自然村的人抬着神像先汇聚到大乡的公庙里头，然后有秩序地从这里出发，开始了到各个村子的巡游。巡游队伍经过的村子，都要准备许多饭菜甚至酒席，供抬灯巡游者在休息的时候食用。这时，大家欢欢喜喜地围坐一起吃元宵，好像一家人一样，谈笑风生，其乐融融。

更有甚者，莆田人闹元宵不是集中在某一天，而是分散开来像接龙一样地进行，这就有了长达二十多天的狂欢。在这二十多天里，亲戚朋友互相邀请，饮宴不断，这也造就了莆田人探亲访友的好机会。说到这里，大家就能理解为什么澳门的莆田人多选择元宵节前后回老家了。

相对于满眼欲望、追名逐利的城市，我更喜欢简单、朴实的农村生活。很可惜，进入现代化的中国，一些地方社会变化超常规的快速，许多农村实际上已经消失。这样，就带出一个严重的社会问题，那就是中国传统习俗的崩解。

莆田农村闹元宵就是一个很好的例子。不论社会如何变化，只要农民不是绝对离开土地，只要农村还存在，闹元宵这种民俗就一定会继续下去。这不能简单地说是陈规陋习，其实这种传统习俗只是农村地区的人们展示自己朴实、简单的生活和理想，不需要谁来号召，年复一年，就这样一直延续。而这种延续，也正是我们中华文化顽强生命力的体现。近日在网络盛传的莆田仙游枫亭闹元宵，就是承传了北宋时期汴京元宵节的盛况。因为仙游在北宋时出了两个名人，一个是蔡京，一个是蔡襄，他们把汴京的元宵游灯带到了仙游。

我也曾经在农村生活，虽然进入城市，还是念念不忘与自己的情感和生命密切相关的农村。有人这样描写他心中的农村生活："看夕阳，看秋河，看花，听雨，闻香。一席茶，一池荷，小桥流水，丝竹在耳。"我倒是不必像他那样的文雅精致，我只要像一般农民那样艺蔬种果，饲鸡喂猪，捕鱼捉虾，茶酒待客，已经非常满足。

农村早已不是陶渊明描述的世外桃源，农村也要现代化。近年来，废除了农业税，增多了农业补贴，实行了义务教育，创建了合作医疗和养老津贴，提高了农村人口的生活水平。农民有宅基地和土地，不用非得在城里置业，他们翻新房屋，改善住房条件。地方经济发展，推进了“工业村庄”的出现，大量吸收周边农村的剩余劳动力，很多人不再外出打工。村内设有商店、货栈、旅店等，逐渐发展为新型市镇。一些书屋、酒店、温泉疗养、海滨度假村也在农村出现。铁路、公路已将大部分农村连接起来，乘火车旅游、到海边度假成为城市人的一种风气。随着城市就业机会的饱和、城市节奏的加快和住房负担的加重，越来越多的城市人向往农村生活。

现在令人担忧的是，有些地方片面理解新农村建设，大搞征地拆迁，赶农民上楼，许多乡村从此消失。皮之不存，毛将焉附。恐怕一些地方的农村像元宵大巡游这样的传统喜庆也将成为消逝的风景。我希望中国能够循序渐进地发展新农村，而不要把中国特色的农耕文化连根拔掉。

童影如梦

没想到近些日子经常同我喝茶聊天的小郑，有可能就是我六十多年前房东家的孩子。那天无意中问起他在莆田涵江的老家，他说他的家在下洋村。下洋，这不就是我家从福州搬到涵江时的第一个落脚点！我一一描摹了房东家附近的景物，他竟然说现在的环境还大致如此。这下子我儿童时代在这个村子留下的身影，又都鲜活了起来，恍然如梦。

下洋紧贴福厦公路，又靠近有“小上海”之称的涵江商业区，可谓寸土寸金，怎么这么多年来可以躲过一浪高过一浪的开发拆迁潮？如今我倒是为它的幸存感到高兴。

当年我刚念小学，从村子到学校或者到镇上母亲做手工的地方都不远，几乎每天都会从村头到村尾走几趟。那里的村社、庙宇、民居、农地，至今历历在目。

下洋村是一个极具文化魅力的地方，这里有涵江民间信仰中心鲤江庙，有明代建筑乌台社，以及中西风格合璧的马兰顺侨宅。这里还有许多古色古香的中式民居，凭外观就能判断这是豪门大族还是平民之家。

小时候到过下洋村的村社、庙宇，那时只是知道玩，并不会去深究它们的内里乾坤。现在乌台社已是涵江区文物保护单位，里面供奉的是尊主明王、张公圣君和妈祖，都是民间最基层的神明。这里是当地居民开展民俗活动的重要场所，每当村里有大事、喜事，村民都会在这里聚会，举办仪式。

原来下洋村也要拆迁改造的，不过，村民向政府提出要求，希望能够原址保护乌台社。政府不仅答应了，还说将结合乌台社具体地理、建筑情况，进行原址保护，将来以乌台社为中心，建设一个开放式的文化广场，为当地居民留下这块聊解乡愁之地。

“马兰客”

“马兰客”是下洋村最为人称道的建筑物。在我童年的印记中，“马兰客”高高在上，可望而不可即。为什么呢？因为它不但确实位于下洋的山坡上，而且这座城堡式的豪宅在附近的村舍中鹤立鸡群，富丽堂皇，还带有许多的神秘感。

虽然我上学上街都要经过“马兰客”，但像我这样的异乡穷孩子，不敢探头探脑一窥里头的奥秘。告别下洋半个多世纪了，“马兰客”永远只是我童年回忆中的一个谜。

最近莆田甚至福建不少媒体频频报道“马兰客”，使得这座过气豪宅声名远播，也让我了解了它的前世今生。“马兰客”的正式称号叫作“马兰顺侨宅”，是旅居印度尼西亚的爱国华侨林天顺于20世纪30年代携族人倾力建造的，2013年被福建省住建厅和文化厅列入第一批省优秀近现代建筑代表名录。这样说来，当年我看到的“马兰客”，也不过才盖二十年左右。

“马兰客”是人们对华侨，尤其是印度尼西亚华侨的昵称。也许到印度尼西亚谋生的莆田人喜欢聚居棉兰，“棉兰”讲得快了就变音为“马兰”。涵江是千年商埠重镇，有几十万海外侨胞，不少人回乡建了精美宅第，也留下了他们浓浓的乡愁。

下洋片区现在要进行改造，这座占地两亩有余、双层七间厢的回廊式大宅院也面临拆迁的命运。据说拆迁办已多次到马兰顺侨宅内，做住户思想工作，希望他们早日搬迁。

新闻报道揭开了“马兰客”的神秘面纱。这座侨宅至今保留着完整的中西合璧建筑形貌，里头木雕、石雕、书法与建筑工艺巧妙融合，具有极高的侨史和文物价值，况且它印记了当地人们太多的美好回忆。它虽因年代久远显得有些破败，但还是可以保留下来的。

于是有莆田市政协委员起而奔走呼号，还引用习主席的话，呼吁为子孙后代留下一个“有田可耕、有水可喝、有业可兴、有海可游”的自然环境，更要为他们留下一个可延续的文脉、记得住的乡愁。他们希望将“马兰客”侨宅纳入文物保护名录，确定保护和利用方案，筹措资金，进行修缮，将之改造成民俗博物馆。

最近听说“马兰客”不用拆迁了，要原原本本保留下来。政府顺应民意，得到市民的点赞。

像“马兰客”这样的建筑物以前在莆田为数不少。莆田靠海，又是著名的侨乡，交通便利，客商云集，市场繁荣，富商、华侨建造的豪宅比比皆是。这些建筑外观富丽堂皇，内里装饰也十分精美。

年前参观过一位澳门朋友在江口镇的祖屋。他家祖辈有不少人下南洋，发达后衣锦还乡，自然就会在老家建设像样的楼房，也是光宗耀祖的意思吧。这是一座类似“马兰客”的中西合璧的建筑物，也是双层七间厢回廊式的大宅院。全宅东西南北回廊贯通，房间为数众多，听说解放初住过部队一个连的官兵呢。大宅在装饰上也十分华美，极具文化气息。除传统的木雕、石雕、砖雕外，还布满文人墨客的字画、彩绘。尤其是大门、房门、墙柱上刻写的对联，都是持家处世的名言佳句，蕴含着中华伦理文化的精华，留下对后人的谆谆教诲。

莆田侨宅建筑所用的红砖、红瓦都是当地生产的。以前我在涵江读书时就常到塘头一带看人家制作红砖、红瓦。当时我很纳闷，明明农田里的泥土是灰黑色的，怎么就能烧出红色的砖瓦？越是好奇，越是要跑去看，这倒成了我少年时的课余乐事。

莆田现在像“马兰客”这样的建筑已经不多了，实在都应该好好抢救保护。一边是城市发展需要，一边是文化遗产保护，两者如何平衡，确实颇费思量。习主席讲的“城市建设要让居民望得见山，看得见水，记得住乡愁”，给了老百姓文保的底气，也给了地方政府不蛮干的定力。莆田在推进城市发展中为文化遗产让路，实现了共赢，官民皆大欢喜。

山乡稀客

偏僻的山乡突然来了好几部车子，来的这十几个异乡客人，自然会引起一阵轰动。这是我的一批厦门老同学看我来了。

西边来的一条高速公路要在老家半山腰修建一个回旋处，刻下正在赶工。往我家的村道本来就十分狭窄崎岖，这一来就更加颠簸了。同学们说要来都说了好几年，我总不能老挡他们的驾。这回他们可是兴头十足，大老远包车从厦门到莆田城里用过午饭，没有休息就换乘小车赶进山来了。

一到山上，他们也不进屋就迫不及待地都往果园那头跑去。清明节正是枇杷成熟的季节，这就增添了许多田野乐趣。这批年已古稀的客人，一下子都变成了天真活泼的少年，一个个欢欣雀跃，手舞足蹈。走在山间的小道上，客人对山区的事物感到好奇，似乎样样都吸引人。其实，这些人年轻时都经历过上山下乡，对农村的情况还是熟悉的，只是经过三四十年，重新回到这样的环境，过往的事物又都一下子鲜活了起来。

许多荒废的枇杷园已经杂草丛生，连路都被掩没了。看着漫山遍野丢弃的枇杷果，他们都直呼可惜！这些老来少的城里人，一看到那一撮撮黄澄澄的枇杷果都眼睛放亮，不顾脚下有路没路勇敢向前冲。他们对用纸袋子包住树上的枇杷果感到好奇，二弟解释说，这是为了防止鸟儿啄食，也好让果子长得匀称。但也正是多了这个工序，种枇杷就显得更加辛苦了。现在快成熟的枇杷果都要用纸一个个包起来，让果子长得均匀，也防止鸟儿啄食。如今枇杷成熟的季节，山上再也不是“一树枇杷一树金”，而是白花花的一片“香雪海”了。

许多同学都有收获，除了枇杷，几个细心的女同学还采集到不少草莓。她们说，这草莓不知比超市的鲜甜多少倍！

逛了果园，大家回到我的祖屋厅堂泡茶谈天，个个都说心情特别舒畅。山上空气新鲜，树木茂盛，花果飘香，总之是样样都吸引人。就说这泡茶的山泉，城里的桶装水哪有这么清洌甘美！

我又吹起了枇杷经。天下产枇杷的地方多的是，可我还是向同学们夸口，家乡的枇杷甲天下！确实，经过多年的不断改良，家乡枇杷的质量愈来愈好，个头硕大，甘甜多汁。“莆田枇杷”声名远播，占领了全国市场，还远销海外。吃过刚刚从树上摘下的枇杷，同学们无不交口称赞。

我这祖屋原是一座普通的农家房子，如今重建成了一座三层楼房，还算宽敞整洁。附近本来还有两家亲戚，他们都嫌交通不便搬到山下去了。剩下我们这单家独户的，倒也清静。我看高速公路回旋处一建好，村道肯定会改善，那我们上下山也就更加方便了。难得的是既俯览高速公路，又保留了田园果树。同学们对我这翻新的祖屋赞赏有加，这不，他们还特地在厦门定做了一块贺匾送来，令我家几个兄弟喜出望外，感激不尽。

时间非常短促，这趟农家乐结束了。我送每个同学一箱枇杷，好让他们的家人也分享一下他们的田园欢乐。在人的一生中，除了父母、兄弟姐妹和子女之外，最为亲近的社会关系应该算是师生、同学关系了。也正因为此，人们年纪越大，就越是重视和珍惜师生和同学之间的聚会了。我跟同学们说，等交通进一步改善了，希望大家年年来。清明时节我会在老家等待朋友们到来，而且从厦门到莆田也用不了多少时间。枇杷果季颇长。清明过后直至六月，都是枇杷造期，质量也最好，味道最甜。

退休人士有的是时间，只要身体健康，大可以放开胸怀，多一些与亲朋好友结伴旅游，上山采摘枇杷，然后在农家住一宿，这才是享受人生呢。山区没有什么好招待的，只是这种果园野趣，倒是可以调剂一下城市的生活。

恋恋山居

以前也写过一些如像“家乡巨变”这样的文章，这次回老家，才真正体会到什么叫作“巨变”。

我的老家萩芦镇，被莆田人叫作“平原尾、山区头”，以流过此地的萩芦溪命名。萩芦溪的上游，是靠近邻县永泰的几个山区镇；而它的下游，则是著名侨乡江口镇，溪水也就从这里流入东海。萩芦镇经济并不发达，多年前由于大量种植枇杷，发展了坡地经济，加上外出打工，农民生活水平也相应有所提高。我家所在的林美村，则是萩芦溪边一个刚刚开始爬坡的村庄。我这一勾勒，大概一个山清水秀的乡村形象就展示在人们眼前了。这里不但是我归耕的理想归宿，也是我各地亲友喜欢来度假的地方。

这回让我惊呼巨变的原因是湄渝高速公路莆田段建成通车了，而五个出口之一就在我们萩芦林美村！从大的方面讲，湄渝高速将打通江西、湖南、四川等中西部省市出海口，促进中西部省市拓展对台经贸，推动福建与赣东地区、赣西财产区、长株潭都市群、成渝经济区等对接，具有巨大战略意义。从小处来说，莆田与西边的永泰、尤溪等地的来往更加快捷了。经过萩芦林美的朋友都说，从出口处抬头就看到了我家的楼房。由于修路，比我家地势低的农户都拆迁走了，就剩下我们单家独户地屹立山上。

我并不因为我家被孤立山上而感忧伤，相反，我感觉这倒给了我们更多的清静。而且，整个村庄由于通了高速，交通便捷，不是更有利于“美丽乡村”建设吗？

我那老家的山居，从草创到现在这个样子，有一段颇长的历史。现在拿祖屋来作为话题，当然有点慎终追远的意思。

中国人向来有逐水而居的习惯，林美村靠近萩芦溪，在溪边聚居，便于农耕。只是后来人多了，可耕地不足，有些人就往高处发展了。我的高祖就是这样到山上垦荒，并且定居下来的。到了我祖父这一辈，由于山下人也往山上开荒种果，山地开发得差不多了。时值清末，中国商业经济已经在沿海城市出现，农村青少年开始向城市流动。祖父就在十四岁那年随乡人到福州打工。要说农民工，祖父应该是中国最早进城的农民工吧。

老家是漂泊者的避风港，动乱起来城市是非常脆弱的，反而是农村，给了惊魂失魄的城市人温柔的庇护。祖父少年时去了福州，老家没有房子，起先只是拖儿带女暂住兄长家，后来勉勉强强在兄长屋舍边上搭建了简单的住所。直到“文化大革命”父母返回老家，我们几个兄弟才在旧屋废墟上盖了一座小房子，虽然简陋，但总算有了栖身之所。

近年山上两户亲戚都搬到山下，剩下我们这单家独户了。要问我为什么不到山下而在山上重建祖屋，我想，大概这就是留恋旧土，一种顽固的情结吧。

其实山上的好处很多很多。首先是这么大的山头任你发展，就怕你没有劳力呢。另外，像我这样长期在城市生活的人，年纪大了，就很想躲到一个偏远些、宁静些的地方看看书种种菜，邀一些朋友来喝喝酒叹叹茶，也是晚年一种寄托。这里山清水秀、空气清新，如今高速公路修到门口，有多方便啊！

自祖父百多年前到福州开枝散叶，我们家从来没有断过与老家的联系，而我们兄弟姐妹，对老家的眷念之情尤其浓厚。先是“文革”期间祖屋的复建，然后是改革开放承包了祖屋后面的十来亩山地种枇杷，再就是在我退休前将祖屋全面扩建翻新，并正式命名为“春燕堂”。

就这样，散布在各地的春燕堂子孙会在每年的清明节汇聚老家，祭扫祖坟，祭拜祖先，然后在厅堂剥枇杷、喝茶，漫话家常。虽然现在我们兄弟姐妹的子孙也还是在城市生活，但他们没有忘记清明节祭祖这个大日子，都一大早驾车赶了回来。代代相传，这是值得我们欣慰的好传统！

理想家园

人因为乡愁而寻找家园，因为纷繁而寻找安定。归耕之路，追求的也就是根的稳定和心的安宁。这种看似粗糙的生活形态和精神境界在城市不容易得到，反而成了城市人追求的奢侈品。

没想到，我的归耕生活设想，也得到了很多学生的响应。原先他们都说要来澳门探我，可现在他们更期待到我乡下的山居小住呢。

我的这些学生如今大部分都五六十岁年纪，也就是到了退休或者临近退休的时候了。他们这些人搭上改革开放的列车，无论是在商场还是在政坛，都经历过很长时间的摸爬滚打，不管顺不顺利，大概都已经全身疲累。如今，他们很想找个僻静靠近自然的地方休息休息，调整一下心态，准备更好地安排自己往后的生活。而且他们的子女大部分都独立了，再没有什么家庭拖累。难得换来一个自由身，还不赶快轻装上路？山居，这种远离市井喧嚣的环境，不正是他们梦寐以求的理想家园吗？

繁忙的日子过去了，青春岁月的回忆喷泉般涌起，重拾以往疏忽了的师生和同学之间的联系。这不，他们开始规划什么时候这批人上山，什么时候那批人接替，这样山上就会一直有人居住，必要的栽种和养殖也就可以一直延续下去。住宿条件尽量安排得好些，食品方面除了自己种养之外，山下小店铺和镇上的商店，也都很方便。

其实，三五成群的日子很好打发呢。同学中有很多文艺人才，他们可以组织个小乐队，吹吹弹弹，自娱娱人，何乐不为？至于书画爱好者，可以挥洒自如，相互切磋。喜欢看书的，躲在一个角落，沉浸在自我世界之中；喜欢喝酒饮茶的，喜欢打牌搓麻将的，也不妨率性而为。这样的山上生活，松松散散的，没有刻意的安排，爱做什么就做什么，自由自在得很。

最近，我的老家也吹来了“美丽乡村”建设的东风，这就同我山居生活的设想不谋而合了。尽管我家独处山上，但我们总要经过山下，山上也还有别人家的果园。因此，整个林美村的环境，以及通往山上的村道，就需要借“美丽乡村”的东风来个整体改造。

清明节过后的一天，我路过村书记家，顺便进去同他聊起“美丽乡村”的事情。他说镇上已经确定林美村作为“美丽乡村”的试点，大家要好好规划规划。我提出两点建议：首先是整好村道，因为建设高速公路，原先的村道受到破坏，虽然有所修复，但仍然坑坑洼洼的，而且临近我家的那段路也太窄太陡；其次是美化环境，在村民丢荒的果园和道路两边栽种桂花、樱花之类的观赏性树木。村书记说这两点意见很好，政府对这两项建设还有补贴呢。

“美丽乡村”是落实生态文明建设的重要举措，也是在农村推进美丽中国建设的具体行动，总的要求是“生产发展、生活宽裕、乡风文明、村容整洁、管理民主”。虽然我们村的经济靠栽种枇杷有了一些发展，但现在也到了转型的关键时候。“美丽乡村”恰好给了我们村经济继续发展的机会，随着“美丽乡村”建设，作为第三产业的“农家乐”也就可以办起来了。

我没有和村书记具体谈“农家乐”的事，但我觉得“农家乐”不是单家独户的事，要发动整个村子一起来做才有意义啊。林美村自然条件优越，水资源和森林资源丰富，具有传统的田园风光和乡村特色，而且交通便捷，距离城镇较近，很适宜发展生态、文化旅游。只要我们把环境整治好，在住宿、餐饮、娱乐设施等方面适当投入，“农家乐”就会水到渠成。

山居，适合像我这样长期在城市生活而感到有点累的人。归根结底，所谓理想家园，无非是回归平淡，是心灵的安顿。朋友，如果回归自然的山居生活会给你带来安定感，那你不妨将之当作理想的家园。

留住乡愁

番客吟

莆田人很怪，把自己家乡的大江大河都叫作溪，比如流贯全境、最大的两条河流木兰溪和萩芦溪。现在我要说的蒜溪，是萩芦溪支流。萩芦溪的入海口就是著名侨乡江口镇。

宋代著名诗人刘克庄写过一首《蒜溪》的诗，脍炙人口。诗歌是关心民瘼的，“日烁千山草树然，海乡极目少炊烟。蒜溪一脉涓涓水，只绿庵西数丈田”。这当然不是歌颂地方的丰饶，倒是道出了农耕的艰辛，于是也就衍生出这里的农民远走他乡甚至下南洋的传统。蒜溪总长 6.8 公里，流经的 7 个村庄总面积 29 平方公里，常住人口不到 13000 人，在外华侨人数倒有 23000 多人，老华侨主要分布在印度尼西亚、马来西亚、新加坡等国家。

早期萩芦溪下游的农民就是从江口通过海路远渡重洋的。穷苦的村民为了生计，下南洋谋生活，什么重活脏活都干过，后来他们赚到了钱，省吃俭用回乡盖大厝。许多“番客”还把南洋建筑的风格融入到新建的房子里，于是土洋互补，和谐共生，涌现不少中西结合的精美建筑。这些老房子一般都规模宏大，屋顶和走廊都有色彩鲜艳、栩栩如生的龙凤彩绘，墙上装饰戏文图画，木雕和石雕十分精巧。有样学样，互相攀比，蔚成风气，尤以蒜溪沿岸为甚。我几次参观关先生老屋，路过之处，小桥、流水、侨宅、果园、花圃，鸟语花香，浓郁的南洋文化，让人流连忘返。

许多人只看到华侨大厝的风光，很少去了解这些大厝的前世今生，特别是这些豪宅的老主人是怎样经历千辛万苦，甚至是通过几代人的努力，才创造了这么一个宏大的家业。

莆田江口镇东大村的丰隆大厝，俗称“百廿间”，是侨乡古民居中的标志性建筑物，建于 1926 年。创建者叫作姚丰隆（1874—1956），民国初年赴南洋，从拉黄包车开始，到成立万丰隆公司，经营汽车摩托车修配公司，后来又拓展至汽油、汽车交易业务，名满东南亚。在江口，像姚丰隆这样白手起家、从最底层的苦力做起，直到成为成功的商人、著名企业家的不在少数。人多地少，穷苦的农民为了生计，只得下南洋谋生活。他们克勤克俭，奋斗经年，积攒到钱，就拿回老家盖房子。这种习惯代代相传，就成了莆田特色的民风民俗，江口有些地方，甚至早在百年前就被冠以“小南洋”的美名。

澳门归侨总会创会会长梁披云写的《番客谣》，是一首抒情和叙事交融的华侨史诗。全诗荡气回肠，追溯了千千万万到“番邦”做番客的人充满辛酸血泪的奋斗历史。“东漂西泊年复年，苦雨凄风路几千”，“剜肉补疮凭赤手”。漂洋过海的番客在异国他乡只能靠着过人的勤劳，胼手胝足在夹缝里求生存。“少小离家做番客，今日还乡头已白”，“荒鸡喔喔夜漫漫，百念千愁蓺肺肝”。

为什么华侨特别爱国爱乡？因为他们亲身体验了背井离乡、寄人篱下的辛酸，参透了世态之炎凉，人情之冷暖。梁老于 1978 年的《归侨总会十年》写道：“万里归来百战身，十年生聚镜湖滨。收将四海孤雏泪，看去神州雨后春”，将华侨的境遇和心情恰如其分地表达出来。

当我参观华侨大厝听了背景资料的时候，往往为老华侨浓郁的热爱祖国、热爱家乡的感情所感动。侨乡江口的确要好好利用保存较好的南洋风格古民居，讲好这当中的故事，教育后人，尤其要对接东南亚地区新生代华侨，吸引他们经常回祖籍地走走看看。

漂洋过海客家路

移民码头

这一辑图文并茂的梅江松口码头图片集引起了我极大的兴趣，也由此浮想联翩。

大前年我在写《蓝家渡》这篇文章的时候，引用了一首叫作《送人离别水东西》的客家山歌，里面写道:“赶人出屋鸡乱啼，送人离别水东西，挽水思量想无法，从今唔养五更鸡。松口行上嘉应州，三条河水急湫湫，两条丝线打死结，人情难舍哥难离。”嘉应州就是梅县，现在的梅州，这一点我懂，大家也都知道。而松口在什么地方呢？我没有深究下去。当时我只是想，这个被多情妹子依依惜别的汉子，大概就是坐船沿汀江、韩江出外谋生的。

现在看了这辑图片，我弄清了松口是位于粤东内陆梅江边上的一个小镇，现为梅州所辖；而“三条河水急湫湫”，指的就是汀江和梅江在附近汇合，然后流入韩江。如今那里的松口码头被联合国确认为中国唯一的移民码头，变得举世闻名了。为什么作为文化遗产保护的移民码头不选沿海而要选内陆江边呢？这就因为地处闽粤赣三省交会处的松口，不仅是客家先民由闽迁粤始居的驿站，更是明清以来无数客家人作别祖国、漂泊南洋的始发地和必经之路。许多闽西客家人就是从“蓝家渡”或类似的闽西渡口出发，坐船到广东的梅州，在那里暂居打下基础，然后再从那里远赴重洋，到世界各地谋生发展开枝散叶。文学中江河水和儿女情总是相连。一江春水，流不尽客家人的奋斗人生，流不断世世代代客家妹子的痴痴深情。除了流传至今的客家山歌之外，许多客家人的族谱也都有类似的记载。

松口码头作为闽西、粤东客家人播迁海外的出发地，见证了客家人海外谋生的历史，是客家华侨心中永远的驿站。非常幸运，现代化的步伐并没有太快地踩到松口码头。是的，随着乡镇公路的四通八达和水路运输的没落，松口码头已经风光不再。可是也正因为此，这个珍贵的文化遗存才没有受到过度开发的破坏。因此，人们还可以看到码头广场光滑的石阶、历经风雨的船墩、临江的古街道，以及斑驳破旧的“骑楼式”店铺。

繁华是美，历尽沧桑的寂寥也是美，而且还是不可再生的美啊！

艰辛道路

从蓝家渡到松口码头，我想到了客家人外出谋生、漂洋过海的艰辛道路。

众所周知，福建有两位著名的侨领，一位是陈嘉庚，一位是胡文虎。陈嘉庚是厦门附近的同安人，其先世应该是从厦门去南洋的。而胡文虎祖籍闽西的永定，他的客家祖先是怎么去南洋的呢？我想，按常理是沿着汀江到韩江，然后从汕头出海这一条水路吧。当我们津津乐道这些华侨翘楚风光无限富可敌国的时候，可不要忘掉他们的先人也一样是穷苦出身，他们的发家致富也都有一个筚路蓝缕的过程。

闽西和粤东客家地区以前山多田少，交通阻塞，经济落后，百姓生活贫苦，为着生计，客家男子素有外出做工、经商、从军，甚至漂洋过海，到海外谋生的传统。此外，宋末、明末以及近代的历次战乱，也使客家人大量流亡海外。据20世纪70年代统计，当时海外三千多万华侨中，客籍约占三分之一。如今新华侨方兴未艾，源流众多，这数据就要改变了。

旧时客家人称出国谋生为“过番”。又因为他们大都是去印度尼西亚、马来西亚、新加坡、菲律宾、泰国这些毗邻中国南方的国家，故又称为“下南洋”。闽粤客家人“下南洋”，首先要走汀江、韩江这段水路，因此他们对于蓝家渡和松口码头这样的始发地自会留下刻骨铭心的印记。有一首山歌唱道：“妹送亲哥到码头，脚踏火船浮对浮。火船开走容易转，涯哥一去难回头。”这很像古代文人咏唱的“方留恋处，兰舟催发。执手相看泪眼，竟无语凝噎”，只不过山歌更加直白而已。往事如烟，但给蓝家渡和松口码头这样的地方，留下了丰厚悠远、无可替代的人文价值。

“过番”“下南洋”，险恶重重。有一首客家山歌描述道：“至嘱亲友莫过番，海浪抛起高过山。晕船如同天地转，舱底相似下阴间。”有女人劝丈夫不要过番的，“苦劝涯哥莫过番，番邦唔得转唐山。水远山遥无依靠，辛苦日子唔得满”。还有抒发离情别绪的：“郎在番邦妹在唐，两人共天各一方。妹在唐山无双对，郎在番邦打流郎。”

这些记叙华侨远离故土的客家山歌，也是珍贵的非物质文化遗产啊！

骑楼沧桑

这段有关今日松口码头的描写令人感喟再三：街上“骑楼式”南洋风格店铺大部分仍保留完好，临江四百多间店铺连绵，铺面布局纵深宽敞，既有古朴传统的木板铺面，又有南洋风格，只是这条过去叫“繁荣路”的小街现已斑驳破旧，曾经的商贾如云只剩下行人寂寥和道不完的沧桑。

我们如果亲临其境，徘徊在松口骑楼老街，确实会有一种时光倒流的感觉。闽西、粤北的客家先辈从这里启航，远渡海外，在异国他乡创业拚搏，创造了昔日的辉煌。这些南洋风格的骑楼，是他们留给故土的丰厚礼物，也是人们对这些移民驿站的“集体记忆”。

我突发奇想，今天闽西、粤北的客家人，是不是可以来一个寻根之旅，从蓝家渡、松口码头出发，沿水路重走一下他们祖辈下南洋的老路？这样的旅游，是不是更有文化意涵一些？地方政府不必把那些古朴骑楼推倒，花大本钱搞城市建设，就可以让松口这样的老埠头重新繁荣起来！

骑楼之所以让人感到亲切，至少有两个原因：一是当年很多到南洋经商发财后回到当地的人，建了这些极具南洋风格的楼房，但他们还总是在这中间掺杂了自己家乡的一些特色；二是这种上楼下廊的建筑，以避雨遮阳为主要功能，体现了人性的关怀。

骑楼也容易给人一种沧桑的感觉，尤其是面对不断排挤它们的现代化建设。可是，历史是不可以抹掉的，特定时代的人类文化遗存也不可以再生。我们如果至今还没有惊觉那些曾经遍布我国南方城市的骑楼建筑危如累卵，还那么漫不经心地说拆就拆，那很可能有一天我们就要噬脐莫及了。其实，在不少地方，早就有那些沉迷于大型建设的规划者，先后拆除了大量的骑楼，造成了无可挽回的历史景观破坏。就连广州、厦门这样骑楼街区保护得比较好的城市，也曾经做过类似的蠢事！

当我们漫步广州上下九或厦门中山路的老街时，会不会心生奢望，全国各地的城市都有这么美的骑楼街区有多好啊？还有，作为澳门居民，我们也当会联想，无论是河边新街，还是新马路，那些老骑楼都应该保护得好好的，成为景点，吸引游客啊？!

过年的感觉

坐在电脑前赶稿，该敲点什么下去呢？大年三十了，就从俗吧，说点过年的感觉。

朋友李先生在群里发了一段他们一家子回家过年的经过，字句不多，但真挚感人。

李先生写道："许多年没有回家过年了，今年一家三口想回家，车票却一票难求。好不容易买到腊月二十九的飞机票，它又晚点。紧赶慢赶，还好有惊无险地接上了高铁。回到家已是晚上 10 点，八十多岁的母亲开着门等我们。望着桌上用碗盖着的老母亲亲手做的菜，我在想，要是今天赶不回来呢？父母虽然口口声声说你们不用回来，但心里多么盼望儿女回家过年。父母在，家就在，常回家看看。"

赶回家过年，归心似箭，这是许多中国人共同的体会。李先生还算幸运，赶在大年三十前回到老家与父母团聚。如今飞机、高铁加上高速公路，已经方便了很多。要是过去，李先生要赶回他那湖南乡下，还不知要提早多少天，多受多少折腾！

20 世纪 60 年代初，还在念高中的我也有一次过大年人还在路上的经历。那年也是年二十九，我拒绝了舅舅的挽留，傍晚从福州坐了上行的汽船到大哥和母亲那里过年。整条船就我一个乘客，船工看我可怜兮兮的，特地煮了一碗面安慰我。第二天上午，总算到了渡口，可听说这里离县城还有七十里地，我倒抽了一口气，却也只能硬着头皮上了汽车。到了县城，又听说大哥和妈还在四十里外的林场。这个时刻什么车都没有了，我只好挑着行李赶路。这一路上黑灯暗火地翻山越岭，肚子饿，担子重，我这难受又有谁知道！待到我跌跌撞撞敲开农场大门，家里人都洗漱好准备睡觉了！

李先生终于能够端坐老家的厅堂，亲尝老母亲亲手做的年夜饭，这不就是最好的过年的感觉吗？而如今的我，留在记忆中的大家庭团年饭，只有父亲钉在墙上的菜单，以及母亲在厨房忙上忙下的身影。这印记虽然依稀，却还是催人泪下。

春节是中国最富有特色的传统节日。这一段日子，人们都收起了严肃、忧虑的面容，展露一年中最为灿烂的笑颜；没有粗口，只有祝福。大家都将美好的感情、愿望、伦理、信仰堆积到这个节日上。归家团聚、置办年货、孝敬长者、关爱晚辈，这是代代相传的习惯，如今依然是中华民族的节日传统。这些传统习俗，早已成为一种文化符号，在中国人心目中奠定了神圣的地位。

1928年，民国政府下令“实行废除旧历，普用国历”；对于旧历节令，一律不准循俗放假。春节期间，当局派员警到关门停业的商店，强迫开门营业，并将供品捣毁，有的还处罚金，一时间人心惶惶。不过这种做法，一两年后即告消失，人们照旧过自己的春节，当局也无可奈何。

新中国成立后，大力宣扬破除迷信，但并没有限制春节庆祝活动。春节不仅保留了过去民间习俗，剔除了一些带有封建迷信色彩的活动，而且增加了不少新的内容。旧瓶也可以装新酒啊！

中国正处在一个从农耕文明向现代化工业文明转变的时期。随着西方文化的进入，会有一些自己的民族文化传统减退或者被抛弃。但我一直认为，像春节这样的中国传统文化是不会消失的。

中国春节文化是送给全人类的一份厚礼，许多西方国家现在也庆祝春节。我们提倡多元文化，对于西方文化，我们可以兼收并蓄；对于我们自己的优良传统文化，我们更应该珍爱。

绚烂的尾声

我这是第二次到哆头看元宵了。我们来到郑先生家的时候，大概是上午 11 点钟。

郑先生家附近有供奉妈祖的昭惠庙，此刻广场上早已人山人海，对面的戏台上也挤满了人，大家都在引颈等待迎神的队伍。不一会儿，人们开始骚动了，从巷子里首先闪出的是引旗、仪仗队，然后是吹吹打打、鼓乐喧天的车鼓队和“十音八乐”，接下来就是最为引人注目的壮汉抬神轿。广场上、街头巷尾鞭炮齐鸣，烟雾腾腾。待到仪仗队、车鼓队等分列广场两边时，壮汉们抬着神轿、鼓足一口气急步冲进昭惠庙，这是向天后妈祖“报到”来了。这时，清一色穿着红衣裤的妇女挑着各式各样供品鱼贯进入庙宇。

莆田人闹元宵主要是菩萨巡游。一般一个乡都有几个或十来个村，过去每个乡都建有一个社，供奉一位领头的神明；而每个村也有自己的守护神。到了元宵节，各村抬出神祇绕境出游，然后到领头菩萨那里会齐，热闹一番。

上一次我到哆头看元宵则是在夜里，那是白天迎神活动的延续。哆头附近有十几个村，向主神妈祖“报到”，各村菩萨也要排队，迎神活动经常是高潮迭起，通宵达旦。家家户户张灯结彩，摆开供桌香案，鞭炮、烟花、冲天炮齐放，震耳欲聋；香、烛浓烟呛人，气氛更加浓烈。

郑先生告诉我，由于时间关系，有许多精彩的活动我都没有看到呢。比如赤脚“踩火”，青壮男性赤脚抬着神轿越火而过；坐刀轿打铁球，那是神灵“附体”“菩萨上身”的青年，赤裸上身，任凭焰火喷射身体，流星尖钉锤敲打后背；徒手攀刀梯，向围观群众撒铜钱；年轻力壮的男性表演者抬着神轿，绕着篝火穿梭跳跃。

元宵节通常被认为是春节的尾声，可中国人仍然要把这个日子过得欢天喜地。如今我在乡下看到的巡游，还是儿时那种情景。十番、八乐、高跷、旱船、舞龙、舞狮、秧歌、抬阁等，传统依旧，烟花礼炮则越放越精彩。

朋友传来莆田各乡村元宵节巡游的排期表，长长一串，至少有十来二十天的热闹，直是要把回乡客离去的脚步紧紧拉住。联系网络消息，大年开初那几天，许多城市空空荡荡，人们都跑回老家去了。由之我想，中国人过春节的传统习惯真够执拗啊！

莆田元宵节，时间跨度长，从正月初六直到正月廿九，方才结束，堪称全国最长的元宵节。庆祝活动富有浓郁的地方特色，形式之隆重甚于春节。如果说元宵节是春节的尾声，那在莆田，这尾声也实在太过绚烂。

留住乡愁

我这是时隔十年的旧地重游。想不到这座古旧破败的戏院到现在还没有拆除，至今还是那么孤傲地挺立在周围越来越多的现代化建筑群中。

20 世纪 50 年代初，我们家从省垣搬到涵江以后，就在这座戏院附近的一条街道整整住了十年，也就是我念小学到初中阶段。这是一个人从少年迈向青年的青葱时期。当然，大人的选择纯为生计，因为这里是有“小上海”之称的涵江最繁华地段。

戏院对过就是市场，隔了一条小河，有桥相通。附近还有工人俱乐部、文化馆以及颇为热闹的商圈。每当夜幕降临，戏院门前人头攒动，看戏的人渐渐麇集。票价虽然不贵，但我们街坊似乎没有什么人购票看戏，更不要说我们这些贫民小孩。

戏院的诱惑还是很大的，我们只有很少的机会能看到戏。一个是趴在戏院的窗口看，不过多数时候窗口是关得严严实实的，还有布幔遮掩。我们只能从漏出的一点点细缝一瞥演出的奥妙。另外一个机会是看戏尾。许多时候，看门的大伯到演出快要结束的时候会把大门打开，让观众次第离开。这个时候我们就可以大大方方地进场一饱眼福了。

这样的戏头戏尾看了许多，我也多少知道了莆仙戏的一些套路，接触了京剧和黄梅戏，尤其是当年浙江一个越剧团演出的《追鱼》和《卖布郎》，使我感动不已。

到我们家迁移外地的时候，这座戏院也没落了，一个原因是60年代初对旧戏限制，新编的现代戏不成熟，没有了观众；另一个原因是市场大门口朝向福厦公路，这边的街道萧条了下来。到我上一次重访故地的时候，戏院已经荒废多年。

作为涵江一个较长时期的地标性建筑之一，旧戏院承载了几代涵江人的城市记忆，也牵动着远方游子的心。门户紧锁，我站在破败的戏院外浮想联翩，这里上演过的悲欢离合故事，也许我们已经亲尝，只是时间流逝，过去的恍如一梦。我希望老戏院别拆，更希望采取一些保护措施，最好能够修复利用。

我们从涵江戏院后头穿过一个叫作象埕的小广场，来到了宫口。以前这里是一条很繁荣的河道，小桥流水，商贾云集。可是眼前的宫口，灯光昏暗，行人稀少，那些熟悉的老建筑不见了，新建的楼房呆板单调，热闹的河道消失得无影无踪。

在我少年时代，宫口就是我经常嬉闹游玩的地方。在我的印象中，这里的河道两边石块砌岸，形成街道，每隔一小段就有一个埠头，天天都有许多船只在这里停靠，搬运货物。一座座货栈、仓库以及以前富商兴建的高层楼房，鳞次栉比。河道上有好几座钢筋水泥桥，方便人们来往两岸。虽然每座桥上从早到晚都是熙熙攘攘的人流，可我们总喜欢从这座桥到那座桥地穿梭跑动，就看热闹，或者探探商铺里头琳琅满目的货物。后来这里又建了一座电影院，我们欢快跑动的时候就更多了。

宫口水道既通海港，也通内河，过去我们到县城或是去临近的梧塘，都可以坐汽船，非常方便，而汽船站就在宫口。记得有一年中秋节，我和邻居的孩子去近郊的白塘看社戏，就是从宫口坐小船去的。这个惬意的难得经历，令我至今念念不忘。

涵江之所以有“小上海”之称，部分原因就是因为有这条舟楫便利、商贾繁荣的河道呢。自明、清时起，兴化湾的三江口港勃兴，涵江一跃而成闽中最大的商埠，南来北往大量货物汇聚涵江。宫口因有河道之便，遂成内河水运中心。这样一种水上街市式的繁荣景象，集中展现了涵江历史悠久的商业文化。据说20世纪80年代，邮政部门还特地制成“东方威尼斯”宫口的夜景明信片发行呢。

人们叹息宫口河道的消失，批评沿岸的拆迁是一大败笔，可是生米已经煮成了熟饭，噬脐莫及。为什么城镇改造就不能深思熟虑？就不能对本地特色的历史文化怀有敬畏和珍惜之心？急功近利损失大了，“东方威尼斯”，该有多美啊！留住乡愁，可我们记忆中的景象就这样永远消失了。

小郑才三十多岁，要和我这般年纪的老头子一起来回忆涵江旧时景象，会有怎样的交集呢？我虽有疑虑，但还是坚持。原因很简单，大规模城镇改造对于旧街区、旧建筑的破坏，才是最近二十多年的事情。我相信，我们还是会找到很多共同点的。

我从涵江车站到马尾画了一个简单的图纸。福厦公路是20世纪50年代就穿过涵江的，而我所画的这个路段只有不到一公里。公路经过之处原先都是荒岗、田野，不但没有破坏到涵江旧街区，反而给商贾繁荣的涵江增加了对外交通的便利。由之，我画出的图纸一边，依次是车站附近当时算是新建设的华侨新村、保存完好的塘北天主教堂，以及大片的菜地、稻田和河沟。福厦公路这条中轴线的另一边就是我最熟悉的涵江旧街区了，这里的景致就像是著名的《清明上河图》，涵江这个有着“小上海”美誉的繁华在这里得到充分展现。于是我和小郑的美好回忆沿着涵江车站开始的顶铺、孝义、前街、后街、楼下、延年宫直至直奎桥一路滑行。我们就这么呷茶闲聊，两人争先恐后的记忆交错碰撞，时不时都有精彩的火花，我们都兴奋莫名。

硕果仅存的涵江戏院如今是惨旧破败，威尼斯般繁华的宫口水道面目全非，还有许多许多旧时的风物，在粗率的新城镇建设的设计者们大笔一挥下消失得无影无踪，这些当然是我们共同回忆的焦点，也让我们心情沉重。怀旧有时令人幸福，有时令人忧伤，也许这就是乡愁。可乡愁总应该有个对象吧，如果连依稀、朦胧的对象都被粉碎了，那我们这些家乡故事又怎么讲给后人听呢？

今年家乡政协会议，港澳委员谈得最多的是新城镇建设中的历史、文化、环境保护问题。有人提到宫口河道沿岸的拆迁改造，深叹可惜。虽然这已经是不可挽回的事情，可还是有一定的警示作用。城镇改造不可急功近利，历史文化值得珍惜。留住乡愁，留给我们更多美好的回忆吧。

侨屋风姿

经常来我这里喝茶的关先生最近不见踪影，电话也不通，打听之下，才知道他回了老家，全力以赴修整祖屋去了。

关先生的祖屋我到过三次。第一次走进关家大宅的时候，我真是给吓得倒抽一口气，这房子大得惊人，头进五开间不说，就是两厢也各是五间，加上进门处的桥楼亭，围拢来就是一座庞大的四合院。北方的四合院一般就是一层，可南方就不一样了，一般是两层，甚至在后进还加上梳妆楼。关家房子的结构大体如是。过去我们形容人家大房子大可跑马，关家这老房子就当之无愧。他们家的走马楼四通八达，桥楼亭还可以摆一出戏！关先生说，他们家以前就住过一个连的解放军呢。

房子跟人一样也会老的，听说那大房子的外墙有好几处崩裂，屋顶也渗漏得很严重，应该是年久失修的缘故吧。虽然关先生上辈和这一辈的兄弟、叔伯兄弟多，但他们大部分都在海外，港、台，就关先生因为老母亲健在，还常常要往老家跑，这样一来，修整老屋的重担当然就落在关先生肩上了。

关先生家在著名的侨乡江口镇，江口宋代就很有名，那里是南来北往的士子和商贾必经之地，还盛产名贵的通应子鱼，文人墨客常加吟咏。由于位处兴化湾畔，又是江河入海口，渐渐成为著名侨乡。江口总人口只有 7.25 万人，却有 12 万港、澳、台同胞和旅外侨胞。因此，像关家这样的明清古民居以及 20 世纪三四十年代的老洋房、老院落就比比皆是了。以前新式高楼大厦还少见，车行福厦公路江口段，我们的眼光往往为那些古色古香的老侨房所吸引。

关先生老家风景优美、山青水幽，具有浓厚的侨乡文化，这是发展旅游的重要因素。如今新农村建设的重点转到保护原生态建筑和侨乡文化上来了，当地已经先后对十多座老侨房进行修缮，并开辟古民居旅游路线。我相信还会有更多的老侨房参加到这个队伍中来。

有人批评涵江区近年来发展不快，有点拖莆田市的后腿，尤其是江口镇一直没有多大变化，我倒是庆幸由于这发展不快和变化不大，无形中保护了这些经历沧桑的华侨老屋。近年来，涵江在推进新型城镇化过程中，着重凸显人文、旅游、养生等主题，落实到江口镇，则重点利用南洋风格古民居，对接东南亚地区新生代华侨，建设东南亚华侨祖籍地休闲度假项目，打造莆田“乡村旅游”新名片。

江口新农村建设的路子走对了，江口就是要借助现有资源，打造南洋特色小镇，建成让华侨和游客魂牵梦萦的旅游新镇。

“红砖厝”

童年时在涵江走街闯巷，最喜欢流连而又难以进入的地方就是人们称为“红砖厝”的侨宅富户。这种红砖红瓦、双面坡屋顶、悬山式、燕尾脊的独特建筑样式，既美观，又带有一些神秘感。

每个地方的建筑，都体现着当地的经济和文化情况。比如闽西和粤北的土楼，那是为了聚族而居，便于防护，也是要有一定的经济基础才能建得起来的；广东五邑特别是开平的碉楼，则更是华侨衣锦还乡留在乡间的印记，拔地而起，形同碉堡，同样强调防护作用；而莆田一直延伸到闽南台湾一带的红砖屋，也无一不是富足的体现，而又展示了大陆文化到海洋文化的过渡和融合。涵江规模较大、建设堂皇的“红砖厝”，主要是华侨和官宦人家，这也是童年时的我无法接近的主要原因。

后来有机会探访“红砖厝”，才多少了解这种大厝的堂奥。“红砖厝”固然外墙整面用红砖砌起，照眼气派，就是铺的地板也用红砖，有正方形、长方形、六边形和菱形等，整洁大方；然后是红瓦盖顶，一般居民使用板瓦和望瓦，大户人家用筒瓦，屋顶多为两端微翘的燕尾脊，正脊上有望兽、宝瓶等装饰物。大厝每个厅都有天井，雨水和污水排泄通畅，在这里居住冬暖夏凉，很是舒服。

走的地方多了，才知道红砖古厝在闽台一带十分常见，当然也可以说是一道独特的人文风景。为了加快闽台文化旅游的融合发展，借鉴福建土楼成功“申遗”的经验，闽台拟将两地红砖建筑一起捆绑申报世界文化遗产。目前的申报以泉州、厦门、漳州、金门为中心，也会扩及福清、莆田等地。

“申遗”无疑是留住红砖建筑的一条出路，通过“申遗”，势必让优秀的有价值的红砖建筑得到保留保护，还包括对建筑周边的历史风貌整治、文物生存环境保护与提升等。实际上，保护远比“申遗”重要，在福建沿海城镇化的进程中，既要保护好原有的红砖建筑，也要重视新建设的建筑风格，尽量延续原来的地方特色。

林家祖屋

石埕上芳草萋萋，可是当我走近林家祖屋的时候，还是被这座红砖大厝的宏伟气势所震撼。踏上大门前的石阶，仰头就是“忠孝家声”四个行楷大字的门匾，先声夺人，细看原来是晚清泉州最后一位状元吴鲁题写。而那些在“文革”中遭到残酷破坏的石雕、木雕和砖雕，仍然高傲地透露出它们原来的优美和精巧。别说在南安，就算在整个闽南地区，像这样精致高雅、富有文化气息的古建筑也并不多见。

菲律宾著名侨领林文质的故居确实是奎霞村数十座明清古宅中最为出色的了。这座建于清光绪年间的古民居占地面积两千多平方米，巍峨壮观的五开间，两侧连接护厝，红砖雕砌的墙壁，白色花岗岩墙裙，布局大方，建筑精细。由于大门匾额由状元题写，更平添了许多的文采和荣光。宅第内斑驳的油漆木板壁上依稀可见名家题写的家训、诗词，中华传统文化辉光四溢。柱础、门窗、横梁上精美的石雕、木雕、砖雕比比皆是，无论是花鸟图案还是人物形象，无不惟妙惟肖，生动逼真，全面展现了闽南建筑工人的聪明才智和精湛技艺，令人叹为观止。

由于常年无人居住，林文质故居的屋顶已出现破洞，厅堂梁柱腐朽岌岌可危，两侧房间更已塌陷，让人看了唏嘘不已。听说故居内不少雕刻构件失窃，两扇子弹打不穿、火烧不着的大门也被不肖之徒盗走，更是令人扼腕叹息。带领我们参观的林宣勋和林宣扬昆仲是林文质的孙子，两人均已年过古稀。当他们得知故居遭台风和人为破坏后，便筹集五十万元，准备对故居进行保护性抢修。他们这次就是专门为此而来，“如果再拖延下去，恐怕谁都无力回天”。

奎霞村是著名侨乡，村人下南洋的历史，可以追溯到明末。《奎霞林氏宗谱》记载，1617年十三世祖林庭爚带领部分宗亲到菲律宾吕宋岛经商，至今已有整整四百年历史。民国初年，又有一拨奎霞乡亲为了生计，不怕艰辛，到新加坡谋生。南洋的奎霞乡亲，努力奋斗，发家致富，为侨居国的发展做出贡献，同时也不忘祖国，不忘家乡的亲人，许多华侨回乡置地建房。奎霞村至今保留着上百栋建于清朝、民国年间或20世纪50年代的华侨民居。这些中西合璧、富有南洋特色的房子，是一种厚重的侨乡文化，既印证了海外游子对家乡的那份血浓于水的情分，也是该村引以为傲的瑰宝。正如林氏昆仲所说：“虽然我们很早就离开了，可是这里承载着我们许多童年记忆。”

但凡人们参观有文物价值的民居，必得了解这座宅第建设者的来龙去脉，也就是要洞悉这里头的文化底蕴，否则走马看花，过目则忘，没有什么意思。奎霞全村姓林，奉商代名臣比干为始祖，村民以“忠孝”两字为家训，出了不少贤人志士。林文质故居大门匾额“忠孝家声”四字，就清晰地昭示了这个富裕起来的大家庭，即使播迁海外，也世世代代尊崇中华民族的“忠孝”传统，以永葆称誉乡曲的良好家声。

林文质家贫，少年时肩挑贩卖海产，以苦力养家。为生活计，他十九岁时到菲律宾当店员。时英商渣甸公司在马尼拉设糖厂制炼白糖，文质常与联系，于是独立出来做生意。他为人诚实，吃苦耐劳，经营有方，成为菲律宾糖业进出口巨贾。1904年8月，他响应菲律宾华商邱允衡倡议，组织为华侨谋福利的“小吕宋中华商务局”，1927年5月8日改名“菲律宾中华总商会”，1931年5月24日又更名“菲律宾马尼拉中华商会”。文质急公好义，慷慨捐输，清末家乡郡守赐给“乐善好施”匾额；民国初年财政部奖状褒扬，萨镇冰赠给“热心公益”牌匾。1925年，文质在菲逝世，闽粤华侨执绋者众。

奎霞村上百栋南洋建筑特色的老房子，印证海外游子对家乡那份血浓于水的深情，也充盈着丰富的历史文化，这就是这些古民居的文物价值。现在这些古民居大多已经破旧不堪，都要进行一定的整修。抢救和保护这些古旧房子，是奎霞村民共同的心声。令人欣慰的是，除了村民自身努力之外，有关文保部门也正在抓紧调查研究，争取早日为这些红砖古宅申报文物保护。

澳门的奎霞朋友常夸自己家乡美，百闻不如一见，这次亲自到奎霞一看，确是如此。这里碧海前瞻，青山后靠，海岸线秀丽。奎霞人珍惜大自然的恩赐，与他们交谈，话题多数围绕村落保护。近年来沿海地区工业化、城镇化进程加快，海岸线和近岸海域过度开发，导致海湾与滨海湿地面积减少，严重威胁了海洋生态安全，影响沿海地区经济社会可持续发展。奎霞村也受到过填海拆迁的威胁。好在奎霞人的环境保护意识强，他们力保优美的滨海空间、宜人的亲水岸线不放松，硬是把填海拆迁的图谋给挡了回去。

我常想，如果填海拆迁了，那些古色古香的华侨老屋还能幸存吗？人民群众还能享受碧海蓝天、洁净沙滩吗？

都说留下乡愁，可乡愁却是如此沉重。

寂静的侨乡

老友少飞的家乡在莆田著名侨乡江口镇，我们应邀来参观他的民俗馆。时下并没有什么人回乡，村子里弥漫着一种闲散的寂静。

福建许多沿海县份的乡村都有一个特点，外头的人口比本地的人口多。平日里村子里静悄悄的，没有什么人走动，可是一到年节，村子里马上显得热烘烘，弥漫着一种喜庆的气氛。这个时候，原来院门紧闭的古厝，也从阒寂沉睡中苏醒鲜活了过来。

都说福建人爱走南闯北，其实这是环境逼出来的，福建沿海地少人多呗。早在明清时代，就有许多福建人下南洋讨生活。一代代下南洋的人，艰苦拚搏，省吃俭用，事业有成之后，都一定要回到家乡建造大厝。他们用自己的漂泊和汗水，换来乡愁的抚慰以及衣锦还乡的荣光。现在这些大厝岿然矗立在广大侨乡，为自然朴素的农村增添了别具特色的南洋风情。谁能想到，像少飞家乡这么偏僻的乡村，竟然有这么多、规模如此之大的大厝！

和附近的乡村一样，如果不是年节，村子里很难看到人。一幢幢风格迥异的大厝在田野、山坡点缀展开，游人像是走进了一座静谧辉煌的乡村建筑大观园。大厝一般的格局是传统的五间厢加两边护厝，再延续至下间三厢房双层，多有走马楼连通。有的人家还在大厝下楼房侧端或与大门对应处兴建华丽精美的楼亭。新一代的外出人已经盖起了新的实用型的住宅，但他们一般都不会拆掉原来的老宅。许多家族里的红白大事，还都要在老宅举行；分枝散叶到各地的后代子孙，都要回到这里拜祭祖先。这里就像家族的根，维系着一个与日俱增的庞大家族。这样一种传统习惯，既让这些颇有年月、别具特色的老宅古厝继续矗立在广大侨乡，也真真正正让一代代远走他乡的游子记住永不磨灭的乡愁。

澳门许多莆田乡亲，一年中总有几个记挂在心的大节日。前不久的冬至节，许多莆田乡亲结伴往老家跑。我想这不久就要过年了，为什么要在这个时候回乡下呢？打听之后才知道，莆田乡村并不都在清明节扫墓拜祭先人，有些地方是冬至节，还有一些则在重阳节。眼下新的一年开始了，很快就是春节。莆田人的年过得特别长，一般不玩到元宵节是不会罢休的。这下子，老宅子会香火旺盛很长的一段时间呢！

年纪大的人成了家族里头的族长公，他们念念不忘的是故家的历史，是家族的传承。他们会经常唠叨他们就是在老宅子里长大的，这里收藏着他们许多的童年记忆。然后就这样一代一代地传下去，老宅子也就这样一直岿然不动。

现在许多旧式大厝都是院门紧闭，无人居住，有的也只剩下一两位老人留守。面对这些颇有年月的大厝，仿佛有一种时光倒流的感觉。

这一带旅游景点众多，除了蜿蜒而过的溪流、鲜明南洋风格的大厝，还有成片的果园、历史悠久的寺庙、文化深厚的古驿道。听说江口镇要在这里大展宏图，他们的发展方向，是以南洋文化为核心，结合莆仙文化、妈祖文化，充分利用自然生态、人文景观等优势开发旅游资源，打造一个“十里蒜溪景、百年南洋风、千载驿道情”的特色小镇，成为莆田乡村旅游的一张新名片。

乡村记忆

朋友圈传来一组厦门集美区灌口镇田头村乡村记忆馆的照片，看了深有感触。特色小镇、美丽乡村就应该在文化建设上多下功夫。

从照片上可以看到，这个乡村记忆馆并不是大兴土木、讲究派头，而是充分利用当地的现成材料，虽因陋就简，但处处体现了对于乡村历史文物的尊重。你看连接鹅卵石小路的那几级台阶，用的是村子里收集到的一个个柱础，显得特别粗犷、大气。如今农村很难再盖带木柱子的房子了，而那些拆卸旧房遗留下来的柱础又派不上新建筑的用场，现在来个变废为宝，这创意不是很好吗？还有那个展馆平台的外贴面，用的也是散落乡间田野的磨盘，既起了建材的作用，又展示了一种乡村渐渐式微的生活习俗，别说有多震撼人心！至于那些砖墙，一看就是用拆卸下来的旧砖头七拼八凑砌起来的，有一种奇特的沉重感和沧桑美。这个展馆并不都整整齐齐地在室内摆列展品，有一些大件农具，比如水车，索性就那么随随便便地堆放在走廊上，保持着旧时农耕的原生态。还有一处设计者的匠心独运，那才叫绝！许多农民家里摆不下的神像，巧妙地摆列在一座泥塑神山上，既不亵渎神明，又不宣扬迷信。

中国现在还是一个农业大国，旧式农业离开我们也还不远，甚至还在不少地方延续。许多农家子弟的内心深处，还珍藏着浓厚的恋乡情结。乡村那些曾经如诗如画的风景，一直存留在心灵深处。村里的一些历史、传说、故事，他们不忍淡忘；前辈用过的陈旧器具，他们不忍丢弃；那些淳朴的村风民俗，他们希望一代代传承下去。乡村记忆工程就是“记住乡愁”，“留住乡情”。

田头村被确定为福建省一区一村“乡村记忆档案”项目建设试点村，目前已取得了许多成果，田头乡村记忆馆只是其中一个部分。据朋友介绍，田头村作为“乡村记忆档案”项目建设试点村，已经取得了“七个一”的成果。“七个一”，即出版“一书”《田头记忆》；创作“一歌”《田头之歌》；形成“一赋”《田头赋》；摄制“一片”田头村电视宣传片《灵棋山下田园美》；举办“一会”“诗意田头”朗诵音乐会；规范“一室”田头村档案室；建设“一馆”田头乡村记忆馆。也就是说，田头村的文化建设并不单单是一个乡村记忆馆，而是既有硬件，又有软件。这“七个一”，系统、翔实地记述了田头村承载的人文厚度与历史深度。

现在许多地方都在讲美丽乡村建设，显然，没有“文化内涵”，美丽乡村只是虚有其表，也许根本就是水上浮萍。因此，不仅要突出硬件的布局与设计，更要注入软件的生态文化保护、历史文化传承、民俗文化挖掘。这些举措，目的都在于丰富和提升美丽乡村的内涵和质量，发挥文化引领风尚、教育人民、推动发展、促进和谐的作用。比如田头村建设乡村记忆馆，就是为了把好村风、好民风、好家风一代代传承下去，让老年人在这里能寻找到过去的记忆，让年轻人能感受到先辈的付出而有所作为。因此，田头村这“七个一”，是一个有机的整体。随着美丽乡村建设的深入发展，文化内涵只会增加，不会减少。当然这些增加，应是立足于满足农民经常性的文化需求，关注农民文化喜好，结合农村本土文化，增强创新性和贴近性，努力打造具有区域特色的文化品牌。

当前，中国农村文化建设相对滞后的一个重要原因，就是投入不足。这投入，主要包括资金和人才两个方面。

厦门集美区灌口镇田头村被确定为福建省一区一村“乡村记忆档案”项目建设试点村以后，集美区档案局、灌口镇政府和田头村委会三方联合，打造这个试点村文化建设，取得了显著的成果。这是主要由政府牵头，多方积极而又稳定投入的一个成功案例。那么，我不久前在莆田市江口镇参观的那家农村民俗馆，则是由澳门乡亲王少飞先生独资兴办的。当然，利用闲置校舍，确是得到了集体方面的支持。这是企业家有志于参与新农村文化建设的一个典型。可是，南安市奎霞村的华侨古屋群，其保护或者开发利用，则断不是单家独户或一个村子能够成就的。澳门乡亲林宣扬先生集海内外族人贡献，也只能修复快要倒塌的部分大厅梁柱和屋顶。好在政府文物部门经过调查研究，并经层层报批，现在奎霞村的华侨古屋群已经列入省级文物保护单位，以后的事情，主要要由政府来操办了。

上面这些案例说明，加大政府投入，才能使农村文化建设有一个大的改观。地方财政应加大补助力度，帮助农村加快发展文化事业。当然，各地也可以采取文化结合对扶贫、企业出资、个人捐助等多种方式，广泛吸收社会各界的人力、物力、财力，投资新农村文化建设。不过，这方面也仍然需要政府的政策扶持。

另一个重要投入是人才队伍建设。目前，农村文化工作人员缺乏，有的话也是素质偏低，积极性不高。人才队伍是做好农村文化工作的重要保证，要培养一支热心农村文化事业、素质较高的人才队伍，使农村文化工作有人管、有人做。鼓励当地的大学毕业生加入农村文化工作队伍，也是一个好办法。

话说回来，政府官员需要进一步增进同农民群众的感情，更多地把目光投向农民，千方百计为他们服务，为他们送文化、送欢乐。

最近，我回福建参观游览一些农村，看到各地美丽乡村建设的推进，尤其是“农家书屋”、农村民俗馆和乡村记忆馆的方兴未艾，深受鼓舞。像田头村这样的乡村建设样板，是值得我们大力宣扬的。

传承的坚守

新年初一赶稿，当然要写一些喜庆、有趣的东西。

尽管城市里物资丰富，可老百姓却总是喜欢往老家乡下跑，澳门也不例外，今天街上显得冷清。看来咱们中华文化的根还是在农村啊！老百姓就记挂那种原生态古早味，记挂儿时的生活圈子和场景。那边才有他们魂牵梦想的乐趣事儿。

尽管现在中国人对年夜饭的选择越发多样，外出吃年夜饭也很方便省事，但更多的人还是认为，这一年到头最重要的一餐，还是要自己在家做才有意思。这“意思”除了隆重其事、强调“合家团圆”的文化内涵之外，还有一个自寻乐趣的动机在里头。有时候一碟别出心裁的小菜，往往会让整个家庭充满乐趣和幸福。

回忆儿时除夕这一天，除了围炉吃喝之外，还有贴门神、贴福字、贴春联、贴年画、挂灯笼等等饶有趣味的事情。爆竹声中，家的温馨和欢乐浓烈。当年父母健在，各地归来的一大家子人围坐一起，谈天说地，欢声笑语，和乐融融。孩子们等待大人们压岁钱的急切、纯真的笑容毫无顾忌地流露。待到大年初一，新一年新气象一下子都堆到了人们的笑颜上。

除夕有福州朋友送我祝福，里头引用唐诗曰:“故岁今宵尽，新年明旦来。”令我分外惊喜。这不但说明中国人千百年来过年的风俗习惯一直延续不断，还让我发觉了福州话保留了中原古语的一个佐证。如今的福州话管明天还是叫“明旦”！

我看到不少文友在用诗词唱和，春节应景佳句不少。虽然一句难得，却也自得其乐。记得上初中时的春节，我常往文化馆跑，那里有乒乓球比赛、象棋比赛，还有猜灯谜。我就最喜欢猜灯谜，有时一待就是一整天，第二天还继续来，享受猜中的喜悦。

这几年澳门的莆田籍乡亲，成群结队地选择元宵节前后回老家。他们说春节悠长假期里头最大的乐趣，要数老家的闹元宵。莆田元宵节基本上是各种形式的祭神活动和民间庙会，如果从趣味性来说，有点像封神榜，可说是充满了神趣。

“十里不同风，一村一习俗。”莆田人闹元宵，从正月初六到正月廿九结束，堪称全国最长的元宵节。早期莆田每个村都建有一个社，各自供奉着各自的守护神。而几个村又由一个大的乡管辖，也相应地有了一个级别高一些的神祇。一般来说，莆田最大的神是妈祖，那是天后娘娘！前两年我都在郑先生家附近观看闹元宵，他们村就有一个供奉妈祖的昭惠庙。那里最震撼人心的场面是当一队队壮汉抬着神轿向天后娘娘“报到”时，鞭炮齐鸣，锣鼓喧天，烟雾腾腾。各村菩萨排队“报到”，高潮迭起。像这样的场景不是每个村子都能看到的，所以莆田的元宵根据规格大小，分为“元宵”和“总元宵”。这样排期长长的，也就有了比较，越闹越热火。

我是抱着寓学习于娱乐的态度对待莆田闹元宵的。比如说对各地神祇来源的了解，有些是各村开基祖带来的，有些是后来从外地引入的，有些是随大流信奉的，不一而足。一深入进去，也还是津津有味。还有对“傩”的认识，现在知道“傩”不仅仅是戴着假面具跳舞演戏，而是有着更为丰富的内容。莆田有源于上古氏族社会图腾信仰的沟边傩舞，已经成为莆田独特的民间舞蹈艺术，可以与南方许多地方的傩舞相比美。而莆田乡民们抬菩萨像行傩的现场，有抬着社神座轿越火而过的“跳傩火”，还有僮身赤裸着上半身，任凭一支支焰火喷射在他们身上的“吃花”表演，以及爬刀梯、以流星尖钉锤敲打后背的惊险表演，是否特异功能，值得探讨。

虽然中国大多数地方的元宵节活动是农历正月十三日开始，至十八日结束，即所谓的“十三上灯，十八落灯”，但莆田的闹元宵到正月底才要结束。究竟这种特殊的风俗习惯是什么时候开始形成的，现在已经不得而知。如今越演越烈的闹元宵，说明一种传统习惯一旦形成，其传承的坚守是多么的顽强。

我少年时代是在莆田度过的。那时政府对于封建迷信的破除不遗余力，连带一些传统的节庆活动也被铲除。可是非常奇怪，改革开放之后，农村的传统节庆活动又活跃了起来，一传十十传百，其势犹如烈火燎原，渐渐又蔚成风气。我们仍然应该破除迷信，应该制止铺张浪费，但许多文化的东西特别是非物质文化遗产，却是需要认真研究和传承。

在新农村建设中如何传承传统的节庆文化？这是一个新的课题。作为一种地方的文化现象，其生成发展和传承都有一定的轨迹和规律。现在许多地方的新村建设，仍然保持一定的宗族和村社构成，只不过是搬了个地方而已。这样他们原来的族群或村社成员没有什么变化，他们长期养成的生活方式和风俗习惯也就传承了下来。

如何保留和传承传统农村文化？如何留住乡愁？一定的固有的村社结构是非常必要的。如果一个新村的建设是彻底地打烂或者扬弃了原来的村社结构，那就会出现一种“皮之不存，毛将焉附”的局面，那么原来流传有序的某种传统文化很可能就变成了口述历史。

对于新农村建设的设计者和主导者来说，重视传统文化的保留传承和创新，应该始终摆在非常重要的地位，在大力推动建设美丽乡村的今天尤其应该如此。只有这样，另外选址建设起来的新村才有文化底蕴，也才有鲜活祥和可持续发展的生命力。

农村民俗馆

渐沉的暝色中，我在朋友的带领下，来到了澳门乡亲王少飞先生兴办的这家农村民俗馆。这天不是周末，也不是节假日，参观的人不多，这里显得特别幽静。

这是一个利用并校后闲置的小学建设起来的民俗馆。四周的教室将整个校区包围成一个很和谐的庭院，树木扶疏，椅凳分处，便于人们歇步休息。管理员为我们打开了各个教室的电灯，让我们移步观看了分门别类、丰富多彩的陈列品。

说是丰富多彩，但这些陈列品却都是很普通的农家物件，以我这个年纪，尤其是青少年时期经常到农村逛逛的人来说，简直就是司空见惯的东西。可是随着农村的变化发展，这些很平常的农家器具，也渐渐被弃置尘封，甚至散失湮灭了。消失了就变成了珍贵的，人们回首环顾，寻寻觅觅，又开始收集这些记忆中的旧物。

学校的教室整齐划一，陈列品摆布得井井有条，很容易就将我们带回到过去农村的场景。你看那些老行当：农具店、渔具店、木工坊、织布坊、裁缝店、打棉店、剃头店、打面店、灯具店、酒坊，五花八门；再看生活区：大厅、厢房、卧室、厨房，所有的家具都是那么朴实，富有古早味；还有农耕区：用了几间教室，摆满了各种各样的农具。这些农具简单实用，适应分散、个体的生产，体现了劳动人民的智慧。

就这么一间一间教室地观赏，让我仿佛回到了20世纪五六十年代的老家农村。我曾经到乡下的亲戚家做客，看主人家的孩子拉着风箱烧火做饭；我曾经好奇地走到田头，看农民踏水车、用戽斗汲水灌溉；我曾经跟着农家的孩子，用簸箕在小河沟里抓鱼摸虾；我也曾经到乡下看过社戏，看过娶亲闹房……现在我就在这家“侨乡民俗馆”，将过去的农村生活一一重温。

乡愁是什么？乡愁是家乡的山山水水，是家乡的人、家乡的物、家乡的故事。这家民俗馆，就用这些旧物，将丝丝乡愁串联了起来，留给游子一块永远的精神家园。

民间收藏热近年来持续升温，各种类型的民间博物馆和艺术馆应运而生，蔚为大观。我的老朋友鲍国忠先生在闽侯民俗园办的“闽风集萃馆”，就是这当中的佼佼者。

我和国忠是永泰大洋中学的同事。那天，国忠亲自在民俗园迎接我们。我们久别重逢，固有许多话要说，但眼下国忠的主要任务是引领我们参观。这是一座三进式的房子，两千多平方米空间陈列了一千多件文物，集中展示了福州闽侯地区的祖堂、花轿、婚房和古书、古代器具等传统民俗文物，再现了古民居的全景生活。国忠亲撰的对联“听岁月流水，看太平东西”；“纳海藏月知进退，观花赏叶阅春秋”，很好地宣示了这些古旧展品的意义。他还说，收藏的这些器物，是人与人之间传承下来的，有个人情感因素在里面。

国忠大概是到了福州晚报之后玩起收藏的。他对我说，以他目前的藏品量，再建十座“闽风集萃馆”还是绰绰有余。以前听说国忠曾因痴迷收藏，把永泰城关的房子卖了，筹集了起步的八万块钱。多年来他收藏的综合性藏品已达三万多件。这么多的东西往哪儿摆？估计有许多还是搁在他老家的仓库里，毕竟乡下地方阔绰些。他也在闽侯郊区买了一块地，原计划搞个民俗园。现在他打算和朋友合作，应该很快就可以成事。国忠勤勉坚持二十余年，甘当“民俗文化”守护者。在他眼中，文物承载着历史，是无价之宝。他说，任何一件器物最好的归宿就是博物馆，这样既可以集中保管，也可以让更多人观赏，从而更好地了解过去、珍惜现在、创造未来。

少飞在莆田江口老家的民俗馆是利用闲置的校舍兴办起来的，藏品则是私人收藏。其实侨乡许多老屋高大宽敞，也可以利用来办民间博物馆。

民间博物馆为中华民族保存为数不少的文化遗产，让公众近距离地接触、重温这些绵长悠久的文化精华。民间博物馆的社会公益性鲜明、突出，应该得到全社会的鼓励和扶持。

舌尖上的乡愁

佑汉区有一家叫作“龟仙人”的闽南小吃店，名字有点神神怪怪的，顶好记。这几天经过中小企平台网站的推介，火了好一阵。

我是十几年前知道有这一家闽南小吃店的。那天我到梁披云会长家探望老人家，正赶上老人家在吃晚饭。打远处我看到老人家举筷夹起一朵软软糯糯的胶质物件，端详片刻，然后很享受地送入口中。我猜这东西可能是土笋冻。一问，果然是这久违了的家乡小吃。土笋冻从莆田到厦门的沿海都有。我从梁府了解到这家卖土笋冻的小吃店，后来我就经常上那儿，多数就是买土笋冻，有时自己解馋，有时与朋友共享，顺便吹一吹家乡的好东西。

“龟仙人”始创于20世纪90年代，老板就是闽南人。北区是福建人聚居的地方，于是他决定开一间主打闽南小菜的食店。那时光顾“龟仙人”的食客大部分是刚刚起步的中小商企老板，他们按照自己的喜好，挑选牛肉羹、卤肉饭、卤肉割包、蚵仔煎、土笋冻等小菜。这些闽南小吃，既能安抚他们思乡的焦虑，也能提振他们拚搏的冲劲。

闽南小吃中有两样东西遐迩闻名，那就是蚵仔煎和土笋冻，也最能体现闽南的沿海特色。“龟仙人”的蚵仔煎用的鲜蚝仔，是从福建运过来的，这种鲜蚝个小，但弹牙爽口、鲜甜香滑，与鸡蛋、薯粉、葱蒜配合相得益彰。至于由沙虫煮制结冻的土笋冻，更是直接从晋江安海运送过来，保持晶莹剔透、鲜美脆嫩的本色。

“龟仙人”一路走来很快就是二十多年，没有做什么宣传，全凭口耳相传和货真价实的诚信。对许多老顾客而言，这当中可有许许多多的城市记忆和人事沧桑，可“龟仙人”的店主就是怀抱一份初心，一份对家乡的眷恋和敬畏，一直虔诚地保持味道不变、分量不变的样子。

在我看来，任何一家风味小吃店要想长盛不衰，都必须坚守自己的乡土特色。那些闽南小吃中的浓浓乡情，才是“龟仙人”安身立命的根本。

梁老之所以常让家里人往“龟仙人”购买土笋冻，固因为土笋冻好吃，还因为他要抚慰一下思乡之情。许多小吃，可堪回首的不就是那种浓烈的乡土风味？

已故著名散文家俞元桂是莆田人，我看过他的一篇文章，是写他对一种叫作“赐粉”的小吃的思念，虽然短小，但很感人。俞老忆及少时在家乡，常在夜里听到街头叫卖“赐粉”的吆喝声，有时经不起挑逗，也会循声找到小食担，买上一份大快朵颐。那种小食担的吆喝声，一碗碗细心制作，以及顾客耐心等待，心满意足吃上一碗的情状，无不描摹得惟妙惟肖，恍如眼前。

“赐粉”，又称“泗粉”或“索粉”。莆田民间传说“赐粉”原系唐代皇宫小吃，唐明皇尝过梅妃父母制作的莆田“豆丸”后，感其味鲜柔嫩，便将宫中小点“泗粉”赐予梅妃父母品尝。梅妃父母将“泗粉”制作工艺带回莆田之后，邑人加以改进，添加当地海鲜，味道更加鲜美，于是“泗粉”风行莆田、仙游等地。人们纪念梅妃，就将“泗粉”称为“赐粉”，寓有皇帝赐赏之意。

“赐粉”的原材料主要是地瓜粉条。估计唐宫的“泗粉”是豆粉制作，后来莆田广种番薯，老百姓就改用地瓜粉了。“赐粉”以其柔韧光滑、鲜香可口而备受人们喜爱。有一次日本庆应大学教授野村伸一率团访问梅妃故里江东村，乡人用“豆丸赐粉”这道莆田小吃招待访问团，客人吃了赞不绝口。野村当场挥毫题写“江东贡丸，皇宫赐粉”，留赠江东村民。

地方小吃往往经过民间的渲染不胫而走。记得小时候家里穷，只有在感冒发烧时，母亲才上街打一份“赐粉”让我吃下去发汗。这种特别享受，让我喜欢上了“赐粉”，即使远离家乡，也常常拢上心头。

风味小吃大都浓缩了一个地方的乡土特色，是人们津津乐道的永久话题。梁老对于土笋冻的情有独钟，俞老对于“赐粉”的绘声绘色，都是游子对家乡的悠长思念。

日前，老友林先生心血来潮，在家里整蚵仔煎请我们品尝。地方风味小吃，其实也可以自己动手，用来抚慰思乡之情，也可以让朋友尝尝鲜。

香脆可口的蚵仔煎，澳门叫作蚝仔饼。地道的蚵仔煎是用浓稠适当的番薯粉浆搅拌入蚵仔、蛋、葱或蒜等食材煎成，再配上甜辣酱，趁热品尝。林先生的蚵仔煎最大的特点，是蚵仔放得多，真材实料，大家吃了赞不绝口，都说比街上的好吃多了。林先生老家在福建南安的海边，那里盛产珍珠海蛎，也就是澳门叫作“蚝仔”的蚵仔。我到他老家做客的时候，天天都吃炸蚵饼。

过年了，我有时候也会技痒，在家里蒸一种叫作“肉丸”的福州芋头糕，给小孩子当点心，也拿些到单位让同事品尝。这功夫是从母亲那里学来的。风味小吃也要传统教育，否则后继无人。“肉丸”是用刨丝芋头、番薯粉浆、猪肥肉、红糖、红枣、花生等原料蒸制而成的。吃的时候切成薄片，放入锅内用油煎香。“肉丸”细腻、嫩滑、糯软、香甜，非常好吃。我对“肉丸”情有独钟，认为它比黏黏糊糊的红糖年糕好吃得多。

福州传统小吃线面，常以炖好的羊肉、番鸭肉、上排等做汤底，即成“羊肉面”“番鸭面”“上排面”。如果再加上一个熟鸡蛋或鸭蛋，那就成了“太平面”。以前我在生日的时候，就经常吃到母亲烹制的“太平面”。如今要享受这道福州小吃，也只有自己动手了。

家乡小吃就有那么强大的吸引力，直叫远方的游子魂牵梦绕。

怀人忆旧

当时背影未曾忘

同学聚会，少不了开开男女话题的玩笑。因为大家年纪都大了，也就没有什么顾忌。其实，在我当年任教的山区学校，学生之间谈恋爱的极少极少，一是山区风气淳朴，二是乡下孩子情窦未开。

倒是我自己碰到一件哭笑不得的事情，至今仍有老同学拿来开怀解闷。我在一次大学同学会上对一位女同学说，当年她坐在我的前面，我们难得打个照脸，更不用说交谈了，长年累月只能见到她的背影。不料有同学误解开了，说我暗恋这位女同学，这可是天大的冤枉。人家那是鼓浪屿小姐，我这山沟沟来的穷孩子，能有什么非分之想！不过我又不能强辩，因为怕刺伤了那位女同学的自尊心。后来我在网上看到了一则有关施蛰存和丁玲的故事，心里更加坦然，也顺便转给同学看看。

现代文史创作研究大家施蛰存是一个至性至情的人，他对相交的朋友，总是牵记于心，历久不忘。1923年，施蛰存与丁玲同就学于上海大学的文学系。在1988年《新文学史料》二期刊出的《丁玲谈早年生活二三事》中，丁玲回忆道：“同学有戴望舒、施蛰存、孔另境、王秋心、王环心等，这些同学对我们很好，我们则有些傲气。”施蛰存与丁玲同学的时间短，后来他们也接触不多，但施蛰存对于这个才华横溢、命运坎坷的同学还是时时关心，非常敬仰。

施蛰存到晚年记忆，当年由于女生少，上课时，男生总是先进教室，而将前面两三排给女生留出。女生总是最后鱼贯而入，“她们一般都是向男同学扫描一眼，然后垂下眼皮，各自就坐，再也不回过头来”。施蛰存与丁玲同学半年多，大抵只能看见她的背影。1979年6月24日，施蛰存在《怀丁玲诗四首》之一中写道：“滔滔不竭瞿秋白，讷讷难言田寿昌。六月青云同侍讲，当时背影未曾忘。”这里说到了老师瞿秋白和田汉，有一点调侃的味道；“当时背影”指的就是丁玲，所谓“未曾忘”，直情就是不能忘。毕竟同窗一场，志趣又相同，感情还是深厚的。

有一位朋友说得好，有些人天天相处，却是没有什么话讲；有些人一年半载见个一面，却是推心置腹无所不谈，交朋友就应该这样。

施蛰存晚年回忆大学时同学相处的情景，非常有趣，特别是“六月青云同侍讲，当时背影未曾忘”这两句诗，既生动写出同学感情的深厚，也点明他们之间的男女之隔和等级观念。

的确，在20世纪的二三十年代，大学里头女生还是很少的，而能够进入大学的青年女子，应该多是非富则贵，更何况有才华。那就难怪她们“一般都是向男同学扫描一眼，然后垂下眼皮，各自就坐，再也不回过头来”了。丁玲晚年时也承认，这些男同学“对我们很好，我们则有些傲气”。

应该承认，如果不是将同学之间的家庭出身按照阶级来划分的话，那他们之间至少还是有贫富差别的。就拿当年我在大学的情况来说吧，侨生和厦门鼓浪屿的学生肯定要比我们这些山沟沟来的孩子日子好过得多。尽管许多侨生是因为侨居国“排华”而回来的，但他们的父母一般都会给他们充足的生活费用；至于鼓浪屿的学生，他们可以经常回家吃小灶。

大二的时候，有一个我的穷哥儿爱上了一个鼓浪屿小姐，他们经常一起谈诗论文。我知道这小姐看上的主要是这穷同学的文才，希望多有请教，这位穷哥儿可能过多地延伸了她的钦慕。有一天，这位朋友应邀上鼓浪屿小姐的家，回来后他向我描述他是怎么进的鼓浪屿大院子，然后是小姐家的用人怎么给他泡咖啡，那家的大人怎么同他交谈，总之，整个过程就像是云里雾里的另一个世界，弄得他手脚无措坐立不安。相互明白了这中间的落差之后，他们之间的来往就渐渐少了。我知道，是有形无形的等级观念造成了他们之间的疏远。

这种情况比比皆是。读过狄更斯《远大前程》的人都知道，那个穷小子是怎么受尽羞辱千辛万苦挤上上流社会的，到头来却发现他的所有远大前程，其实都是一个逃犯为了报恩而为他度身定做的！还有杰克·伦敦的《马丁·伊登》，那其实写的是作者自己，他也是仰慕上流社会的穷哥儿，通过写作慢慢接近了上流社会，还娶了一个富家女。而当他跻身这个阶层时，却发现自己是多么的无所适从格格不入，马丁·伊登最后失望地自杀了，预告了杰克·伦敦自己的结局。

话说回来，虽然存在男女之隔和等级观念，“当时背影未曾忘”的这份情感仍然是十分珍贵的。

栀子花开

不久前回老家，一路上舟车劳顿，一到家就感觉不适，喉咙干燥奇痒。这是感冒的先兆，得赶快想办法将之扑灭于萌芽状态。我想起了栀子花，老屋后面山坡上一丛丛的栀子花正开得盛，于是采集一些回来煲成茶水喝，很快就泻火除烦，喉咙也舒服得多了。

黄栀是我们老家常见的一种灌木，它开的小白花就叫作栀子花。一般清明过后雨水一多它就猛烈地开花，让人感觉到生命的炽热。栀子花可以清热解毒，这还是老同学启景教给我的知识。

启景是我初中时的同班同学，当年他个子小小的，书念得不错，生性活泼，同学们都喜欢他。初中毕业时，他考虑家境困难，得早点出来工作，于是报考了一个工科中专。始料不及，这所大跃进中兴办起来的学校竟然中途解散了，于是启景这个农家子读书就业的美梦，就这样彻底粉碎了。

启景家就在我家后面的梅阳山上，他要挑柴火到镇上售卖，就一定要经过我家门口。据我侄儿说，他刚回乡那几年，倒是经常到我们家坐坐喝茶，打听我的消息。有一年春节，我特地翻过山去他家，令他喜出望外。不过谈起生活，他还是感慨万千。是啊，当农民风里来雨里去，与有一个固定收入的工作真有天壤之别啊！当时我在山区当教师，有时候也会呻穷喊苦，可对住启景，我是一点牢骚都不敢发。

一年初夏，我回老家，也是不小心感冒了。正在卧床之际，启景老友路过，听说我病了，赶忙进来探望。知道我并没有带药回来，他就到屋后山坡采了一些栀子花，让我赶快煎服。这一招果然有效，我连服了三天栀子花水就病除身轻了。要不是启景指点，我是断不知这开白花的小灌木叫什么名堂，更不知这山地野花会有这么大的功用呢！

我来澳门后就没有再见到启景了。最近听梅阳人说，启景到上海和子孙团聚去了。山坡上栀子花盛开，老友该过上好日子啦！

启景是清末著名清官、耿直敢谏的监察御史江春霖的玄孙。在那个讲究阶级成分的年代，江氏后人由于经济状况的差别，被分成了不同的阶级。很不幸，启景的父亲在土改时被评为富农，从此这个家庭就一直走下坡路，不但经济上受到打击，就是子女的升学、就业等等都受到影响。启景之所以在初中毕业时选择考中专，其苦衷我们是理解的。

俗语说“屋漏偏逢连夜雨，船破又遇对头风”，偏偏启景考取中专不久，这家学校就被裁撤了，当然启景的前途命运也就随着发生了一百八十度的改变，从此他的生活跌入了艰苦的境地。

启景个子矮小，家里希望他好好读书拚个好前程，也不大让他干重活。大炼钢铁时我们上山挑木炭，他也是班上挑不了重担的小不点之一。可以想象，他刚离开学校回乡务农活会有多艰难。

启景家离我家有五里路，要去他家就得翻过梅阳岭，一路上坡。有一年春节我回老家，挑了五六十斤的谷子到梅阳去碾成米。这一趟挑着担子上山的辛苦那真是刻骨铭心。由于多年没有挑重担子了，这回一上肩就觉得山路弯弯的老是离坡顶那么远，而担子也是莫名其妙地越来越重。可是待我熬到梅阳见到启景，却是一声都不敢吭。你想想，启景是成年累月地在地里耕作，好多时还要翻山越岭挑柴火到市集上售卖，那辛苦的程度岂是我们这挑一两次担子的可比？

启景应该跟我同年吧，如今也是七十开外的人了。就算从十五六岁起从事体力劳动，到现在也已经摸爬滚打了半个世纪有多！这风里来雨里去的五十多个年月，他会有什么样的辛酸际遇，会有什么样的改变不了命运的叹息？这里头的一切，让我们感慨万千。要不是由于家庭经济困难，要不是顾虑家庭成分问题，启景大可以在初中毕业时选择升高中而不去报考中专，那样的话，他后来的景况也许就不会如此艰难曲折。

在封建社会，科举无疑是穷苦人家的子弟改变自己和家庭命运的唯一道路。我们莆田乡间千百年来流传着“地瘦栽松柏，家贫子读书”这样的治家格言。尽管科举的道路非常艰辛，而且还不见得就完全公平合理，但仍然吸引着一代代的读书人寒窗苦读，希望能够守得云开见月明，实现“春风得意马蹄疾，一日看尽长安花”的梦想。启景的曾祖父江春霖就是通过科举从萩芦溪畔的梅阳山沟走到了北京城，做到了有一定权力的监察御史。尽管江春霖本人以耿直得罪权贵，最后落得个辞官归故里的窘迫下场，但他毕竟已经是誉满乡曲的名人，庇荫他的后人也就成了顺理成章的事情。始料不及的是，他的后人会产生这么悬殊的阶级分化。

上个世纪五六十年代强调阶级斗争，所谓成分不好的家庭，指的是地、富、反、坏、右。以“龙生龙，凤生凤，老鼠儿子会打洞”这样的血统论，将许许多多的青少年打入另类，陷入苦难的深渊。启景的情况就是这样的一个典型。如今不强调家庭成分了，可是由于地区的差别，又造成了新的教育不公。我们希望国家增加穷困地区的教育投入。教育不兴，贫困难除啊！

睹物思人，初夏山坡上摇曳着白色小花的栀子树啊，能载得起我这深重的思念吗？

报春花

案头这支不知道叫作什么名字的树枝条儿，这几天不断地开出洁白的小花来，一天更比一天灿烂。来喝茶的朋友都感到好奇，问我这叫什么花，我也说不出名堂来，也许是山上的野梅花吧。

原先这支看似光秃秃的枝条儿，是花店的老板剪裁插花时丢弃的。不过他说，这枝条儿上有许多米粒般大小的花蕾朵儿和叶芽子，不久就会开出许多许多的小花，长出绿油油的叶子，也是蛮好看的。于是在一旁观看的女儿就把它给捡了回来。

起初这枝条儿真的非常不起眼，干巴巴的只有单枝独条，还有点弯曲，斜斜地插在瓶子里，光秃秃的没花也没叶，既无角度又无姿态。可没过几天，这支只是用一瓶清水养着的枝条儿就起了很大的变化。最初是花蕾儿一个个地慢慢绽放，然后是一天比一天多地争先恐后竞发，让人从惊奇到兴奋，每天都充满了期待。别看这花朵儿星星点点的显得小，可一个个紧挨着簇拥在一起，就感觉到这白的热烈了。再后来叶芽子也一个个地努力伸长，很快爬满了整个枝条儿，又是花又是叶的，显得那么的生气勃勃。我知道，冬天就要过去，春天很快就要来到了。

这小花我是那么的熟悉，仿佛一直在我的脑海里不曾忘记。那是我念高中时趁寒假去探望姐姐。姐姐随姐夫下放到深山老林的姐夫老家，那是要翻好几个山头才到得了啊。那天早晨我在冰天雪地里赶路，苦不堪言，心里老嘀咕着姐姐怎么会嫁到这么个穷山沟里来。突然，我在山坡的一个转弯角看到一树开得十分浓烈的小白花，不像是梅，可也像梅一样开得那么的冷傲艳丽，晃在我的眼前，令我感动得热泪盈眶。

这支小花枝条儿，勾起了我的回忆，使我更加想念已经老迈年高的姐姐。好日子好过，苦日子难熬啊！在山区生活的这几十年，要经历多少的苦难，又需要多少的坚持啊！

这支小花枝条儿，也让我窥探到了生命的奥秘，使我激动于这小小生命的顽强和炽热。“不要人夸好颜色，只留清气满乾坤”，是啊，这并不十分起眼的小白花，向世界骄傲地宣告，它也曾经在这个世界热烈地绽放过。虽然短暂，但并不后悔。

当然，朋友很清楚我所写的“报春花”只是一种借代，一种象征。我也实在无从打听这种在山间野地开着小白花的植物叫作什么花。在我们中国，尤其是中华文化中，梅花被广泛认为是报春的花魁。这不仅仅是因为梅花花信早，主要还是因为梅花被人当作清高、纯洁、坚忍的象征。“羡君高格调”，我也就这么将山间野地开着小白花的树木叫作野梅了。就算你今天到梅岭，那山上开着白花或红花的就都是梅花吗？说真的，我所看到的梅花，多数是栽种在人家庭院里供人观赏的。你看，唐代诗人王维所写的“君自故乡来，应知故乡事。来日绮窗前，寒梅著花未？”这一树令诗人牵挂的梅花，还不是栽在故家窗前？以前在乡下，看到一副颇为风雅的对联：“窗红知日出，梅白觉春来”。这不，梅花报春来了。

正因为梅花的高洁，人们将“报春”的美名送给了梅花。陆游《卜算子·咏梅》写梅花“无意苦争春，一任群芳妒”。毛泽东反其意而用之，写梅花“俏也不争春，只把春来报”。他们赞美的都是梅花的清高。林逋晚年隐居杭州西湖小孤山，种了三百六十五棵梅树，还养了两只白鹤为伴。人们敬重他，赠给他“梅妻鹤子”的美誉。

由之，我又想起了我老家的江春霖御史。江御史屡劾权贵，曾弹劾过袁世凯，“直声震天下”，有“清朝御史第一人”之誉。辛亥革命后他辞官回乡奉母，在梅阳山上种了几百株的梅花，因此他晚号“梅阳山人”。

梅花寿命长，虬曲的老干上往往会长出横斜的新枝，意态高雅。忠直的人就爱梅花的这种高风亮节，因此，许多文人墨客喜欢种梅，也喜欢画梅、写梅。

母亲

母亲节前一天晚上，中央电视四台选播了一套《中华情“寸草春晖”》的节目，歌颂母亲。照理说我都一大把年纪了，应该心如止水了吧，可电视上那些歌唱家的深情演绎，以及插播的电影、电视镜头，还是那么强烈地打动了我的心，以至不由自主地潸然泪下。

母亲，这个只有两个字的单词，却满载着世界上最为深沉厚重的感情。也正因为此，我一直都想写些文字来纪念母亲，却总是难以下笔。

我出生于抗日战争末期，日本鬼子第二次攻陷福州。当时父亲去了外地，母亲抱着襁褓中的我，姑姑拖着哥哥，还雇人挑着姐姐和行李逃反，投奔已撤退到闽南山区的舅舅。这偷渡闽江以及好几百里山路的颠沛流离，母亲后来对我谈起，也都好像在讲一个惊险动人的故事。我想，要是拍起电影来，一定会是赚人热泪的悲惨情景。

我遗传了母亲的两个毛病，一个是睡眠浅，半夜三更容易醒来；另一个是胃不好，肚子易饿又易饱。我回去探亲时，母亲夜里常常会在我的床头摆一些糕点什么的，有时看到我在辗转反侧，她会轻轻地问一声：“又睡不着了？”我知道母亲也没有睡好，她是在担心我睡不着肚子饿。

母亲是文盲，好像跟文化上的事沾不上边。可是从她的嘴里会时不时吐出一些顶文雅的词汇，比如她劝我别好胜和人斗酒，用上了“要有酒德”这样的字眼。晚年的时候她曾多次对我提起福州老屋的那副对联：“欧阳子日夜读书，朱考亭晨昏静坐”。要知道这可不是一般、通俗的文句啊！这只能有一个解释，她对这副对联的含义理解太深了，她是把这副对联当作我们家的家教。现在我老家堂屋挂的这副对联，就是已故书法大家梁披云为我重写的墨宝。

母亲很早耳朵就聋了，她常常自我解嘲，“耳聋有一个好处，就是耳根清净”。当然，母亲本来就是好脾气。表妹回忆说，母亲做了好吃的，喜欢送一些给他们。“姑妈重听，以为人家也听不到，总是把门拍得雷响。”

“寸草春晖”这题目真好，是啊，谁言寸草心，报得三春晖？就说我吧，如今也只能在心中默默怀念母亲，谈不上什么报答不报答了。

我的父亲生长在福州台江的贫民窟，而且还是老家莆田山里人的孩子。他读过两年私塾，有了一点文化，于是不安分，东跑西闯地就想改变自己的命运。母亲娘家在福州风景秀丽的仓前山领事馆区，虽说家境贫寒，却也是从四合院出来的。母亲一嫁过来，就注定了要备受艰辛甚至颠沛流离。

母亲抱着襁褓中的我逃难，那是日本鬼子第二次打下福州时。其实早在福州第一次沦陷时，我们整个大家庭是跑回老家莆田山里的。也就是在那个时候，母亲知道了一些农事的道理。因此后来她回到农村，从事起农业劳动来也就轻车熟路了。

中国的战乱延续不断，直到1949年下半年才算安定下来。由于在旧机关做过事，父亲从此失业。我们全家将近十口人只得从福州搬回莆田，就靠母亲从事手工业维持生计。母亲忙着小生意，又要照顾七八个孩子，没日没夜地操劳。就这样折腾了好几年，直到哥哥出来工作了，情况才有些许改善。后来手工业生意难做，我们全家索性迁到哥哥工作的福建山区县尤溪。我从那里考上了大学。

像我们这样的家庭是经不起社会动乱的。“文化大革命”中，父亲受到冲击，哥哥自身难保，我也还没有毕业，于是父母亲又一次逃回老家。老家虽然是山区，却是动乱年代最好的避风港。父亲自嘲“七十到来犹种瓜”，母亲是嫁鸡随鸡嫁狗随狗，也拾起了多年忘掉了的农活。除了忙地里的，她还要带哥哥的孩子。我从外地回去探亲时，常见到母亲背着侄儿在山坡地头忙着。

说起带孩子，母亲曾自豪地说，“我带的孩子，可以编一个幼儿园。”真的，母亲除带大我们兄弟姐妹外，还带过叔叔、堂哥、我们兄弟姐妹的孩子，还有叔叔、舅舅家的。一个接一个，就像排长队。

母亲自己的生活捉襟见肘，但她还总是喜欢帮助人。以前在镇上，粮食供应紧张，她还是经常要分一些米、面、地瓜干周济邻居。老家的人挑柴火到镇上卖，她总是要为他们热一热饭菜，他们回去的时候，扁担上一定会多一大包的咸鱼、虾米。

从母亲身上，我看到中国妇女的两大美德，那就是吃苦耐劳和乐善好施。

永恒纪念

《李成俊选集》下册列入2016年度出版计划，并且赶在1月初出书。三联原设想在年初为这套书组织个发布会。很遗憾，董事长都还没有闻一闻新书的油墨香就这样走了。不过，从立德、立身、立言的角度来讲，《李成俊选集》以及董事长的其他著作，已经是老人家留给我们的永恒纪念。

文坛斗士

半个多世纪来，董事长办报、写作、演讲，游走于报人、作家与社会活动家之间。他爱国爱澳，为祖国的解放和富强努力奋斗。他亲身见证澳门回归过程中的风风雨雨，像一个赤诚的战士那样枕戈待旦，闻鸡起舞。他写下不少有关新闻、文化，尤其是澳门社会发展的珍贵文章。其多年前结集的三部作品《待旦集》《夜未央楼随笔》《岁月如诗》，以及一大批零散作品，在社会上均有一定的影响。这些文章像是一幅历史的长卷，精彩纷呈，有机地构成他对家国乡土的关爱，对文化事业的执着，展现了他广阔的人文情怀。三联将他的作品重新整理、编排，以比较系统的选集形式分上、下两册出版，上册以早年抗战经历、时评、政论为主，下册则是其文艺评论、师友交谊、艺坛逸话之类的文章。这样编排的目的，是让读者较为全面地认识李成俊其人其文，进而了解澳门近、现代本土文化的脉络和社会发展的轨迹。

去年春天，我在《李成俊选集》下册审稿完成之后请董事长写个跋，他表示就由他口述，由我记录整理好了。他说，他这一生，同办报有缘。时代的风暴，社会的变换，面对善与恶、美与丑的各方讯息，常常思绪万千，于是发而为文，落纸云烟，不计工拙，算是记下了自己的人世足迹和心路历程。他还风趣地改动契诃夫的话，说“新闻是我终身老伴，文艺则是我的红颜知己”。

董事长坚持要我写上“李成俊口述，蒋忠和记录”这句话。我知道他用意殊深，至今想来，不禁潸然泪下。

扶掖后进

原要闻课同事陈艳华在悼念李成俊先生的文章中讲述董事长无微不至地关心和扶助年轻人，真挚动情，我深有同感。

悼念李成俊董事长，当然主要是缅怀他对社会和祖国的贡献。我深恐太多地提及自己和董事长的关系，会给人一个拉虎皮做大旗的感觉。可是，我们中国人向来提倡知恩图报，人要懂得感恩，董事长对我的关怀和厚爱，我又怎么能够不提呢？

三十三年前我初来乍到澳门，人生地不熟，要想继续拿起教鞭，又因为语言原因被拒于门外。在彷徨无计的情况下，我凭一位报社副刊作者的介绍信找到了董事长。董事长做事公私分明，他让我当天晚上到报社，找来一位副总编辑和人事部主任一起接见我。大概就是看了我的大学毕业证书，听了我的教书经历之后，就决定让我进入报社工作。我能一到澳门就进入澳门日报，并且一做就是将近三十年，屡有晋升，延期退休，这中间不都是报社尤其是董事长的恩德吗？这固然是很私人的事情，但在董事长做来，又是那么自然亲切，充分展现了他的儒者风度和人文关怀。

有很长一段时间我和董事长面对面办公，应该说我有最多的机会亲聆他的教导。虽然我也教过十几年书，但没有真正写过什么文章，尤其是时事评论。我刚当了几年编辑，报社，当然就是董事长的意思，就安排我加入时事评论组，每周都要写一两篇时评。刚开始时我真的是诚惶诚恐，战战兢兢，写得很拘谨。董事长一直鼓励我放开思路写，不要有太多顾虑。他说，年轻人将来总要接班，那就要从实战中学习、进步、成长。他亲自审阅我的文章，但从不作太大的改动，我知道他是在鼓励我，不想挫伤我的积极性。后来我写了一些有关台湾问题的评论，董事长更是时加赞扬鼓励。

在人情淡薄的当下社会，董事长这样扶掖后进的器识是值得发扬光大的。

高瞻远瞩

要说李成俊先生的功业，当然首推他对新闻事业的贡献。

董事长常说，他这一生，同办报有缘。如果说他在抗战时期投奔五桂山，到东江纵队《新大众报》从事采编工作是他“报纸佬”生涯发端的话，他于1958年与一众澳门爱国民主人士携手创办澳门日报，则是他全面展现高瞻远瞩、引领潮流才干的大舞台。这个历时将近一甲子的办报过程，像是一幅历史的长卷，精彩纷呈。

我到澳门日报的时候，报社已经走上稳步发展的正常轨道。在这之前，澳门日报也曾经走过一段弯路。那就是“文化大革命”期间，极左思潮泛滥，天天讲阶级斗争，报纸上的文章老百姓不爱看，销量很差，报社员工也都过紧日子。董事长“文革”时受批判，被赶出报社。“文革”结束，董事长回到了澳门日报，出任总编辑，统筹报社工作。拨乱反正是需要大智大勇的，董事长提出“澳报澳办”的方针。今天看来这似乎是天经地义的事情，可在初期，还是遇到不少的阻力，有些是来自上头的，有些来自读者，也有些则来自自己的队伍。将澳闻置于第一版，打打杀杀的社会新闻也可以作为头条，就是吸引读者群众的一大创举。坦白说，最初我对这些改革也很不理解，后来才慢慢想通了。董事长常说，报纸要贴近群众，多登些老百姓喜闻乐见的东西。他也常说，再好的东西也需要包装，你的政策、理论很正确，但如果硬邦邦地推出去，老百姓不容易接受，这就需要包装。在“澳报澳办”方针的指引下，澳门日报销量和广告都大幅度提升，并且一直引领澳门报业潮头。

十多年前，台湾农产品还没有进入大陆。董事长利用赴台进行出版交流的机会，专程访问中国时报，谈妥双方在澳与涉台社团合办台湾农产品展销会。现在，台湾农产品展销会已经成为澳门闽台总商会的一张名牌，成为澳台经贸合作的一道亮丽风景线。

最忆厦门中山路

说到骑楼，我就想起厦门的中山路，想起在厦门求学时常逛的这条老街。

对于像我这样刚从山区来到城市的学子来说，中山路实在是太繁华也太亲切了。长街两边鳞次栉比的骑楼底下人山人海，人们无忧无虑地行走，盛夏不怕太阳晒，雨天不怕雨水淋。

以前从厦门大学去中山路，要翻过蜂巢山，步行需要半个多钟头，向有自行车的侨生借个车，那就快得多了。往事依稀，有几件事却是刻骨铭心，至今鲜活脑际。

能够从福建山区考进位于福建第二大城市的厦门大学，当然是一件令人激动又高兴的事情。新生入学编好班的头一天，我就认识了来自福州的高姓同学，我们用福州话攀谈，相见恨晚。当天晚上，我们结伴前往中山路，挑了一家比较干净舒适的小食店用餐。少年意气，兴致勃勃，来一瓶白酒！我们点了几个简单的佐酒菜，开怀畅饮。这一喝直喝到小店打烊，我们才醉醺醺地相互搀扶，翻过蜂巢山，回到学校。同宿舍的同学早已呼呼入睡了。这是我与中山路的第一次邂逅。

过了一段日子，几个要好的同学说要到中山路逛逛，散散心。前几天刚好收到母亲寄来的一条新长裤，我想，这不是机会来了吗？于是邀约这几个同学直奔中山路。我在估衣店卖了那条新裤子，换了九元钱。大家在饭店美美地吃了一餐，还看了一场电影。所有这些活动，都在中山路进行。

五年匆匆，劳燕分飞的时候到了。离别前的那天晚上，我们在著名的绿岛酒家聚餐，大家抚今追昔，感慨万千。“文革”方殷，我们虽说是分配了，可还都要到农场去接受再教育，这完全是前途未卜啊！更难堪的是，有些热恋中的同学要分道扬镳了。不只是男女分配异地，有“家庭成分不好的”，如果对方分配到了机密或国防单位，另一方就必须忍痛割爱。听着嘤嘤的泣别声，大家都低头喝闷酒。我们终于在幽暗的骑楼下握手道别，也从此告别了厦门。

这些年每次去厦门，中山路还是我最爱去的地方。不单只醉心时下的繁华和热闹，还流连这里的骑楼，追寻年轻时的轻狂和困惑，恍若时光倒流。骑楼容易给人一种沧桑的感觉，尤其是面对不断排挤它们的现代建设。

中山路长约 1.2 公里，西起轮渡码头，东达厦门市工人文化宫。这条路与南北走向的思明路交叉，构成厦门最繁华的街区。也许现在的情况有一些改变，不过中山路沿街那些闽南风格的骑楼，都受到很好的保护。有台湾朋友问我，厦门步行街中山路是不是最近建的？我说不是，是严格按照文物保护原则，修旧如旧，只是统一规划，整体门面装修，旧貌换了新颜。

柿子红了

这几天澳门的超级市场来了一批来自内地的柿子，令我想起了远在千里之外的高盖山。山脚下的美丽村庄，此时应该也是柿子红了，硕果摇曳吧。

20 世纪整个 70 年代，我都在福建省永泰县大洋中学教书。学校附近有一座海拔 1187 米的高盖山，风光秀丽，我常常和同事或学生来这里游玩。而每年的晚秋，高盖山下村子里的柿子熟了，我也会来这里选购一些柿子，拿回去加工成柿饼。毕竟那个年代物资匮乏，柿饼是城市里难得一见的珍稀食品。我的母亲和寄养在福州的女儿，都特别喜欢把柿饼当作零食。况且，由我亲手制作、上面布满柿霜的柿饼，漂亮、干净，应该算得上当年馈赠亲友的体面礼品吧。

制作柿饼的难度大着呢！首先，你必须耐心地给一个个柿子削皮。然后，你要细心地把削了皮的柿子平铺在竹席上，每天抬到阳光底下晒，或者放在通风的窗口晾。待到柿子渐渐软化，你就得天天把一个个柿子捏个遍。捏的力度要十分轻匀，不能粗暴，否则会把柿子挤破，那品相就不好看了。如果碰到阴雨连绵的天气，那你就得烧个炭炉子给柿子烘一烘，以免发霉。这样过了一个月左右，柿子捏得够扁，表皮也够硬了，你还得多晒上几天，最后才入瓮收藏。过些日子，柿饼上就布满了柿霜，大功告成！对着自己亲手制作的柿饼，一种无以名状的满足感油然而生。

还是山里头的人家、山里头的孩子最令我怀念。老师买柿子，农民总是给许多便宜，还亲自挑了往学校送。那些懂事的孩子，也常常帮我们削柿皮，晒柿饼。

我现在年纪大了，丢三落四的，善忘，可过去的经历倒是记得非常清楚，常常像过电影一样地涌现。高盖山，这个如今被人发掘出来、遐迩闻名的“天下第七福地”，什么时候还能故地重游？晚秋里可与枫叶比美的柿子树啊，黄叶丹果，鲜丽悦目，仿佛就在眼前晃动。是啊，这个季节该是晒柿饼的时候啦。

我喜欢吃柿饼，这是从小养成的习惯，也可以说是我对柿饼一种特殊的情结。

柿饼是山区的特产，将容易霉烂的柿子制成柿饼，就可以长期保存。这样说来，柿饼其实也是一种很好的干粮，这在战争年代尤其突出。1944 年 10 月，福州第二次沦陷。日寇到处抢东西、杀人、抓年轻妇女强奸后杀掉。日本鬼子曾将反抗他们的人抓来，集中到福州南门兜街中心的大榕树下，用机枪集体射杀。福州城笼罩在极度恐怖的气氛之中，市民纷纷出逃，福州人称之为“走反”，也就是逃难。

我们家在大历史背景里头的故事，讲起来也是令人唏嘘。1944 年 11 月 10 日，我在福州出生。当时福建省政府早已从福州内迁地处山区的永安，父亲不在福州。母亲和年轻貌美的姑姑东藏西躲了一段时间之后，看到情况恶劣，认为必须带孩子们逃离福州。不久，在乡下亲戚的安排下，母亲和姑姑抱着才几个月大的我，带上哥哥和姐姐，乘坐运粪船成功偷渡闽江。然后，一行人沿着山区小路向闽南进发，投奔已先期撤退到永春的舅舅。

逃亡路上，三餐无着，母亲营养不良，奶水不足。怎么养活我这个嗷嗷待哺的小子，母亲可是费尽心机。好在山区的农家多有柿饼收藏，母亲就一路上买来柿饼，既当一家人的干粮，也定时拿一小片嚼烂喂到我嘴里。襁褓中的我居然吃得津津有味！这件陈年旧事母亲常常对我提起，也不断地增加我对柿饼的特殊感情。

在那段福州历史上最黑暗的日子里，日军的残暴罪行罄竹难书，永远烙印在战争亲历者的记忆中。尽管我当时年幼无知，可后来母亲的口述历史，也让我终生难忘！

金黄、柔软、甜美的柿饼好处很多，它润心肺，止咳化痰，清热解渴，健脾涩肠，有助于降低血压，改善心血管功能。柿饼表面的那层柿霜更是宝物，可治咽炎、口疮。现在的人喜欢五花八门的加工食品，反而对天然、有机的农产品冷漠疏远，实在可惜。

旅思游兴

又见古田

福建有两个名为古田的地方，而且都很有名，分别是宁德市的古田县和龙岩市上杭县的古田镇。两个同名行政区常被混淆，甚至发生张冠李戴的事情。

古田县位于闽江北岸，曾是福州十邑之一，现在是宁德市的辖县。古田县以拥有妇幼保护神陈靖姑的临水宫祖庭著称，还被誉为“中国食用菌之乡”，“古田银耳”也荣获了“中国驰名商标”称号。而闽西上杭县的古田镇，虽然只是一个镇，却是著名的“古田会议”会址所在地。现在内地兴起“红色旅游”，“古田会议”在中国共产党历史上有着重要意义，所以会址所在地的古田镇，如今是车水马龙，游人如织。

我这里要说的是上杭县的古田。其实，我曾于1965年来到上杭，参加俗称“四清”的社会主义教育运动。在上杭，古田会议会址的大名如雷贯耳，我却因为工作忙而且纪律严而没有机会到那里看看。倒是第二年晚秋的“文化大革命”期间，我跟着一个专走红军路的长征队，很虔诚地到古田溪背村瞻仰了古田会议会址。

当时我们一行住在附近的农家。参观了会址建筑和当中的陈列品后，我们恭恭敬敬地在会址前面的农地田埂上照了相。我们穿着绿军装，打着绑腿，年轻人吧，可以说是英姿飒爽呢！

想不到五十年过去后的今天，我又来到了古田会议会址。

时间过得真快，抚今追昔，这一带的变化也真的太大了！古田会议会址成了红色旅游的重要景点，原来的水稻田现在都种了花草，听说不同季节会有不同的花卉，有油菜花、荷花、向日葵等不同品种。当下是一大片的油菜花盛开，吸引许多人在花田拍照留影。会址左边建了荷花池，右边有红军检阅台，会址对面，还建了古田会议陈列馆。而在村子边上的山岗上，则竖起了毛泽东的巨大石雕像。

我们在五十年前站立的老地方恭恭敬敬地照了相。屋后的树林比以前更加茂密，“古田会议永放光芒”八个红色大字特别抢眼。

全称叫作“红四军第九次代表大会”的古田会议，在中国共产党和工农红军的发展史上有着重要意义。我这是第二次实地重温古田会议的历史。

现在我们看到的会址大厅已恢复当年开会的原貌，马克思、列宁画像和代表席位、大会会标、主席台以及墙上的党旗都按原样放置。

古田会议会址如今成了福建省“红色旅游”的热点。其实，在闽西，像这样的红色景点还有很多。“红色旅游”这名词我并不陌生。20 世纪 60 年代“文革”中的步行串联，几乎全国的大、中学校学生都走出校门，到外头去“经风雨见世面”。当时我也跟着一个长征队出发，首途闽西。为什么要选择闽西呢？因为闽西离厦门近，还有，闽西是当年中央苏区的一部分，毛泽东等许多中共领袖曾在这里活动。在当时那种气氛中，许多福建甚至其他地方的青少年都往那边跑。我们拒绝了沿途车辆的诱惑，专拣小路走，也就是“重走红军路”。

我们选择了 1932 年 4 月毛泽东率领红军攻克漳州这条路线。当年红军是从龙岩一带打到漳州的，而我们是倒回走，从厦门先到漳州，然后再从漳州到闽西。这样，沿途能够看到的“红色景点”就多了。

长途步行不是一件轻松事，第一天从厦门到漳州我的脚就扭了，大队休息三天。我们利用这个机会参观了位于漳州市委大院内毛泽东住过的“芝山红楼”，那里的纪念馆详细介绍了红军挥师东进，攻克漳州的过程。休整后我们重新出发，经过和溪、适中先到龙岩，然后探访古田、新泉、才溪、上杭的革命遗址，又在童小鹏的老家童坊帮助社教工作队，住了一个月。接着我们再从长汀出发，一路向西，到“红都”瑞金，上井冈山，再到韶山。

如今的青少年很难再用铁脚板“重走红军路”了。不过，“红色旅游”又形成了一种新的文化现象。“红色旅游”得有景点看，有故事讲，内容也要有所拓展。凡能显示我们民族精神的重大事件、重大活动和重要人物事迹的历史文化遗存，都可以成为景点。

土楼遗韵

分布在福建西部和南部崇山峻岭中的土楼，以其独特的建筑风格著称于世，被誉为“世界民居建筑奇葩”。车行闽西的公路上，时不时都会在山坳里、溪流边、竹林中发现各式各样土楼的身影。

我曾经两度到过闽西，也都住过不短的时间，却没有注意到土楼的存在，也许是司空见惯，从眼皮底下溜掉了。这十来年搭上旅游的顺风车，福建土楼不胫而走。这回是闻名而来，我特别要弄明白福建土楼的前世今生。

历史上一次次的中原战乱，北方人民流离失所，一些人迁徙到南方。闽西、赣南和粤北，偏处一隅，渐渐成了中州移民栖身甚至定居的乐土。笼而统之，我们把这些移民叫作“客家人”。为了便于群居以及抵御匪患，这些移民发明了土楼这种具有坚固性、防御性的奇特建筑。我们所称“客家土楼”，其实并不准确，闽南人也有住土楼的，所以后来申报世界文化遗产名录，用的就是“福建土楼”这一名称。2008 年 7 月，福建土楼四十六处被正式列入世界文化遗产名录。而如今分布在福建西部和南部崇山峻岭中的土楼，总数有三千余座之多。

现在保存完好、作为旅游景点的土楼，大都以形体高大、建造精致而闻名。由于时间关系，我们只参观了被称为“土楼王子”的永定县振成楼以及承启楼，还特地转道南靖县观赏了俗称“四菜一汤”的田螺坑土楼群。尽管来去匆匆，但当我们一窥土楼内里乾坤，还是要被这些建筑物精美、宏大的气派所震慑。

土楼不仅仅是一个遮风挡雨的场所，它更凝聚着深厚悠久的中华文化。这些土楼布局合理，秉承中国传统建筑的“风水”理念。每一座土楼都有一个意味深长的名字，振成、承启、衍香、振福、怀远、和贵，诸如此类，大都取自古训。土楼以血缘聚居，代代相传，守望相助。

历史上毗邻江西、广东的福建西南部山区，经济落后，交通不便，匪患频仍，北方人迁徙到这里后，为了聚族而居以及抵御匪患，便结合当时中原汉族建筑特点而营造了这种具有抵御性的城堡式土楼。

我们沿途所见的土楼形状有圆形、方形、椭圆形、弧形等，依山势高低错落，有些集聚如花，有些散如珠链。土楼规模之大，造型之美，构成了一个奇妙的世界，极富神秘感。民间流传，说是美国间谍卫星发现这些蘑菇形、飞碟状的奇怪建筑，误以为中国冒出了新的导弹基地。

土楼多是依山临水，巧妙地利用了山间狭小的谷地，吸收了中国传统的“风水”理念，布局合理。土楼中形态最美的当属田螺坑土楼群，四座圆楼和一座方楼紧紧相挨，从高处俯瞰，犹如一朵梅花盛开，美不胜收。游人戏称“四菜一汤”，山间盛宴，相当形象。

土楼建筑是就地取材，利用当地的生土、木材、鹅卵石等建筑材料，混合夯筑。尽管如此，我认为规模宏大的土楼不可能短时间内一蹴而就，一般应是这个家族聚有相当财富之后才动工的。比如建于1912年的振成楼，费时五年，耗资八万银圆。据说早期的土楼是方形的，由于方形土楼有方向性，四角阴暗，通风采光不能均等，所以客家人又设计出圆形土楼。这种圆楼都由两三圈组成，环环相套，层次分明，一层是厨房和餐厅，二层是仓库，三、四层是卧室。中间设祖堂，为婚丧喜庆的公共场所。楼内还有水井、浴室、磨房等设施。土楼中堆积粮食、饲养牲畜。若需御敌，只需将大门一关，土楼即像坚固的堡垒。

土楼适应聚族而居的生活和共御外敌的需求，同时也形成了特殊的文化现象。北方汉人在被迫背井离乡、流落异地的过程中，九死一生，历尽艰苦，他们都有深切的体会，许多困难都得依靠自己人团结互助、同心协力才能解决。因此，他们每到一处，本姓本家人总要聚居在一起。

单靠小农经济难以建造规模宏大的土楼。因此，土楼又与商业经济密切相关。明末、清代直至民国时期，闽粤赣交界地区烟草、茶叶产业蓬勃兴起，产品销往全国及东南亚各国。随着经济的发展，商人、华侨群体出现了。为了适应人口增长，维护家族利益，势必需要建造更大规模的楼房，让宗亲几十人甚至几百人聚族而居，于是殿堂式的土楼应运而生。尽管如此，大型的土楼仍然需要殷实人家集数代人之力才能建成。这些致富之家大兴土木，建筑考究，福建土楼进入兴旺时期。

有人说，土楼就是一个封闭的封建社会，有一定的道理。同宗同祖的人们在同一座楼里形成一个独立的社会，共存共荣，共亡共辱。你看土楼的命名，内里悬挂的家规家训，以及数量众多的楹联题句，无不展现了森严的家族秩序。一部土楼史，便是一部聚族而居、独立社会的乡村家族史。

福建土楼“申遗”之所以能够成功，我看在于这些土楼藏在深山鲜为人知，保留得十分完好。福建土楼是中国传统民居的瑰宝，荣登世界文化遗产名录，实至名归。

重游“小鸟天堂”

我这是第二次游览“小鸟天堂”了，江心的“雀墩”，连同周围的环境，都有了很大的变化。

“小鸟天堂”有了大门，有了广场和一些房子。包围那块孤岛绿洲的水道还在，但附近已经没有了当年田连阡陌的景象。河岸上除了码头，还开辟了观景的人行道。许多农家选择优势位置，建起了小洋楼，既可自住，又可用来接待赏景和观鸟的客人。

这是长假的第二天，码头上候船的人很多，经营景区的公司安排了数量可观的游艇。就是这样，我们还是等了半个多钟头，下船时已经近午。人们拥到这个乡下地方，多是冲着巴金那篇文章而来。20 世纪 30 年代，巴金来新会，由朋友引领，游览了这个浓荫匝地的水面绿洲。这树鸟和谐相处、共生共存的南国奇观，让他十分感动，写下了《鸟的天堂》一文。于是这里出了名，“雀墩”也改称“小鸟天堂”了。

三十二年前我公出新会，当地的朋友带我来观赏刚获得巴金题字的“小鸟天堂”。那时我只是在岸上远远地观看，没有像巴金那样坐着小船近距离欣赏。尽管如此，这四面环水的“雀墩”上这株浓荫蔽日的大榕树，还是给了我极大的视觉冲击。

现在我坐着游艇靠近这小鸟的“天堂”了。显然，“雀墩”受到了很好的保护，这株枝柯交错、气根飘拂的古榕，不断地向外扩张，占据了更大的地盘。要问这“小鸟天堂”究竟有多大面积，恐怕很少有人答得上来。有人说船可以开进浓荫深处，我看不可能，你看密密麻麻的气根，早就给这块水面绿洲加上了一道密集的“围栏”。

越是近距离观看，越是令人惊叹这古榕的旺盛生命力。你看不出它有丁点衰老的样子，它还是那么生机勃勃，那么努力进取，须发漫天飞舞，枝柯遍地延伸。

鸟雀飞出去觅食了，零落的几只惊鸿一瞥。这程水路游览还是让我饱赏了这榕荫庇护的小鸟天堂。

三十多年不见，新会小鸟天堂扩大了许多。古榕生机勃勃，枝叶不断地向周围扩张。支撑这棵庞然大树的，是从树身延伸下来直插水里的“栅栏”。这些“栅栏”，其实是榕树的气根。

巴金初来新会看到这个水面绿洲，起先他以为是许多棵茂盛的榕树形成的，后来他的两个朋友纠正了他的错误，一个说那里只有一棵榕树，另一个说那里的榕树是两棵。待到船渐渐地逼近榕树了，巴金有了机会看见它的真面目：是一棵大树，有着数不清的桠枝，枝上又生根，有许多根一直垂到地上，进了泥土里。一部分的树枝垂到水面，从远处看，就像一棵大树躺在水上一样。

我原先只知道榕树树枝上会长出许多“胡须”，但我并不知道这些“胡须”是什么，它们又有什么功能。后来查资料，才知道这些“胡须”就是榕树的气生根，也叫气根。气生根的主要功能是帮助吸收空气中的水分，当气候潮湿时，气生根生长较快。一般我们在陆地上看到的榕树气生根，由于吸收不到足够的养分，因此只能伸长不能变粗。而在新会小鸟天堂这样的水上绿洲，古榕树的气生根一旦接触到潮湿的土壤，便能迅速长粗，外表则像一般树干而变成支柱根。而有了支柱根，榕树的枝干更能向外延展，最后便会形成一棵占有很大面积的榕树，然后再向外延伸发展成一片树林，蔚为奇特景观。新会小鸟天堂这株细叶榕就是一个典型的例子。

乍看榕树的“胡须”好像没有什么大的用途，可新会小鸟天堂这棵古榕树的“胡须”就不同凡响了。你看那许许多多的气生根形成的“栅栏”，密密麻麻实实在在地支撑着宽阔浓密的树冠，增加了这棵遮天蔽日古榕树的稳固性。

在我们祖国的南方，到处可以看到榕树巨大的身影。那些有一定年月的榕树，就像饱经沧桑、慈祥稳重的智慧老人，令人肃然起敬。看着榕树，人们首先想到的是它的容人之量。南方燠热，榕树以它雄伟的躯干、蔽日的浓荫，为人们提供一个阴凉舒服的小天地，赢得人们“一树之下，可容千人”的称誉。

榕树抱团发展的精神很值得我们学习。你看小鸟天堂这棵古榕，枝叶不断地向周围扩张，地盘越占越大，支撑它庞大身躯的，一方面是发达的地下根，另一方面就是它的气根形成的支柱根。这棵大榕树的地下，一定有密密麻麻的根系，紧紧地抓住深层的潮湿土壤。因为你从地面看到了这棵榕树无数的气根，有些飘拂空中，有些已经直插泥土又成树干。久而久之，形成一棵占有很大面积的榕树，蔚为奇观。这是一个团结的整体，已经分不出哪是原来的母树了。

明末理学家黄道周喜爱榕树，写下《榕颂》一文。他赞扬榕树有“六质”“四优”。“六质”者：枝丫磅礴雄伟，叶黝经霜永不凋，根须盘龙与卧虎，主干浑茂蔽天霄，无华结实果如珠，奶汁洁白黏如胶。“四优”则是：体态犹是智老寿仙，荫影广布怡人滋物，昼燃息焰袒烧光明，木质坚贞用途广泛。

古代志节文人，正气充盈，发之为文，托物喻人，动人心而鼓士气。当年清军南下，黄道周毅然召募亲友、学生及义勇万余人，北上江西抗击清军，兵败不屈而死。他临死前，咬破手指用鲜血写下“纲常万古，节义千秋，天地知我，家人无忧”。宁死不屈，大义凛然。

榕树有博大宽广的胸怀，有巍然独立的性格，有抱团发展的器识，更有拒腐防蚀的意志，人们赞颂它，把它当作楷模。

再到五里桥

想不到五十三年后我还能再次来到五里桥，重新领略这座著名的古代桥梁长虹卧波的雄伟风姿，细心扫描脚下一块块长石板的岁月沧桑。

五里桥是安平桥的俗称，横跨晋江安海镇和南安水头镇之间的海面。这座建于宋代的长桥，桥长约五里，为中国古代第一长桥，也因此赢得“天下无桥长此桥”的美誉。

那是 1964 年春夏之间的一个周末。我进厦门大学已经近一年了。我们一班五六个已经混得够熟的同学，突发奇想，要来一次浪漫的自行车之旅，结伴骑自行车前往石狮！我们决定沿途观光，欣赏一下闽南乡村的自然风光，然后往一位石狮同学家看看。

厦门大学离石狮不算太远，但那时的公路不那么笔直，也不那么平坦。虽然从学校出来，有点像从笼子里放飞的小鸟，沿途的乡野景致也令人心旷神怡，但我刚学会骑自行车，又借了一部较重的车子，路上不免艰苦。刚到杏林，我的小腿就抽了筋，踩不动了。还是一位侨生将国外带回来的一架车跟我调换，我才跟上了队伍。最终的一段路我记得很清楚，我们是经过南安的水头，从那里跨过五里桥，到桥那头的安海，再往石狮方向去的。

五里桥的桥面是用一块块厚重的长石板铺就的，中间有缝隙，而且凹凸不平，我们是下了车推着车子过桥的。五里桥既是水头与安海之间的交通要道，自然车龙马水，人流熙熙攘攘。只见来往桥上的人推着自行车，鱼贯而行，确实是一道很有时代气息也很有趣味的风景。现在这种景象已经不复可见了，因为建了新的桥，而且人们出行都用上了汽车。五里桥成了远近闻名的步行游览风景区。

我和南安的朋友从水头这一边上的桥，因为两人都老迈年高，也就走了桥的一半，到中间的亭子里歇了一会儿就返回了。当我讲起这段陈年旧事，老友和跟我们来的两个后辈都感到惊奇。自行车之旅在我记忆犹新，旧人安在，已经成了一丝悠长的牵挂。

我站在五里桥上浮想联翩。悠悠历史，风流人物，在这座长条石铺成的长桥上留下了不灭的印痕。

抚今追昔，我想起了从福州到厦门经常路过的泉州洛阳桥，那要比五里桥早建将近一百年。洛阳桥由当时的郡守蔡襄主持，耗时六年多才得以完成。洛阳桥不但是我国古代第一座海港大桥，而且开创了“筏型基础”架造桥墩的历史。以政绩和书法扬名青史的蔡襄，在我国建桥史上耸立了一座丰碑，后来福建沿海的许多跨海大桥，都多多少少受到洛阳桥的启发和影响，包括建于南宋的五里桥。当年工匠铺设五里桥的桥面，是用船筏浮载石梁，先在桥下定位，再利用潮水的涨落，使条石升上墩面并固定下来。这是在洛阳桥经验的基础上发展而来的。当时的泉州太守赵令衿为筑成天下长桥而高兴地赋诗：为问安平道，驱本夜已分。人家无犬吠，门巷有炉熏。月照新耕地，山收不断乡。梅花迎我笑，书报小东君。尽管如此，泉邑百姓大概都只记得蔡襄。

面对五里桥，我的脑子里浮现出宋代晋江、南安一带海外通商的繁荣，这五里长桥以及附近的三里街，不就是当时海外交通发达，社会经济繁荣的标志？这种商贸风采一直延续到明清时期。我想起早年混迹澳门的郑芝龙，其祖籍就在南安石井镇。郑芝龙是明末清初中国最大的海上武装集团首脑，拥有庞大的商船队来往于日本、台湾、闽广沿海。郑芝龙后来降清，可他的儿子郑成功却成了坚决抗清的民族英雄。如今游人说石井，都道是郑成功故里，有几人提及郑芝龙？

五里桥桥头有座“听潮楼”，其左方留下一个“桥”的篆体字残破石碑，它同“听潮楼”三字题额石刻都是南宋旧物，1985 年才从附近海泥里发掘出来。我站在桥头，不由得发出沧海桑田的感喟。而上世纪 60 年代的“围海造田”，直是把原来的海湾大桥变成了“陆上桥”，这千秋功过又由谁评说？

徜徉五里桥，不禁令人发思古之幽情。遥想宋元时期，水头、安海连同整个泉州地区，海外交通发达，对外通商畅旺，“潮涨万国商”“市井十洲人”，人们今天盛赞海上丝绸之路，怎么能不提作为古代“东方第一大港”的泉州？

还是要翻翻俗称“五里桥”的安平桥的历史。安平桥于 1138 年动工，1152 年建成，历时十五年。当时金兵南下，北方沦陷，徽、钦二帝被掳，宋朝迁都杭州。就是在政局如此动荡的情况下，当地仍能进行如此浩大的工程，可见宋代泉州地区经济之繁荣、工商之发达。时间还可以往前推进近百年，中国首座跨海大桥洛阳桥已在这附近建成。

在器械还不是很发达的古代，漂洋过海，踏浪远行，无疑是冒险犯难的事情。我们列数古往今来的远洋航线中，最长、最古老的一条航线，是由中国古代先民开辟的海上丝绸之路。这条海上丝路的起点，就以中国沿海的泉州、广州、宁波、南京等城市为代表。而泉州在宋元时期，正是它们中的佼佼者。

如今泉州一带的人最喜欢唱的歌是《爱拚才会赢》，他们骨子里就有一股冒险冲动和开拓精神。古时泉州商人通过运送茶叶、瓷器、丝绸等货物，远赴海外，将货物卖给外国人，然后买回香料、胡椒等物品。

我经常路过或特地游览泉州，触目皆是珍贵的海上丝路文物古迹。以前游逛过东西双塔、洛阳桥、安平桥、清净寺、伊斯兰圣墓、清源山老君造像等名胜，都还没有系统地将之联系到海上丝路上来。待到参观开元寺古船陈列馆中的宋代古沉船时，我才惊觉泉州拥有那么丰厚辉煌的中外交流史。泉州为数不少的阿拉伯人后裔，也常常引发我无限的遐思，阿拉伯人是怎么从中东来到这东方乐土的？

八百多年过去了，“五里桥”上的古老石块已然被行人的步履打磨得光亮，可这一带的城镇街市依旧热闹非凡。宋元遗风仍在，泉州又在构思今天“一带一路”大潮中的重要角色了。

福安罗家巷

闽东福安之行的一个意外收获，就是发现天主教的第一位中国籍主教，竟然就来自福安，而且他还到过澳门，这人叫罗文藻。

当我走出朋友的住处来到街口时，见到街中心的公园边上竖着一块椭圆形的粉红色石碑，上面用遒劲的行楷刻写着“罗家巷”三个大字，署名增城罗伯清书。这显然不是为一般的街巷书写，莫非有什么纪念性的意义？狐疑之下问了朋友，果不其然，朋友说这罗家巷出了一个名人，就是天主教的第一位中国籍主教罗文藻，澳门有一条街以他命名。

朋友的介绍令我汗颜。我家就在罗神父街附近，是经常来往的地方，可我竟然没有去追究这街道名称的来龙去脉，又是忘了“留心处处皆学问”的古训。也就因为熟视无睹，在这之前，罗文藻其名其人我是完全不知道！

罗文藻（1616—1691），福安罗江罗家巷人。父母早逝，八岁时就为人放鸭谋生。当时，天主教已传到闽东，罗江成为传教中心。天主教堂传教士看罗文藻衣食不足，就雇他为佣工。罗文藻耳濡目染，皈依天主。罗于崇祯六年（1633）秋受洗。此后，他长期在中国各地传教，曾出任南京教区代牧，成为第一位中国籍主教。1691 年 2 月 27 日，罗文藻安逝于南京任所，享年七十六岁。

罗文藻以超时代的眼光与魄力，第一个向罗马教廷进言，要求让中国人在不必精通拉丁文的前提下可以升神父，要求礼仪本地化，允许中国神父举行中文弥撒，并且亲自祝圣了三位中国神父，其中有大画家吴渔山；在处理礼仪之争事件中，以其大智慧既遵从教会指示，又兼顾尊重并照顾中国民情。

罗文藻堪称闽东中西文化交流的先驱人物，而这无疑是福安的骄傲。

罗文藻哪一年来澳门，他在澳门做了些什么？这个天主教第一位中国籍主教与澳门之间的关系值得研究。

1633年，多明我会传教士黎玉范神父和方济会利安当神父到福安，当时罗文藻已是教会的追随者。不久，利安当神父给罗文藻施洗，以“额我略”作罗的圣名。之后罗追随利做传道员，赴南京受阻，又返回福建。1636年随利到台湾宣教，1637年6月20日，与雅兰达和马若望两神父从福建出发前往北京，在那里汤若望有意让他们到朝鲜传教，但正逢北京教难，三人被押解回福安，还在宁德被扣留二十三天，最后被充军到澳门。这是罗文藻第一次到澳门。

1639年罗随利安当转往马尼拉。经历过明、清更替的战乱，1650年罗在马尼拉加入多明我会。罗往返于中国和菲律宾协助教务，并在马尼拉圣多玛斯学院攻读神学、哲学。1654年5月29日至6月30日陆续领受了剪发礼、四小品、五品和六品，并于同年7月4日由马尼拉的鲍布来德主教祝圣为司铎。由于西洋传教士受禁，只有罗一人行动自由。因此1665年后三年间罗独撑全国教务。当时的安南、澳门、菲律宾等地主教、神父上书教宗，推荐罗文藻为主教。1673年7月30日，教廷传信部开了次关于中国的特别会议，其内容就是决定关于罗文藻是否应当列为宗座代牧。同年10月2日又举行另一次会议，最后的决议为请求教宗任命中国籍道明会士罗文藻为主教，委派其为直接属于圣座的代牧。1674年1月4日，教宗克勉十世委任罗文藻为南京代牧，兼掌河北、河南、陕西、山东、山西以及朝鲜半岛的教务。1685年4月8日，罗于广州获方济会的伊大任主教祝圣。罗这时应能经常往返澳门。至于他亲自祝圣的吴历，曾随比利时耶稣会传教士柏应理到澳门，学道于三巴静院。他们之间有没有交集？挖掘整理澳门早期的宗教历史，有待专家学者继续努力。

天主教第一位中国籍主教罗文藻在澳门的行止，以及同时期其他名人在澳宗教活动，能不能在澳门档案馆或者教会等宗教场所找到他们的蛛丝马迹？

罗文藻第一次到澳门的时间点是1637年。当年的6月20日，他与雅兰达和马若望两神父从福建出发前往北京，正逢北京发生排教冲突，三人被押解回福安，还在宁德被扣留二十三天，最后被充军到澳门。罗文藻当时只是雅兰达和马若望的跟班，宗教文献有记载的话，也应该将两神父摆在前头，罗文藻的名字提没提到都是问题。不过，事件就是那么一回事。罗神父街的命名是后来发生的，应是罗文藻成了第一位中国籍主教甚至是他亡故之后，为了纪念他而命名的吧。罗成为主管整个中国教务的主教后应该还来过澳门，那么教会档案留下了他在澳门活动的记录吗？

澳门档案馆珍藏大量关于葡萄牙海外探险，澳门与欧洲、日本以及东南亚国家之间有关政府、城市、宗教和民间方面的信函、书籍和手稿，其中应该也有不少具有历史价值的宗教史料。致力于澳门文献整理研究学术工作和信息资源开发利用的澳门文献信息学会，应能在这方面做出新的贡献。

廉村文化

福安好友趁我回闽之机，邀我前往他的家乡游玩。而他安排的第一程就是“开闽进士第一村”的廉村。

我们驱车来到这个福安市区西南15公里的静谧村庄。这里是穆阳溪西岸，旧名富溪津、石矶津，我猜想过去应该是一个渡头吧。果然，朋友说这里原是沟通闽东北和浙南的水陆枢纽和物资集散地。码头依旧，宽大的石阶一级级地延伸入水。人声杳然，充盈一股幽远、宁静的气氛，让人怅惘失落的繁华和辉煌。更加令人惊奇的是，这里竟然保留下了一大片的风水树，都是枝繁叶茂、上百年岁的高大樟树。这个小村子的民风有多好啊！这样的地方是注定要产生文化名人的。

进村一看，这里确是福建少见的古文化村。福建开发得迟，历史上多次战乱，北方难民南逃，移迁福建，带来了中原文化。南朝梁天监年间（502—519），光禄大夫薛贺由江南迁入福建，辗转定居于石矶津。他的第六代孙薛令之勤奋读书，在唐神龙二年（706）终成为八闽第一位进士，及第后授官左补阙、太子侍讲。时宰相李林甫弄权，东宫官受冷遇，薛令之辞官还乡。后唐玄宗闻其家贫，令地方每年拨给赋谷，薛总是酌量领取，从不多要。唐肃宗即位后，感念昔日师生之谊，旨召薛令之入朝，是时薛令之已去世。为嘉许他的廉洁清正，肃宗敕封他所在村为“廉村”，水为“廉水”，岭为“廉岭”。

此后，廉村文化氛围逐渐成形，诗书相承，耕读传家，人才辈出。从北宋大观三年至南宋宝祐六年的一百五十年间，廉村薛、陈两姓共出过十七位进士，还有一门五进士、三代登高第的。除了科第的荣耀之外，我还歆羡这里的环境。这里有明嘉靖年间为抵御倭寇而筑的城墙，以及城东明代的古码头。鹅卵石铺砌的古官道、古旧坚固的古城墙、气派庄严的祠堂，以及村口那一片郁郁苍苍的香樟树，皆透出一股幽然、宁静之气，令人心旷神怡。

廉村并没有高大的建筑物，即使簪缨世家、官宦门第，也不过是一般院落。只有各大姓宗祠，稍微有些规模。以石条、鹅卵石精心拼嵌的古官道，纵横村内。村外路旁几方石碑雕刻，诉说着曾经的显赫和历史的沧桑。

虽然在闽东山水里低调地隐藏着，这个文化名村还是逐步被开辟成福安地区的旅游胜地。我们浏览这里宁静的景物，感叹这个古老村庄久远绵长的文化积淀。探访“开闽进士第一村”的廉村，让这一趟福安之行，不经意之间成了一次丰盛的文化之旅。

人鱼共处

廉村之后是游览著名的鲤鱼溪。鲤鱼溪向游客展示了人鱼和谐共处、融为一体的美好画面，让你感受到心灵净化的愉悦。

朋友驾车带我来到周宁县城西五公里处的浦源村，我们不从正门进入，而是从村外地势较高的地方开始游览。朋友说，鲤鱼溪源于海拔 1448 米的紫云山麓，汇数十条山涧清泉奔流而下，峰回水转，至浦源村口水势顿减，五弯六曲穿村缓流而过。溪流贯村长约一里，水面宽数米。我们既然是来观赏水中的游鱼，那当然应该从高到低顺势而行了。

起首的山间清泉、溪流保留天然野趣，并没有多加人工修饰，只是沿溪整理出一条便于行人风雨无阻移步赏景的小道，甚是干净、清幽。沿途稀疏建了几座亭子或是风雨桥，便增加了不少的清雅之气。

上游游鱼不多，偶尔发现三两尾悠然遨游的彩色鲤鱼，也令我们欢呼雀跃。这也许正是从高处细流开始观鱼的好处。

沿途溪流，清可见底。

到了民居集中的地方了，这才开始真正的人鱼共处的和谐生态。这段溪流两旁的房子古色古香，都建在高高垒起的堤岸上，有石板村道，井井有条，景色幽雅。据说这个村落源自宋代，已有八百年的历史了。好在这里地处郊外，也较早注意保护，旧式民居、名胜古迹保留完好。

最为难得的是，贯穿村镇的这段溪流，水深及膝，清可见底，悠然遨游着数以千计彩色斑斓的鲤鱼。游人间或投以面包饵食，游鱼“竞相觅食，彩鳞翻飞”，婀娜多姿，活泼可爱。看这满溪鲤鱼，自得其乐，不受干扰，加上还有为死去的游鱼专设的鱼冢，鲤鱼溪向游客展示了人与鱼和谐共处、融为一体的美好画面。

游览鲤鱼溪，称得上是一次亲近自然、净化心灵之旅。鲤鱼溪虽然也算山清水秀，但并不专以风景取胜。鲤鱼溪吸引游人的地方，是人与鱼和谐共处的一种独特文化。“鲤鱼溪”被评为“福建最美的乡村”，“福建十大旅游风景区”，实至名归。

里约印象

里约热内卢是一个海滨城市，市区有多个海滩。我们住的酒店正对面，就是一条长长的海滩。

海滩风情

刚入住酒店感到好奇，拉开窗帘，看夜晚的路灯下，海滩上的景色影影绰绰。白天车上导游一再告诫我们，在清早或晚上，记得不要独自下海滩，免得被打劫。因此也就打消了在晚风中逛海滩的念头。窗前张望，海风送来拍岸的潮声，产生了一种不断浓厚的神秘感。

海边天亮得早，刚过5点，岸边的路灯就熄灭了，应该是节约能源吧。海岸线渐渐清晰了，晨练的人也多了起来。吃过早点，趁会议前还有一点时间，我们到海边照了一会儿相。这海滩也并不那么神秘了。

午休时，我们相约到海滩上看看。里约热内卢的海滩与别的地方的不同之处，是这里的沙子特别绵软，踩下去有一种松松绵绵的感觉。我认为这跟里约热内卢的岩石有关。里约热内卢街上铺路用的石子，跟澳门街的一样，都是灰白的，比较粉，不像其他地方的石子，是花岗岩，比较硬。这就决定了岩石风化流失形成的沙子的质量。澳门街铺路用的石子应该是从巴西运来的吧？

有人下水畅游了，还有不少年轻小伙子在玩滑浪板。阳光下，有许多男女在晒日光浴。远处的沙滩球场上也有不少人在玩沙滩排球。一位长者在边看书边享受海风。巴西是一个各色人种混居的地方，对沙滩上的人最好不要表现出特殊的关注，更不要用好奇的眼光盯着人家。

大西洋浩瀚无边，波浪一层层地涌过来，有时快到岸的时候，浪掀得特别高，引起沙滩上的照相的人一阵惊呼。有人鞋子连带裤管都给打湿了。我真羡慕玩滑浪板的年轻人，有时浪头盖过了他们，可一会儿就又从浪底钻了出来。我们在海滩上摆出各种姿势照了一些相，感到心满意足。

后来我们又游览了其他一两处海滩，大抵都是这样。里约的沙滩旁都有生果店、露天茶座。游人饮椰青，食薯条、花生、夹饼、烧虾串什么的，很写意很方便。也有小贩在叫卖首饰、球衣、沙滩巾、太阳镜以及小食。

里约的人字拖很有名，这应该跟沙滩有关系吧。有团友买了很多人字拖，说是澳门的朋友、同事要的。

耶稣山

第二天上午我们上耶稣山。耶稣山上的耶稣巨像，是这座城市的标志。这是里约热内卢必游之地，也是我们此行的亮点。站在耶稣山上，既可以仰望世界闻名的耶稣巨像，又可以俯视山下的里约市。

耶稣山原来叫作 Corcovado，后来建了耶稣巨像，人们给安了这个俗名。渐渐叫惯了，原名反变得没有什么人知道了。里约市区很多地方都可仰望到耶稣巨像，但都不如近看来得真切。也许是地处海滨，水汽氤氲，经常是一会儿天朗气清，一会儿又是云遮雾罩，讲不准什么时候看得到耶稣巨像。

我们上山的路上，一直是白雾茫茫，我心里嘀咕，很可能见不到耶稣像了。想不到车转几个大弯我们抵达山上的时候，竟然是阳光灿烂，云开雾散。可以近距离地观赏这座总高度约三十八米的耶稣巨像了。从天而降、高踞山巅的耶稣张开双臂，欢迎来自世界各地的游客。山脚下云雾缭绕，让这座巨像显得更加神圣。不管你是什么信仰，到了这里，都一定会献上一份激动和虔诚。

观景台只有数十米的空间，密密麻麻地挤满了人。人人都想拍下耶稣巨像，却总是找不到好的位置。好不容易找到了一个较为满意的角度，却又被后面来的人给遮挡了。为了拍到耶稣巨像全景，不少游人索性躺倒身子来拍照。

这座耶稣像始建于1922年，至1931年完工，2006年纪念七十五周年时，在旁边建了间小教堂。1500年葡萄牙人进入巴西时将天主教引入，目前巴西是全世界天主教徒最多的国家。其实早在1850年，就有一位天主教神父要求葡萄牙当局修建一座大型宗教像，当时并没有引起重视，更没有得到回响。直到1921年，天主教会再次建议兴建宗教像，才由巴西天主教徒捐款，在诸多建议中选定了张开双臂的大型耶稣像方案，由当地人设计、法国人建筑，次年动工。现在，这座耶稣巨像静静地守护着山下的里约市。

耶稣山灵气逼人，把里约的好风水尽情地展示在我们眼前。不过，就在上山的路上，我们看到了远处一撮撮密密麻麻的小屋，正是里约的贫民区。听说许多世界级的球星就出自这里呢。

惬意生活

我对巴西的最初了解，是通过巴西作家若热·亚马多的作品《黄金果的土地》里的描写，这本书最早的中译本出版于20世纪50年代。于是满脑子都是亚马逊河、热带雨林、丘陵地区的土著和农奴的耕作活动。可是巴西早已经工业化，步入现代社会了。

如今我看到的巴西人的生活，虽然不算富庶，甚至离小康都远，但他们的生活似乎过得很惬意。在这个自然资源极其丰富而又开始迈入稳定发展的“金砖”国度里，人们不会为最基本的吃饭、穿衣而发愁吧。巴西不缺四样东西：阳光、海滩、桑巴、足球。巴西人有这四样宝贝，就已经心满意足了。今天就尽情享受阳光、海滩、桑巴和足球吧，至于明天，明天再说吧。按巴西人的性格，他们绝不会想得那么多！

巴西人爱好休闲生活，海滩、公园、野外，到处都是游人如鲫。即使到了深夜，在街头还看到许多巴西人在酒吧喝啤酒、聊天，轻松写意。他们认为，一天辛苦之后，就应该放松放松。

巴西人的最大特色是热情奔放。我在会议厅第一次近距离观赏到桑巴舞。在震耳欲聋的音乐中，穿着鲜艳而华丽服饰的桑巴女郎配合强悍的黑人男子剧烈抖动身体，载歌载舞，令人血液沸腾，不由自主地跟着激动，跟着狂呼。桑巴舞全巴西盛行，在最疯狂的节日狂欢节里，桑巴舞是最吸引人的群众演出。我看，桑巴舞虽然有非洲肚皮舞的痕迹，但也有巴西印第安人独特的文化在内。他们头上的羽毛冠，显得格外威严、雄壮。还有，他们身上五颜六色的涂色，不就是印第安人的习惯吗？

应该像巴西人那样生活，这才是真正找到了做人的感觉。

足球王国

众所周知，巴西最流行的体育运动是足球，据说全巴西有两万支足球队。在街头、海滩上，随处可见一群群足球少年，许多世界级的球星就从他们中间出来。巴西国家足球队是唯一一支曾五次夺取世界杯冠军的球队。巴西可以说是名副其实的“足球王国”。现在巴西成功获选成为2014年世界杯足球赛主办国家，里约热内卢则成功获选2016年夏季奥林匹克运动会举办地，成为南美洲第一个举办奥运会的城市。

我并不是足球迷，严格来说还是足球的门外汉，那为什么要写有关足球的话题呢？就因为这次在里约热内卢，我不但参观了当今世界最大的足球场，而且在海滩，在广场，看到了许许多多的足球场。可以说，足球的影子随处可见。

那天就在上耶稣山的路上，我们看到了远处一撮撮密密麻麻的小屋，导游说这里正是里约的贫民区，许多世界级的球星就出自这里呢。

一边看依山而建的贫民窟，一边听超级球星成长的故事，心里非常感动。我想象着贫民窟里一群群足球少年，光着脚驰骋足球场的英姿。是啊，那么多从贫民窟走出来的超级球星，都拥有出色的脚下技术。他们都是一天天艰苦锻炼出来的，也都是从这里开始他们的足球生涯的。只有强悍的天才街足，才是真正的巴西足球！也难怪巴西足球人才辈出，优秀球员源源不断，因为他们的足球是最草根的“大众运动”。

其实，人们将巴西称为“足球王国”一点儿都不过分。历史上巴西队是世界杯最成功的球队。巴西队没有缺席一次世界杯的决赛阶段比赛，并在1958年、1962年、1970年、1994年和2002年五次夺冠，夺冠数排名世界第一。现在巴西成功获选成为2014年世界杯足球赛主办国家。

足球已经成为巴西人日常生活的一部分，对巴西人来说，足球是运动，但更是文化。我们在街上最容易看到的商店就是运动用品专门店。显然，巴西人喜欢购买与球队相关的产品，他们也希望外国游人选购足球、球衣之类的商品作为纪念。

巴西人是非常爱国的，他们以自己国家的足球文化为荣。不论是在街头还是在海滩，到处都可以看到以巴西国旗颜色设计而成的产品，特别是与足球有关的产品。巴西几乎人人都是球迷，每当联赛或重大国内国际比赛进行时，巴西人会举家前往观战，赛场人山人海。

最近巴西出现了与世界杯有关的示威抗议。其实这无关足球，是冲着政府来的。主要的问题是政府兴建了很多的体育场、公共设施，这些工程项目报价很高，贪污严重。

巴西是一个为足球疯狂的国度，大部分人还是希望自己的国家能够成功举办世界杯，只是他们也希望政府廉洁，振兴经济，更加惠民。这才是巴西人内心深处的爱国情怀。

海湾明珠

因缘际会，我终于来到了神奇的国度——迪拜。

说到神奇，这是因为在未见到迪拜真面目之前，我的脑际一直都在幻想。究竟迪拜是一个怎么样的地方，是一个国家还是一个城市？是沙漠变成的绿洲还是飘渺虚幻的海市蜃楼？是阿里巴巴和四十大盗出没的地方还是威尼斯商人活跃之地？这就像阿拉丁的神灯一样，你想要什么，它就给你什么。总之，迪拜充满了阿拉伯世界天方夜谭般的神秘色彩。

这确确实实是一个沙漠变成的绿洲，一个天天在创造奇迹的繁华之都。我们还是需要了解一下迪拜的基本资料，好让我们从梦幻世界回到现实之中。迪拜位于阿拉伯半岛中部、阿拉伯湾南岸，与南亚次大陆隔海相望。迪拜是阿拉伯联合酋长国人口最多的酋长国，以面积计是仅次于阿布扎比的第二大酋长国。迪拜政府所在地为迪拜市，是阿联酋最大的城市。

人们说迪拜富得流油，一点儿不假。迪拜的经济实力在阿联酋排第一，被称为阿联酋的“贸易之都”，也是中东地区的经济中心。迪拜与其他阿联酋酋长国的不同之处，就在于石油只占迪拜 GDP 的百分之六。迪拜大多数的收入来自自由贸易区，现在更多的是旅游收入。

这个事实对澳门有着非常重要的启发意义。确实，源源不断的石油和重要的贸易港口地位，为迪拜带来了巨大的财富。而伴随着众多庞大产业的建设开发，迪拜以其活跃的房地产、运动、会议等这些近乎世界纪录的佳绩吸引了全世界的目光。

说到豪华，迪拜拥有世界上第一家七星级酒店——帆船酒店、全球最大的购物中心、世界最大的室内滑雪场，更有目前世界最高的建筑“哈利法塔”。这座大厦有一百六十二层，总高八百二十八米。

迪拜还有一奇，就是酋长国中绝大多数人口是外国人，人口最多的是印度人，其次才轮到阿联酋公民。它的宽松政策吸引着世界各地的投资者。

有人称迪拜为“沙漠中的绿洲”，这有点似是而非。“沙漠绿洲”一般是指在一大片的荒漠中突然出现一块水乡泽国。迪拜固属沙漠地带，但并非内陆。它位于出入波斯湾的霍尔木兹海峡内湾的咽喉地带，是海湾地区中心，而且相当繁华，誉为“海湾的明珠”较为贴切。

我们选择迪拜的夏末来游，气候适宜、阳光和煦，正是充分领略当地风情的黄金时间。沿狭长的海岸线一路乘车观光，到处都可以见到高大、宽广的建筑物。靠海汊的地段最为繁华，这里有传统的阿拉伯市集，也有现代化的商业中心。一切都搭配得那么融和协调，给人一种很舒服的感觉。

为什么我喜欢把迪拜称为“海湾明珠”呢？这不仅仅是因为迪拜靠近海边，更是因为迪拜盛产珍珠，这样的称誉符合迪拜的历史。迪拜曾是一个吸引外国人尤其是印度人的重要港口。直到20世纪30年代，迪拜都以珍珠出口而闻名。迪拜博物馆里有旧时阿拉伯人在水下采集珍珠活动的场景再现，有旧照片、图画，也有栩栩如生的塑像，甚至陈列了珍珠商人曾经使用过的确定珍珠重量和大小的秤和尺，以及过滤珍珠用的筛子。

迪拜的发展带有浓厚的海洋色彩，除了我们参观的七星级帆船酒店之外，还有高科技的海下酒店。这座外形像飞船的建筑犹如深海精灵，人们可以在房间里欣赏水下世界，与鱼群共眠。

当然，迪拜也有沙漠，但那已经是在郊外了。年轻人说到迪拜最刺激的应该算是到沙漠冲沙吧，可那不适合年纪大的人，况且我们也没有时间去欣赏。

“海湾明珠”最新的典型案例是棕榈岛。棕榈岛是人工填海的巨大工程，是世界上最大的陆地改造项目之一。每个棕榈岛都是一个像棕榈树干形状的人工岛、由十七个棕榈树形状的小岛以及围绕它们的环形防波岛三部分组成。岛上开发娱乐休闲场所和私人住宅，你能想象到的豪华他们都能做得到。帆船酒店附近就有一个叫作朱美拉的棕榈岛，现在已经略具规模，岛上到处都是漂亮的楼房或别墅。

迪拜成功地在世人面前展示了阿拉伯人的勤奋、坚毅，以及他们特有的沙漠和海洋两种元素并存的文化。

阿拉伯商人

很早就听说阿拉伯人很会做生意，这次到迪拜亲身经历，才真正体会到阿拉伯人长袖善舞、领先商场的风姿。

有人说阿拉伯商人“在不同文明之间搭起了文化交流的桥梁”，对世界文化发展做出了重大的贡献，这可是一点儿都不夸张。我们耳熟能详的“丝绸之路”，不论是陆地的或是海上的，最先都是和阿拉伯人来往，然后才发展、延伸到欧、美等地。正是由于地理上的优势，阿拉伯人的足迹遍布亚、欧、非三大洲。他们善于吸收其他地方的文化，而且还在钻研的基础上加以发展。就拿阿拉伯数字来说，阿拉伯人在印度人创造的从0到9十个数字的计数法的基础上加以改造，形成了“阿拉伯数字”，极大地方便了做生意记数。迪拜博物馆陈列室里，有与实际规模一样的古市集，如活人般的铁匠、珠宝商和裁缝师，把阿拉伯人的商业社会完整、生动地再现在游客面前。

迪拜位于出入波斯湾霍尔木兹海峡内湾的咽喉地带，历史上就是海湾地区的经贸中心，如今大力发展旅游业，这里阿拉伯商人的风格特点体现得最为突出。我们在繁华的商业区购物时，总会见到满脸堆笑、彬彬有礼的阿拉伯商人。他们谈生意很有耐心，会同你慢慢磨，找出一大堆理由，让你相信他们的东西价廉物美，买了又买。他们善于叫价，有时候你买了一大堆货物，你认为很划算，可回来细细一算，还是没有便宜多少。不过，他们那种亲切热情的样子，让你回味起来还是十分受用的。

迪拜商场里东西方的货物都有，有高档昂贵的，也有便宜实用的，琳琅满目。其中有不少中国商品，包括家电、服装、玩具、装饰品、小礼物、医疗器械、土特产等。中国的产品质量优良、价格实惠，占据很大的优势。

迪拜的管理者鼓励商业贸易，让当地人利用石油带来的原始资本迅速转型，更多地从旅游、经贸增加收入。而迪拜宽松的自由贸易价格和合理的税制，也吸引着来自各地的商人。不久前国际展览局代表大会在巴黎举行，投票产生2020年注册类世界博览会主办城市，迪拜成为最后的赢家。成功的管理和运作让迪拜赢得敬重。

迪拜以“购物天堂”闻名于世。逛迪拜，到处可见堪称现代建筑奇迹的各大购物中心，还有分布各街区被称为传统街市的露天购物广场，满足不同人群的购物需求。

我们此次行程主要是观光，而不是“扫货”。不过，到了迪拜，不逛大商场无论如何是说不过去的。世界最大的商场——迪拜购物中心邻近迪拜地标哈利法塔，而我们入住的酒店就在附近。因此，当天晚上我们几个团友就迫不及待地溜了进去。

迪拜购物中心实在太大了，简直就是一个小型王国！这个造价二十亿美元的大商场，至少有一千二百家商店入驻其中，包括来自美国的布鲁明戴尔百货公司、法国的老佛爷百货公司、英国伦敦著名的哈姆利玩具店等。除了这些室内市场以及众多小型商场外，这里还有主题公园、瀑布、音乐喷泉、溜冰场以及世界最大的“水族箱”。第二天，我们集体进入迪拜购物中心，除了购买一些必需的“手信”，也观赏了有三层楼之高的“水族箱”和音乐喷泉，还登上了哈利法塔。

迪拜不少特色集市也值得逛逛，这些集市保存着古老的中东城市风情。那天我们来到著名的“金街”。只见一排排的商店橱窗里，挂满了闪闪发光的珠宝和饰物。这里的珠宝、饰物设计风格多种多样，做工精美，价格也相对便宜。店家殷勤周到，有些甚至跑到街上拉客。

迪拜的黄金贸易一直信誉良好，而这个独特的市场集中展现了迪拜传统黄金贸易的风采，已成为一个主要的旅游景点。

迪拜有优越的国际性贸易市场，又在发展经济的同时大力发展旅游业，本身贸易的前景仍然可观。而迪拜向来是重要的贸易枢纽，应该可以成为全球贸易商进入更广大的阿拉伯地区、中亚及北非等市场的中转站。

穆斯林和阿拉伯世界现在是被美国等西方国家严重妖魔化了。在得知我们去巴西的行程往返都要经过中东的迪拜时，我的心里就一阵发毛。去中东？这可是兵连祸结的地方啊！那里的穆斯林充满了神秘和恐怖色彩呢！

事实上情况完全不是这样。迪拜是一片安详，那里的穆斯林也相当温文优雅。

旖旎的海湾景致、传统的阿拉伯住宅、漂亮的清真寺、人群熙来攘往的集市、古老的花园、新开辟的沙漠绿洲，生动活泼地展现在人们面前。那么多的国际游客来这里观光和度假，这简直就是人间的福地啊。

我们借购物的机会与阿拉伯人沟通。阿拉伯人做生意有悠久的历史，在做生意的过程当中，他们有自己的习惯。你很难从他们口中听到一个直截了当的“不”字，他们会绕很大的弯子让你折服，而过程一直是那么的彬彬有礼。

阿拉伯人也有容人之量。迪拜总人口中土生土长的阿联酋人仅占百分之十七，绝大多数是外国人。我们在迪拜繁华的商业区，看着路上来来往往的行人，就好比在欣赏一出五颜六色、各具民族特色的服装秀。当然我们也会发现一些穿着落地长袍，从头遮到脚只剩下一双眼睛露在外面的女人，那是当地正宗的阿拉伯女人。我想，也许今天的阿拉伯女人是把这种服装当作了时尚，而不是在恪守伊斯兰教的清规戒律了。

如果不是美国等西方国家搞风搞雨，整个阿拉伯世界应该都会像迪拜那样和平、安定、繁荣、兴旺。

绿色生活

倒影

那天在报上看到一张题为“翡冷翠老桥”的照片，很有感触。这感触不单因为老桥的古朴优雅，更因为这桥下的水中倒影，那么的清晰分明，和实物组成一个美妙完整的影像，浑然天成，很难辨明哪里是它们的分界线。为什么会有这么清晰分明的倒影呢？显然不完全是摄影家的技术高超，主要还是因为这桥下的阿诺河，毫无污染，清澈澄明！

大凡令人流连忘返的名胜古迹，都有它足堪荣耀的人文背景。翡冷翠，就是意大利名城佛罗伦萨，她在 15 至 16 世纪时是欧洲最著名的艺术中心，被认为是文艺复兴的发祥地之一。“翡冷翠”这个译名是 1925 年徐志摩以意大利文 Firenze 翻译而成的，而“佛罗伦萨”则为英文 Florence 的音译。朱自清 1931 年到欧洲游学，写了一本《欧游杂记》，也将佛罗伦萨译为“翡冷翠”。正是这些文学巨匠的生花妙笔，令“翡冷翠”这个译名，增添了许多冷艳旖旎的人文气息。

城市无水不活。阿诺河，就是佛罗伦萨的母亲河。徐志摩在 1925 年 6 月 11 日《翡冷翠的一夜》这首诗中写道，“多情的殷勤的萤火，有他们照路，我到了那三环洞的桥上再停步，听你在这儿抱着我半暖的身体，悲声的叫我，亲我，摇我，咂我……”诗中的“三洞桥”正是横跨阿诺河的这座老桥。而他在同年 7 月写的散文《翡冷翠山居闲话》里也提到牵动他无限情思的阿诺河，“你的思想和着山壑间的水声，山罅里的泉响，有时一澄到底的清澈，有时激起成章的波动，流，流，流入凉爽的橄榄林中，流入妩媚的阿诺河去……”

引了这么多的诗文名句，是在赞美阿诺河的清澈迤逦，宣传老桥是意大利最出名的桥，值得游客到那里一看，更是在于呼唤人们爱护名胜古迹，重视环境保护。试想想，要是阿诺河受到人为的污染，河水浑浊，老桥底下垃圾阻塞，臭气冲天，还会有游客来观光游玩，还会拍到那么美的水中倒影吗？

写到这里，我不由得叹息。近年我也游历过内地不少城市，到过许多有水有桥的景点，可就是很难看到清澈澄明的河流，更难看到桥梁映在河水里的曼妙倒影了。

水中倒影，毕竟只是虚幻的东西，如果没有具体的对象，没有清澈如镜的河、湖之水，又哪来的清晰分明、和实物融为一体的影像？显然，具体的对象，特别是清澈之水，才是最为珍贵的。

多年前我游玩颐和园的昆明湖，水面上形式多样的桥，给我留下深刻的印象。最大的一座桥是十七孔桥，犹如一道长虹飞跨在碧波万顷的昆明湖上。而玉带桥则是一座小巧玲珑的拱桥，形似玉带，体态优美。那时还没有太多游人，没有熙熙攘攘、嘈嘈杂杂的场景，游园的人也多是追求一种静态的美。玉带桥和她的水中倒影，构成一个圆融、澄澈、空明、清雅的景象，正正突出了静谧和空灵的境界。时间过去了几十年，这个景象在我的脑海里仍然清晰。只不知今天的玉带桥，还能不能在湖面勾勒出她那美丽的水中倒影。

我也到过周庄，这个被海内外誉为“中国第一水乡”的名镇，如今也受名气的拖累，人满为患。好在周庄人深明“水是周庄的灵魂”，绿色的、可持续的环境才是周庄的“最大资产”。他们努力对“小桥、流水、人家”的传统格局进行保护，关停和禁止了一大批污染企业，清除湖泊围网养殖，对河道进行疏浚、清淤、整治，这才保住了千年名镇的历史风貌，让河水继续清澈见底。

其实中国南方有不少地方如同周庄，也是水乡泽国，也有“小桥、流水、人家”的旖旎景致。只是这些珍稀村落没有受到爱护，在城镇化的口号和追求经济利益的驱动下，让房地产商给开发了，变成了千篇一律毫无生气的石屎森林。最近听说广州有一个被誉为“岭南周庄”的小村庄，原是颇具水乡特色的古村落，其古朴、宁静的氛围，吸引了大批艺术家进驻。于是当地村民看到了商机，纷纷拆旧建新，大兴土木，弄得小村庄灰尘滚滚。原本清澈见底的河流，如今河面漂浮着各种污染物，臭气熏天。艺术家原来贪图的是休闲和清静的环境，进驻那里就为了描描画画那些妙曼的水中倒影，可是如今这里面目全非，哪还有值得留恋之处。

皮之不存，毛将焉附。欲求倒影，那就学会跟自然和谐相处，多点环保意识吧。

福建民居

福建民居丰富多采，除了闻名于世的土楼之外，还有很多颇有特色的民居典范。

民居受自然、地理、历史、文化、社会、经济等方面条件影响，具有鲜明的地方风格和丰富的文化内涵，呈现出多姿多彩的风貌。福建民居不仅有规模宏大、造型优美、坚实牢固、科学实用的土楼，还有富丽堂皇的市井院落、官宦府第，以及依山傍水、建筑布局活泼自由的民间小舍。总的来说，福建民居都深深地扎根于民间，因地制宜、就地取材，显示了福建独特的地方建筑特色。

以我自己的经验来说，闽中山区那些坐落在山坳林间、点缀在幽谷溪畔的土堡、寨子，与永定、南靖一带的土楼，就有异曲同工之妙。其实，称谓叫土楼、土堡、山寨，并没有多大本质上的区别，它们都具有格局恢弘、易守难攻、聚族而居的特点。闽中很多县份并不属于客家民系，可这些地方的人们在闽西土楼“申遗”成功之后都惊呼:“我们这里不是也有许多非常有特色的土堡、寨子吗？”

福建素有“八山一水一分田”之谓，交通不便，过去地域间交往较少。历史上中原移民在不同定居地与当地土著相融合，形成了不同的方言语系，而语言的差异又导致今日福建民居的形式多样化。

作为省会城市，福州既有悠久的历史文化底蕴，又有闽江下游丰饶的土地资源，使得福州民居具有鲜明的文化特色。典型如“三坊七巷”的宅邸，进落有度，布局合理，精雕细刻、工艺精良。

闽北书院文化，对当地民居建设影响至为深远。闽北民居至今多沿袭耕读文化的木结构建筑风格。

我对老家莆田的“红砖厝”情有独钟。莆田包括仙游的民居建材多采用红砖、红瓦，带有追求喜庆吉祥的意涵。泉、漳乃至台湾，大厝、宫庙也都使用红砖、红瓦。因此，有人呼吁莆、仙、泉、漳和台湾联合起来，将一些保存良好的“红砖厝”打包申遗。

近年来，随着我国城镇化步伐的加快，具有历史记忆的传统乡镇文化面临严峻挑战。尤其是如何保护具有各地特色的自然风貌和文化景观，防止大拆大建、千村一面，保留农村居住形态和生活方式的多样性，成为一个需要认真思考的问题。

中国疆域辽阔，民族众多，各地的地理气候条件和生活方式都不相同，因此，民居的样式和风格也不相同。福建省的情况也是这样。福建多山，溪流遍布，地域分割，交通不便，互成区隔。不同的地域、不同的语言、不同的民族文化、不同的年代背景，这些因素累积起来，就形成了各具特色、种类繁多的传统民居。厦门大学戴志坚教授考证认为，根据福建的地域、语言、文化的分布，可以把福建民居概括为两大类：闽海系民居和客家系民居。具体为：海洋文化的闽南民居；科举文化的莆仙民居；江城文化的闽东民居；书院文化的闽北民居；山林文化的闽中民居；移垦文化的客家民居；边界文化的闽西北民居。

改革开放之前，福建民居的多样性还是保留得比较好的。走在不同的地方，人们很容易分辨出不同特色的民居谁属。现在经历大拆大建，人们很难分辨得清这是哪里的屋舍，那又是哪里的房子，差不多就是“千村一面”。走在不同的村镇，看到的却是极其相似的建筑物，只能令人审美疲劳。

保留多样性，保护传承传统文化，关键在于对传统文化要存敬畏之心。联合国教科文组织驻华代表处文化遗产保护专家杜晓帆教授指出，文化多样性是人类的共同遗产，应当从当代人和子孙后代的利益考虑，予以承认和肯定。

每个村庄都有着属于自己的历史和文化，这就是特色。在挖掘和传承每个村庄自己的文化和历史资源上落力，这才是正道，才是新农村建设的要义。唯有留住特色，保留多样性，才能走出“千村一面”的窘境。

随着新农村建设的推进和旅游业发展，福建传统民居也面临着生存压力。如何在保护文化遗产与发展旅游之间保持平衡？这是政府和民众面临的重大考验。

就拿土楼申遗这件事来说。其实，申报文化遗产，始终要把保护摆在第一位，利用来发展经济是次要的。福建省也因此先后公布了《福建土楼文化遗产保护管理办法》《福建土楼世界文化遗产保护管理条例》《福建土楼保护规划》，以保障福建土楼这一世界文化遗产的有效保护管理与合理永续利用。因为如果保护得不好，“世遗”这块金字招牌很可能会被摘除。

在如今新农村建设和城镇化过程中，就要注意保持本土建筑特色，做到新的村落和城镇建设与传统村落保持协调一致。传统民居都是有年月的，对于这些建筑物的修缮，应当遵循修旧如旧、不改变其原状的原则，保持原有材料、传统结构、形制工艺和历史原貌。

如何引导民众挖掘并利用传统民居资源发展经济，这是一个新的问题。比如在参观游览场所设置服务项目，那就需要严格把关，必须符合保护的要求，不能搞得像一个乱糟糟的大市场。继承、保护和弘扬与传统民居相依存的民俗风情、民间艺术等非物质文化遗产，收集、保存、展示历史文化、工艺美术珍品，才是更为重要的事情。只有科学有序地保护，才能实现经济利益的可持续发展。

村落保护

这边我正在担心有些地方片面理解城镇化，大搞征地拆迁，许多村落可能从此消失，那边全国两会上文化学者冯骥才也有一项统计：中国近十年有九十余万个村庄消失，平均每天消失二百多个。

为什么人们担忧村落的式微呢？因为中国有很长的时间是一个农耕国家，村落恰恰是中华民族最早的精神家园，中国许多传统的生活方式和风俗习惯就在村落里孕育形成，绵延流传。一个地方一个例，中华民族的多样性也在不同的村落呈现。民族、地域、自然条件和历史变迁不同，每一个村落都有自己独特的生活习惯、文化特征。我之所以担心老家一些农村消失可能会令闹元宵这样的民俗活动成为消逝的风景，原因就在这里。

拿我们南方来说，中国历史上多次的战乱，使得很多住在中原的人逃到南方，带动了南方的开发。他们在新的立脚点建了村落，有了自己新的家园，就这样休养生息，传宗接代。过去，我们很容易在某地某村找到某个人，而现在就困难得多了。因为聚族而居的这种生态已经被渐渐冲破了。

我们主张循序渐进，还希望多保留一些村落。现在许多地方的城镇化，土地过度开发，给村落保护增加了许多困难。据冯骥才介绍，2000 年的时候，中国的自然村总数是 371 万个，到了 2010 年，变成了 263 万了，等于消失了 108 万个村落。

现在估计中国的自然村还保持在200万个以上；要保护的历史村落，估计应该在5000个以上，这是非常艰难的一项工作。习近平主席说了，城镇化绝对不能大拆大建，城镇化要看得见山，看得见水，要记得住乡愁。乡愁就是对故乡的牵挂，是一个淳朴而又高尚的情怀。你熟悉的、向往的村庄还在，你才能牵挂；如果没有了，变样了，你就没有什么可牵挂的了。

这是一个老话题，冯骥才每年两会都讲。一个搞文学创作的人去呼吁古城保护、村落保护，并不是跑偏道，而是真正负起文化人的社会责任。我敬佩他，于是我也经常地在报章的园地上唱和。我们保护古城、村落，不仅是保护这些遗产本身，更重要的是守护里头的文化和精神。

船厂幽思

不用亲临其境，我就可以说出路环荔枝碗船厂的大体样貌。就因为近年来每有远方的朋友来澳门游玩，我都例必带他们到路环荔枝碗船厂转转，让他们拍一些发思古之幽情的照片。说老实话，尽管这些年来澳门盖了许多金碧辉煌的酒店、赌场，我都不会带他们去逛，原因很简单，那不是澳门的真正文化。

要参观荔枝碗船坞旧地其实非常容易，从路环旧市区往西北方向走到路环海关，再顺路爬一小段斜坡就是了。这个面积约五万平方米的湿地滩涂上，并列着十几间的造船厂，现在看来是破败不堪静悄悄。而在荔枝碗马路靠山那一边，则有一连串低矮、简陋的住宅，有些还是铁皮屋，说是背山面海，却被船厂挡住。这里的住户大概多与船厂有关，初始方便作业，如今年纪大了，没跟孩子出去，就地养老了吧，倒也清静安闲。

每到这个船厂群，我都有一种特别的忧愁。你看，建在滩涂上的厂房，结构本就简陋，荒置至今二三十年，钢条或木桁架承托的斜坡形屋顶，许多地方已经塌陷；支撑整个十来米高房架的木柱，也已经腐朽得东倒西歪。前不久部分厂房还出现了桩柱爆裂、屋架倾斜的现象。这边厢我为船厂的岌岌可危而忧心忡忡，那边厢我的朋友却端着照相机，兴致勃勃地拍个不停。我深知，这浓厚的旧工业气息混杂着湿地、海水、榕树等自然景观，他们喜欢。凄凉衰败，不也是一种美吗？

澳门过往以渔业为主，渔民曾是澳门主要人口之一。渔业的发展，带动了澳门造船业的兴旺发达。我刚到澳门时，沙梨头、青洲、筷子基等一带，还可以看到制造木渔船的船厂。后来城市发展，澳门半岛船厂迁往离岛经营，不少结业。现今，连路环荔枝碗船厂亦只剩下空架子徒有虚名了。

无论从历史还是旅游的角度来说，荔枝碗船厂群都应该获得保护。

老问题只要还没有得到解决，就一定会有人不断地旧话重提。硕果仅存的荔枝碗船厂群是澳门最大型、最完整的船厂遗址，是澳门木造船业兴衰历史的重要见证，因此呼吁修护、保育甚至加以活化的呼声到今天仍然持续不断。

澳门原生态中最重要的元素是渔业以及与之相伴相生的造船业。澳门造船业与文化，是一代又一代的工匠薪火相传建立起来的。如今固然行业凋零，但保育和传承这一珍贵文化，仍然有十分重要的意义。这是社会对曾经辉煌灿烂的历史的尊重，也是对造就文明的劳动者贡献的敬仰。从保育的角度来说，船厂遗址是推广造船业文化和传承的核心场所，这才有人们依依不舍，要将这里发展成为举办恒常工艺、口述历史等活动空间的建议。人们希望在这里打造一个船坞主题的展示空间，或建造船博物馆，向来这里的游客讲述木造船的历史，营造一个游客与本地居民交流的平台。人们也提议改造部分废弃船坞，将之变身为咖啡书屋、摄影工作室、画廊之类的休闲空间，给人们提供一个放松心灵的亲水环境。

听说 2013 年澳门历史档案馆曾经在这里举办过《规矩准绳》展览，业界及工匠们兴致勃勃地回忆过往造船业的辉煌历史和沧桑岁月。如果这次活动留下一批新发现的资料，那可是弥足珍贵的呢。还听说活动结束后，大家意犹未尽，希望就在这里物色一个合适的空间，开设造船业展示馆，以模型和档案相片等资料继续进行恒常的展览，让游客和居民从中对澳门造船业有个比较全面的了解。

老一辈的造船业者和工匠们看着这个行业渐渐式微，心中总是十分的不舍，他们坚信澳门造船业的历史不会在人们的记忆中消失。甚至有人呼吁以非物质文化遗产保护的方式培养造船工艺传承人，不论是提供展览样品还是供应游艇市场，都是积极的保育路径。现在澳门已经有了属于自己的水域，机会应该还是有的。

追梦

澳门造船业界、工匠和环保人士有一个共同的梦想，那就是将现存荔枝碗船厂群改造为一个以展示澳门造船业历史为中心的文化、休闲亲水景观。

荔枝碗位于路环旧市区西北岸边，以荔枝碗马路为主轴，路环海关、荔枝碗马路与石排湾马路交界处。建在湿地滩涂上的十来座船厂，与珠海横琴隔海相望。这里与市区的烦嚣场景大异其趣，清幽宁静，先天条件就非常适合打造一个澳门离岛新的旅游景点。

其实，到目前为止，已经有人提出了不少活化荔枝碗船厂群的方案。总的来说，这些方案绝大部分倾向于保留、修护原有船厂，不主张大拆大建。这当中要点是选择一两个规模较大、保留较好的厂房，将之修复成为一个展示澳门造船业历史的造船博物馆。除了突出这个中心要点之外，其他的船厂则保留外观，加固内部结构，然后在这样的基础上，结合湿地、海水、榕树等自然景物，开辟摄影交流中心、动漫创作基地、咖啡书屋、茶楼美食坊之类的文化和休闲空间。与此同时，开发利用附近的山坡，修建类似于民宿、汽车旅馆的住宿、休息设施。山坡与船厂群相辅相成，形成特色小街，整体建成一个澳门深度旅游的自然、和谐、幽雅新去处。

平心而论，现存的船厂多以金属或木桁架承托斜坡屋顶，木柱或金属柱立地支撑，结构简单，修复起来相对都比较容易，也花不了多少钱。业界和工匠积极性很高，他们都还保留不少的造船工具、模型和档案相片等历史资料，打造一个具有澳门本土特色的造船博物馆并非难事。至于其他旅游、文化项目的开设，应该总体设计，按部就班施行。在建设过程中，需要引入市场机制，公平竞争，当然也要尽量照顾业界和当地村民的利益。这里头的方案，基本上是通过现场踏勘、调研、访谈后整理产生的，说是梦想，也并非天方夜谭，只要政府和民间共同努力，比较扎实的方案是可以实现的。

现在荔枝碗废弃船厂的状况真可以叫作有惊有险。有少部分船厂梁、柱、屋顶年久失修，确实存在安全隐患，需要翻修、加固。可是，有一些喜欢大拆大建的政府部门却认为，所有的船厂都有安全问题，都要清拆。

前一段时间海事及水务局拆卸了两间船厂，而且声称还要继续拆卸下去，引起舆论哗然，民众不满。政府的做法与老百姓的愿望大相径庭，关注荔枝碗船厂问题的一个民间团体紧急动员，征集了670名市民的联署、代表人资料及按《文化遗产保护法》所要求的内容而拟定的申述书，提交给文化局，建议就荔枝碗造船村立即启动文物评定程序。沟通政府和民众的文遗会赞成启动这一程序。这时候，社会文化司站了出来，宣布准备启动评定程序，还表示可望在年内完成，而两间已被拆卸的船厂可以复原。至此，被指有严重安全问题的船厂，暂时刹停拆卸。这来来去去的折腾，令民众提心吊胆，也反映了政府各部门在文保工作上的缺失，要么不作为，要么乱作为。路环居民对于两间船厂被拆卸感到可惜，他们认为这两间船厂，甚至政府计划清拆的其余九间，结构情况并非恶劣至不可救药。现在拆了又要重建，这种做法浪费人力物力，被拆卸的船厂即使复原亦失去原来风貌。

现在最令人忧虑的情况是，进入文物评定程序了，政府所有部门便都松一口气，放任不管，皮球踢来踢去，拖到驴年马月船厂塌光为止。人们诚心希望各部门做好协调工作，从政府整体出发处理船厂问题，不应再像原来那样互相推诿，各自为政。眼看风季雨季即将来临，政府应该先处理好部分船厂的安全隐患。

澳门民众希望船厂继续保留不要清拆，因为荔枝碗船厂是路环一个非常珍贵的资源，完全可以加以活化，打造成为新的休闲旅游景点。政府理应有所作为，主动关注、推动文化保育工作，积极与大众一起挖掘澳门造船业的历史，讲好澳门故事。

种茶者说

种茶的朋友吴君从闽中老家来，听他说起茶事，颇有一番感慨。

话题从吴君带来的茶开始，他看我把第一泡茶倒掉就说，喝茶的人有所谓“洗茶”的习惯，把第一泡茶倒掉，无非是怕农药吧。的确，市售的茶叶严重充斥着农药残留，稀土含量也远超标准。其实，茶里头的污染物是冲洗不掉的。吴君种的是生态茶，自产自销。他说:“几十年来，我始终秉持着提供顾客健康、优质好茶的理念，生产安全无虞的茶叶，消费者可放心饮用。”每次他从家乡来，主要是给珠海的一些茶商送自用茶，因为他们连自己卖的茶都不敢喝！

有机茶的产量不高，而且需要投入更多的人工。不施化肥和农药，那怎么保证一定数量的产出，有什么替代的办法吗？吴君说，现在有些厂家也生产有机肥料，比如以谷糠、麦麸、树叶、杂草、厨余、牲畜粪便混合生产的，使用起来也很方便。至于农药，关键还靠环境本身的生态平衡，害虫也有它的天敌呢。“我知道化肥、农药浇灌出来的茶叶品相好、产量高；水浇地，农家肥，不施化肥和农药，肯定生产时间长，而且产量还很低。”“我生产的有机茶是一种无污染、纯天然的茶叶，可以说是一种良心茶，整个过程来不得一点儿弄虚作假。”他特别介绍一种有“东方美人”之誉的白毫乌龙茶，这种茶独特的熟果香和蜂蜜香气，因小绿叶蝉的叮咬而产生。因而茶园若要吸引小绿叶蝉聚集，那就绝对不能喷洒农药。

现在的土地基本上都被污染了，即使是山区的土地，也很难幸免。而且如今经济腾飞，工薪要求提升，导致茶叶生产人力成本逐渐提高。即使这样，吴君还是不改初衷。他说，过去一味追求利润，靠资源高强度开发来支撑，导致环境破坏严重。现在必须改变这种短视行为，提倡绿色经济。

绿色经济，归根到底还是一个诚信问题。几个茶叶生产中生态平衡的例子，吴君说得平平淡淡，却意味深长，使我深受启发。

我问吴君，你的茶山不施农药，那你怎么对付害虫？吴君说，害虫都有天敌，就靠天敌来收拾它。“我的茶山不施农药，好像害虫都会跑到我这里来，其实不然，就因为我这里不打农药，益鸟反都飞到我这里来觅食，那害虫不就没有地方躲了吗？”“过分依赖农药灭杀虫害，结果连天敌一起杀掉了；害虫不断产生抗药性，还得被迫使用更毒的农药。这样生态失去平衡，最终得不偿失。”

我再问吴君，你不打除草剂，那杂草丛生怎么办？吴君说，应用除草剂灭杀杂草，虽可暂时控制草害，但来年杂草又卷土重来，令除草剂用量也高居不下。“使用除草剂虽然可以省时、省工、省钱，但除草剂会破坏水土保持，使得土地硬化，令微生物改变，造成环境污染。我还是坚持人工除草。”

是啊，许多人为了追求产量，追求利润，早将生态平衡丢到爪哇国了。一度还有人高喊“先污染后治理，先破坏后发展”，好像很有道理。可现在，化肥、农药、除草剂、添加剂、转基因技术严重打乱了农田生态平衡。因为打的农药太多，农药随空气飘散出来，化肥、农药渗到地里，被雨水带到地下，地下水都被污染，许多有益的小生物都死光了，连喜欢吃害虫的飞鸟也很难找到一块净土落脚。特别是像吴君精心经营的东方美人茶，靠的就是小绿叶蝉这种小虫子的叮咬，你一打农药，小绿叶蝉就不来了。

吴君用“良心茶”来比喻有机茶是十分恰当的。良心就是最基本的诚信，如果片面追求产量利润，拚命施农药打除草剂，种出来的茶连自己都不敢喝，哪里还有良心可言！

诚然，种“良心茶”人工要花得多，成本会不断提高。吴君对这方面的苦处轻描淡写，他反而骄傲地说：“现在我的茶山生态环境越来越好，经常有人请我去介绍经验呢！”

现在中国农村许多土地或多或少都受到污染，要想独善其身，坚持绿色、有机种植，是一件很难很难的事情。

前年夏天，我陪一位澳门朋友到老家一个国营茶场洽谈承包的事情。转经营承包的价格很低，茶场甚至答应把厂房、设备都无偿转让。朋友想不到会这么顺利，颇感意外。可我们一谈到要种植有机茶的意愿，茶场的负责人赶忙摆手摇头。他说：“实不相瞒，我们这片茶山三十多年来一直都有使用农药、化肥，现在土壤都已经污染了，种不了有机茶，除非你把土壤都换过。”“还有，就你一家种有机茶，周围的农民仍然在施农药，用化肥，打的农药一多，农药随空气飘散出来，化肥、农药渗到地里，被雨水带到地下，水源都被污染了，你还能够独善其身吗？”一席话说得朋友立刻打了退堂鼓，还忙不迭感谢对方说了老实话。

过去中国农村传统的种植法，水浇地，农家肥，不施化肥和农药，虽然作物生长的时间长，产量还很低，但那样的产品安全可靠，如今我们是很难享用得到了。现在农地里的东西，成长时间快，产量还很高。这快和高是怎么来的？无非就是化肥和农药催出来的吧。其实，这种情况大家也都心知肚明，可又有什么办法？种的照种，吃的照吃！这种情况要改变，而且要大家一起来。食品安全已经成为严重的社会问题，必须认真严肃对待，再也不能熟视无睹了。

我在同吴君的交谈中学到了很多，认识到绿色、健康是农业的本色。农业既对自然生态环境有很强的依赖，也对其产生明显的影响。种植过程中使用的化肥农药、灌溉用水，加工过程中使用的添加剂，都可能成为污染来源。吴君能够不改初衷，始终秉持着种植健康、优质好茶的理念，完全不施用化肥、农药、植物生长调节剂、化学食品添加剂，自行为茶叶质量把关。不求暴利，独善其身，这种精神确实难能可贵。

有机食品

如今人们十分关注食品安全，似乎对于要送入口中的任何东西都要打一个问号。也难怪人们有这样或那样的疑虑，因为现在种养出来的食物有太多的问题了，而大量使用农药、化肥和其他添加物就是这中间的死症结。

大家都知道，有机食品比较一般食品含有较少化学物质，因此较安全可靠。古代的人们都是进行有机生产的，他们只求自给自足。随着现代社会科技进步、商业发达，食品从种植到量产，大都使用了农药、化肥和其他添加物，以追求经济利益，从而忽略了对人体及环境的影响和潜在伤害。而市场上有机商家或自家农场、庭院生产以及野外采集的蔬、果，都可以称作是有机食品。不过，由于有机作物不使用化肥与农药，却仍需抵抗病虫与灾害，往往成本较高，产量较低，售价自然较贵。

在食品安全问题益发引起社会关注的情况下，人们很自然地会把消费动机放到有机食品上。但如果没有有机生活习惯的形成，有机食品的生产会是步履维艰。与我交谈的许多农商朋友都说，有机产品成本高，卖得太贵没有人要。

前几天有朋友找我喝茶，谈到这些事情就一直唉声叹气，认为情况很难改变，因为现在的人们跑得太快了，谁都不愿意慢点脚步或者停一下好好思考思考。就说喝茶，喝茶本来为了健康，但如果茶里头含有有害物质，那结果不是适得其反？非常不幸，如今市面上售卖的茶叶绝大多数不可靠，也就是说，绝大多数茶叶在栽种过程中用了农药、化肥，在后期加工中添加了有害物质。为什么会这样呢？无非利益驱使。在生产者心目中，只有金钱利益，并没有消费者的健康和生命安全。许多生产者直言，他们种养出来的东西自己是不吃的。而偏偏他们自己在追求经济利益，要大量生产以压低价格，投合消费者贪便宜的陋习。

到了所有的生产者都使用农药、化肥和其他添加物的时候，事情就不好办了。有人也许要改变一下生产方式，但土壤和水源已经被污染，情况不可逆转了。我曾经和几个朋友商议转租一片茶山，但一位种茶的朋友劝我们打消主意。他说，这茶山长期都使用农药、化肥，土壤和水源都已经不适合种有机茶了，况且附近的农民也都种茶，他们用农药、化肥，不会殃及近邻？于是我们只好悻悻然离开。在周遭环境都受到污染的情况下，哪里去找一块干干净净的地方？说到底，人和自然应该和谐相处。人类破坏了自然环境，到头来自己要受到惩罚。

所谓有机种养，就是要严格拒绝农药、化肥和其他添加物。就像云南芒景布朗族那样，经过世世代代人的努力，终于形成和保护了万亩古茶园，保证茶树有一个良好的自然生长环境。在这种条件下生产出来的“阿百腊”茶，就是有益健康的好茶。

有机食品的推广靠有机生活习惯的形成，这当然与社会经济发展和文明程度密切相关。因为对环保及健康饮食的意识渐渐抬头，在美国、日本以及欧盟，已经有立法严格的认证标准，来把关上市货品。毋庸讳言，不是每个地方都像美、日、欧盟，而国际上具备公信力的认证标准至今也还提不出来，因此，许多地方的认证机构弊端频生。检验体制尚未健全，许多不肖业者以平价的非有机作物，作为高价位有机作物出售，牟取暴利，甚至胡乱添加化学物质坑害消费者。这种情况在中国大陆时有发生，而台湾最近也常有无良商家被曝光。

常规农业没有把环境成本如污染、土壤肥力下降等损害计算在内，如果将环境成本反映在价格上，常规农产品和有机农产品的价格其实差不多。关键还是消费群体环保意识的提高和有机生活习惯的养成。如果有更多消费者购买有机产品，引发投资者的兴趣，逐步扩大市场，令生产成本下降，有机产品的售价就会降低。

消失的河道

我们从灯火辉煌的街道转到涵江人民剧场，再穿过一个叫作象埕的小广场，来到了宫口。以前这里是一条很繁荣的河道，小桥流水，商贾云集。可是眼前的宫口，灯光昏暗，行人稀少，那些熟悉的老建筑不见了，新建的楼房呆板单调，原来热闹的河道变得冷冷清清。

在我少年时代，宫口就是我经常嬉闹游玩的地方。在我的印象中，这里的河道两边石块砌岸，形成街道，每隔一小段就有一个埠头，天天都有许多船只在这里停靠，搬运货物。一座座货栈、仓库以及以前富商兴建的红砖骑楼建筑，鳞次栉比。河道上有好几座钢筋水泥桥，方便人们来往两岸。虽然每座桥上从早到晚都是熙熙攘攘的人流，可我们总喜欢从这座桥到那座桥地穿梭跑动，就看热闹，或者探探商铺里头琳琅满目的货物。后来这里又建了一座电影院，我们欢快跑动的时候就更多了。

宫口水道既通海港，也通内河，过去我们到县城或是去临近的梧塘，都可以坐汽船，非常方便，而汽船站就在宫口。而去附近乡村也可以乘坐乌篷小船。记得有一年中秋节，我和邻居的孩子去近郊的白塘看社戏，就是从宫口坐小船去的。小船上还有人合奏“十番”，吹吹打打，十分热闹。这个惬意的难得经历，令我至今念念不忘。

宫口河地处莆田涵江旧城区北沿水心河中心地段，全长一千多米，从西到东打了个弧圈。因河北岸古时有座妈祖宫，后人便把宫门前河岸称为“宫口”。从明嘉靖中后期起，随着三江口港兴起，涵江一跃而成闽中最大商埠，为莆田、仙游、永泰、惠安诸县大宗商品集散中心，南来北往大量货物汇聚涵江端明码头。宫口河边农田逐渐被改建为仓房和货栈，河岸也全数改砌石块，每隔一小段就设河埠头，以便船只停靠和工人搬运货物。为方便两岸之间来往，河上还建起好几座木桥。到了清乾隆时期，涵江几十家大商号都在宫口设货栈仓库，堆满来自全国各地乃至从美、英、德等国进口的各种商品。河上大小船只日夜穿梭，一派繁荣景象。

涵江之所以有“小上海”之称，部分原因就是因为有这条舟楫便利、商贾繁荣的河道呢。这样一种水上街市式的繁华景象，集中展现了涵江历史悠久的商业文化。据说 20 世纪 80 年代，邮政部门还特地制成“东方威尼斯”宫口的夜景明信片发行呢。

宫口河依旧在静静地流淌，只不过没了当年的繁华，也失去以前的那般清澈。人们叹息宫口河道的消失，批评沿岸的拆迁是一大败笔，可是生米已经煮成了熟饭，噬脐莫及。为什么城镇改造就不能深思熟虑？就不能对富有本地特色历史文化的旧物怀有敬畏和珍惜之心？急功近利损失实在太大了，人们咏叹的“东方威尼斯”，该有多美啊！都说是留住乡愁，可我们浓情记忆中的景象就这样永远地消失了。

最近听说涵江要投资 15.38 亿元，恢复涵江小桥流水风貌，打造莆田古镇名片。悔不当初也好，亡羊补牢也好，这当然是一个令人兴奋的好消息。

教育漫谈

奉还神坛

最近与一批中学毕业三十多年的学生聚会，大家不约而同地谈起了“文革”后期和恢复高考头几年的学校情况。抚今追昔，无不感慨万千。

1971年初春，经过两年多的部队农场生活，我被分配到这个山区中学任教。在我来到这里的半年多前，著名的闽侯师范被撤销，而且整体搬迁到这个山沟沟。这样一来，原先只有初中班的这个学校一下子成了全县师资、设备最好的学校，有条件开办高中了。我投入了招生工作，从而成了首届高中班的一个班主任。

作为教育新丁，我和闽师的老师们共同生活，共同工作，从他们身上学到了很多很多。正如董仲蠡在《教育的意义》演讲中所说：“即便在最困苦的岁月，最艰难的日子里，总有人不抛弃，总有人把教育重新拾起、擦拭，奉还于我们的神坛。”他们就是这样地无私奉献，这样地认真教书育人。

当时“文革”还没有结束，但老师们都痛惜这些山区子弟被耽误了很久，需要紧急补救。于是大家因地制宜，设计一些贴合实际的课程，自选自编教材，从基本知识补起，适当增加一些技能训练。比如物理课，老师既讲物理，也传授一些农业机械的操作本领；化学课，除了课堂教学之外，也组织学生到田间进行土壤检测；语文课，除了讲解经典范文之外，也根据学生兴趣，指导学生写新诗、通讯报道。同时结合学生兴趣，办起了美术班、文艺队、体育队等等。老师们想方设法给学生补知识、练本领，教给学生学习的方法。这个学校送出了许多优秀的工农兵学员；恢复高考以后，升学率一直名列全县甚至地区前茅。这个县的干部和老百姓都说，学校被撤销是闽师的不幸，却是这个山区的大幸啊。

相对于教学生文化知识，我们更注重教学生怎么做人。由于大部分老师和学生住在学校，这就像是一个大家庭，老师要为人师表，许多时候还要担当家长的角色。也许这就是为什么如今这些学生喜欢找老师聚会的原因吧。

在短短三天的相聚里，我看到了这些农家子女的才华，不仅是丰富多彩的舞台表演，更有他们严谨的组织能力和紧张有序的工作效率。这次跨越多届、人数几近二百人的聚会圆满成功，参与者意犹未尽。由之，我想到“文革”后期我们努力进行的教育补偿。

回想当年，我们当老师的并没有太多的东西可以教给学生，各个科目几乎都没有现成的教材。教什么？怎么教？都是老师们每天需要思考的问题。我觉得当时老师们都有一个想法，那就是着重教给学生学习的本领。这样因地制宜、因人施教，应该可以收到效果。今天看来，这种并不拘泥于传授具体的学科知识，而是注重教授学习方法的教学是成功的。当然，这当中最为重要的还是老师诚心诚意地教书育人。

现在我的这批学生中有许多成功人士，有由当年的工农兵学员成长为教授、专家的，有当兵退伍后进入公务员队伍当了官的，有在地方上摸爬滚打成为基层干部的，有在市场经济中经风雨见世面的企业家，一个个都那么有成就，一点儿都不输给那些科班出身的。我为他们感到骄傲。固然我后期的许多学生，是通过高考读过大学后成才的。

我欣慰自己当年付出的努力。我可能没有教学生太多的书本知识，可我是在实实在在地做教育啊。我们自选自编的教材，以及那些实际训练的课程，也曾经被人诘问“这有啥用啊”，可我们坚信这些也是教育的重要组成部分，能以认真的态度学本领，提高个人修为，总有一天在工作和生活中会用上的。

教育工作者需要坚定不移地引导学生走出“读书无用”的怪圈，走出“才学与财富不成正比”的浮躁。教育是社会良心的底线，是人类灵魂的净土。教育为了啥？教育，就是在帮助个人认知自己，帮助这个民族认知自己，这样我们才可以掌握个人的命运，创造这个国家的未来。

家贫子读书

同乡会日前颁发奖学金，学生和家长济济一堂。我留意到，上台领奖的大大小小学子，大多来自普通甚至贫困家庭。我心想，这莫非又应了“家贫子读书”这句家乡古语？

我的家乡莆田，史称“兴化”“兴安”，素有“文献名邦”“海滨邹鲁”之誉。这些称颂并非浪得虚名，是有事实根据的。福建在唐朝之前文化并不发达。不过，几次中原大的动乱，使得北方人民大量向南方移居，顺势就有了所谓的“衣冠南渡”，给福建包括莆田带来了中原优秀文化。到了宋代，尤其是偏安一隅的南宋，文化上的优势已经向南方转移了，莆田就是其中的佼佼者。这种情况一直延续到近现代。

据统计，自中唐至清末的一千二百多年间，现在的莆田市包括莆田、仙游举进士的共有一千七百多人，其中状元十一人、榜眼五人、探花五人。当年黄公度廷试第一为状元，陈俊卿第二为榜眼，宋高宗听说状元和榜眼皆为莆田人，十分惊讶，便询问黄公度和陈俊卿两人这是什么原因。后者回答宋高宗说：“地瘦栽松柏，家贫子读书。”就是“家贫子读书”这句话，影响着一代又一代的莆、仙人。

20 世纪 60 年代，莆田也是全国高考连夺红旗之地，许多莆田学子进了重点大学，成就了不少优秀人才。“文革”后，国家恢复高考制度，莆田也是年年高考录取率荣居全省第一。而从近年的统计来看，上重点本科的考生百分之八十出自寒门，莆田“家贫子读书”的优良传统又得到验证。

不错，如今人们富有了，有许许多多的途径改变命运。不过，如果你问那些有钱人，他们最想的是什么？应该还是多读一些书多一点学问吧？为什么有钱人都希望把自己的孩子往海内外的名校送？还不是为了改变自己缺少文化的遗憾吗？有钱人的孩子的确可以靠一靠老爸老妈，可那些财富什么的并不是自己的，并不光彩也不永远牢靠、实在。在老家，有钱的人多了，可读书的优良传统还是没有丢。

“地瘦栽松柏”，是指松、柏具有顽强的生命力和广泛的适应性。不论瘠地岩壑和石灰岩山地，它们都能生长。“家贫子读书”告诉人们，要在艰难环境中自强不息，勤奋求学。家贫而能读书，重视知识的价值和益处，自己可以有更大的发展前途，家庭也能够逐渐步入脱贫致富之路。而政府要扶贫，首先就应该重视农村教育，农村教育是一项民生工程和民心工程，是希望之路和光明之路。在当前这种社会，农村青年要改变自己和家庭的命运，还是要牢记“地瘦栽松柏，家贫子读书”这句古训。

澳门莆仙同乡会设立奖学金，奖励品学优秀的乡亲子女，就是要发扬家乡的优良传统，努力为澳门和祖国培养栋梁之材。当然，青年人不但要“会读书”，还要“会做人”，要德智体全面发展。同乡会鼓励青年人培养正确的人生观和价值观，关心社会事务，理性表达意见，积极服务人群，为社会的和谐进步出一份力发一份光。

师生感情

最近内地媒体为学生究竟可不可以为老师打伞的问题议论纷纷。起因是有人偷拍了春游中一名小学生为老师打伞的照片，并传上网，引来网友一片讨伐，教育部门关注告诫，老师泪流满面道歉。

上传图片的人自号“地狱地狱”，光听这名字就够吓人的。别指望这种人有同情心，或有什么容人之量。你看他不正躲在阴暗的角落，等待着给人落井下石。“现在的老师也真是牛了。哪个学校的老师啊，敢情你是国家领导人了？”煽动颇有效果，网友不依不饶，媒体抓个正着，“撑伞门”事件就这么炸开了。

爱的举动

小学生为女老师打伞就这么敏感，要搞到举国哗然？有网友甚至批判这事是一种奴性文化的幼年化体现。怎么能这样看待孩子爱的举动，我们还敢讲“程门立雪”的故事吗？我看这小学生和老师的感情并不世故，他为老师做点什么，出发点还是敬重师长吧。

从媒体访谈得知，那位老师带这班小朋友已经三年，平时跟学生的关系是比较亲密融洽的。如果真是“学生自发的主动行为”，有学生喜欢她，愿意为她打伞，应该没有违反师德吧。

“地狱地狱”抓拍的瞬间，老师的确面无表情。可有图片就一定有真相吗？有些图片也可能扭曲事实啊。以偏概全，过度解读，这不是简单粗野的舆论暴力吗？

没有必要上纲上线。学生为老师打伞，不能等同于下级官员给上级领导打伞。当过老师的都知道，在小学阶段，孩子能够养成主动为老师做事分忧的习惯，那是多么难能可贵的事情啊！对于孩子主动为老师做事，我们更应该看作是一种纯真的师生情。现在那些世俗的批判和刻意的攻讦，已经破坏了校园的宁静，更让小朋友陷入困惑：我给老师打伞让老师受委屈，是我害了老师！

当事老师表示：“我错了，请不要攻击孩子，他们还小。”请倾听这肺腑之言，摘下有色眼镜，用平常心去看“学生给老师撑伞”。这社会应该有更多的包容与和谐啊！

师友之情

撇开“打伞门”事件的争论，检点中小学阶段的师生关系中，有没有课堂之外特别一些的师生友情呢？我是既当过学生又当过老师的人，在我的读书和教书日子里，倒是有不少真诚隽永至今难忘的师友之情。

我上高中一年级的时候，转学到大哥工作的山区县份。由于先前我学的是俄语，英语就要从头学起。英华师既是我的班主任，又是我的英语老师。他也是从福州来的，似乎“他乡遇故知”，对我特别关照。他不但鼓励我，还经常利用课余时间为我补课，使我的英语很快赶上了班上同学的水平。那时国家仍处困难时期，学校的伙食很差。英华师在他的家门口种有一棚南瓜，每有南瓜收成，他都会叫我端上饭罐到他家吃饭，享受“改膳”的待遇。记得有一个星期天，师母要带小孩从福州回来，需经舟车转折，英华师叫上了我，同他一起到五六十里外的渡口接人。在后来我们两家的长期交往中，英华师和师母还有那个我抱过的师妹，都经常提起这些陈年旧事。

轮到我到山区当老师了，遇到一位从外地转学回老家的学生，同样地，她的英语也需要补习。我住在学校，而她家离学校不远，于是我也利用课余时间为她补补课。那时我太太刚从娘家分娩回来，小家庭有时候也会有嘈嘈杂杂手忙脚乱的时候。看到这种情况，这位懂事的女孩就会主动帮忙，抱抱小孩哄孩子睡觉的事情也是有的。孩子周岁的时候，我太太还抱着小孩和这位女同学到街上一起照了张相。至今我们一家还常常拿出这张照片，回忆当年艰苦岁月里的师生友情。

老师不是圣人，学生也不是木偶，师生都是有血有肉的平常人，有感情就让他有感情吧，自自然然，以诚相待，不要刻意经营就好。学生大多是喜欢和老师接近些的，这并不是什么世故，而是敬重师长的自然表现。别用世俗的眼光看学生主动为老师做点事，须知这往往正是非常纯真的师友之情呢。

民风淳朴

我在福建省永泰县教了十三年书，其中有十年是在山区镇大洋度过的。那里民风淳朴，特别尊师重教。

20 世纪 70 年代初，“文化大革命”还没有结束，著名的闽侯师范内迁大洋，一大批老教师也随之来到了这个山沟沟。这当然是国家的不幸，是知识分子的不幸，却是这个山区镇的大幸事。我正是在这个时候被分配到大洋的。

虽然“文革”的“余威”还没有散去，但山里人对批斗知识分子不感兴趣，倒认为这些教师能来到山旮旯，是十分难得的机会，因此他们纷纷送孩子上学，要孩子好好读书。许多老师不但解除了被批斗的惊恐，也和农民交上了朋友。从早期的自编教材到后来的恢复高考，老师们想尽办法，教好农家子弟。功夫不负有心人，从这个山沟沟走出了许多大学生。后来这个县的领导夸赞在这里做过贡献的老师，但这些老师却总是感念当年的学生和家长。

记得我们常常利用星期天到周围四乡家访，了解学生的家庭情况，也让家长配合学校教育学生。农民们一听说老师要来，就早早准备了酒菜，中午要慰劳老师。说实话，当年农家也就有一些蔬菜、豆子、花生的，肉类极为罕见。当然，每家每户总少不了自家酿的酒。到乡随乡，老师是少不了要喝上几杯的；你不喝还不行，说你看不起贫下中农。

同学毕业了要由老师亲自送回家，这是当年毕业生最珍惜最隆重的仪式。有一年，我大概花了近半个月的时间一路送走学生。回到学校正想好好休息一下，却不料有学生跑来告诉我，有一个邻县的学生回家后闷闷不乐，有好几天躺在床上不吃饭，原来是我没有送他回家，只把他送到县界。这还了得！我赶快带上熟路的学生，赶了六十多里的路，翻过一座大山，天快黑了才抵达这个学生的家。这家人把我们留了两天。那天我们下山走了很长很长的山路，回过头来，那个学生还站在岭上频频挥手。

爱心支撑

南宋理学家、教育家朱熹说："教学者如扶醉人，扶得东来西又倒。"这是用来譬喻培养人才的艰辛。不敢说是经验之谈，我认为这里面最要紧的是爱心，没有爱心，就不会自觉地去扶“醉人”，而在出现“扶得东来西又倒”的情况下，就更加不可能坚持下去了。

普希金曾经指出：“读书和学习是在别人思想和知识的帮助下，建立起自己的思想和知识。”这别人，在初始阶段主要指的就是老师。这也就是韩愈所说的，“师者，所以传道授业解惑也”。老师既要具备一定的、扎实的思想和知识，更要有对工作的责任感和对学生的盈盈爱心。学生的种种偏差犹如朱子说的“醉”，这“醉态”并不是老师扶过一次两次就可以马上改掉的。作为曾经的教育工作者，我承认，我在“醉态”不改的学生面前，也会失去控制，失去信心，但更多的时候，则是明了自己的责任，没有嫌弃他们，用爱心去感化他们。教书是循序渐进的，教人则更要这样，任何一劳永逸的想法都是不切实际的。老师有了“扶得东来西又倒”的思想准备，也才能适应教师的职业，坚持不懈地“扶”下去。

中学时期是学生人格形成的重要阶段，当老师的须知，教书重要，教人更重要。朱熹还说过，“书不记，熟读可记；义不精，细思可精；惟有志不立，直是无着力处”。这说明教导学生树立正确的人生观和远大志向的难处和重要性。学生有成绩好坏的差别，但德行和人品很多时候并不是以成绩的好坏为标准的。这就要求老师要有清醒的头脑，及时发现成绩差的学生的长处，多加鼓励；而对学习成绩好的学生，不要溺爱，要于细微处发现他们的缺点错误，防止他们骄傲自大。

教学者的最终目的，是要让学生在无人“搀扶”的情况下也能摆脱“醉态”而卓然正立。教师长年累月的不懈努力，正是爱心的支撑。

揠苗助长

近年流行一句话，“别让孩子输在起跑线”。一些家长由于担心自己的孩子输在起跑线，不但见缝插针给孩子补习，还给孩子报各种各样的培训班，千方百计要让孩子一开始就跑在别人前头。

可怜天下父母心。孩子的人生刚开始，怎么能输在起跑线？可是，并非起跑最快就能一直遥遥领先啊！有人将人生比喻成跑马拉松，根本不存在“输在起跑线”的担忧。长跑的要诀是保存实力，谁笑到最后谁笑得最美；比赛赢在起跑线的运动员，往往由于没有保存体力，致使最后落得个失败的下场。孩子学习知识的道理和这一样。

对孩子要求过高，也就是揠苗助长。大家明明知道揠苗助长是错误的，可许多家长都有一种输不起的心理，认为“别人会的我们也要会”，否则孩子将来就会落后吃亏，于是不断地给孩子加码，对孩子进行填鸭式的教育。殊不知孩子的精力是有限的，如果过于强调某方面的能力，其他方面的能力就得不到很好的发展。当孩子没有一定的阅历时，灌输与孩子的年龄不相符的知识，孩子不但体会不来，感悟不深，甚至还会产生厌恶感。

众所周知，兴趣是学习的动力。衡量教育是否成功，不是看分数，而是看受教育者对所学知识的兴趣越来越大还是越来越小。少年儿童对于所学知识感兴趣的程度，除了老师的教授方法，还取决于孩子对知识的感悟程度。外国许多小学实施自由开放式教学，让孩子学得开心愉快，收到了很好的效果。

家长一厢情愿地让孩子提前学习许多许多的知识，不但欲速而不达，而且还要付出一个沉重的代价，那就是泯灭了孩子的天性，损失了孩子本应养成的爱心、热情、开放、灵活、想象力和创造力等基本素质。孩子的各种能力、素质需要并行发展。如果在童年时期，孩子因为偏重某种知识或技能的养成而没有机会发展那些基本素质，长大后要重新培养就很难了。

用心良苦的家长们应该知道，揠苗助长，将孩子培养成不开心、不轻松的小大人，只能看了让人心痛。还是不要对孩子有太高的要求，让孩子轻松愉快地学习和生活吧！

江苏卫视《最强大脑》上演中国队与意大利队对决，十二岁的中国选手李云龙与同龄的意大利少年安德烈对阵。节目中，李云龙失声痛哭的场景，让观众看了揪心，也让人反思中国的教育问题。

小孩子好胜心强，这不奇怪。但比赛仅仅是游戏，孩子应该觉得有趣、刺激，李云龙却把它当作生死抉择，问题就大了。许多人说，李云龙赢了比赛，但是他的失态，让这一胜利带来了太多的遗憾，让人高兴不起来。

我们不怪孩子，李云龙的眼泪，换来观众的反思，这未尝不是一件好事。如果家长的高压使得孩子获得所谓的成功，但最珍贵的童年乐趣却失去了，这样的教育，能算成功吗？李云龙为了接受父亲的培训，每周都不能休息。他知道父亲迫切希望他赢得比赛，所以当他以为自己失败时就崩溃了，失声痛哭。主持人问李云龙的父亲，这样的训练是不是孩子愿意接受的，虽然李父口口声声说征得孩子同意，但是面对“你有没有梦想”的问题，李云龙一脸茫然的表情着实让人心痛。李云龙失去了自己童年很多快乐的时间，这样的胜利未必值得大家学习。

望子成龙无可厚非，可是当我们看到每天背着大书包，为功课、补习、兴趣班、钢琴课、舞蹈课疲于奔命的孩子，我们心痛吗？沉重的压力压碎了孩子的天真和聪慧。从小学到大学，有多少孩子因为考试不顺利而痛哭流涕甚至轻生？家长应该自问，我们有没有为了自己所期待的成功而剥夺了孩子的快乐？

李云龙的眼泪引发人们对教育问题的讨论，这未尝不是一件好事。李父说，这辈子最大的梦想，是希望儿子能站在自己的肩膀上，成为一个成功的人，而为此他愿意倾其所有。也正因为此，李云龙接受父亲的培训，每周都不能休息，只能羡慕地看着身边的孩子出去玩乐。高压式的集中训练方式，固然成就了李云龙的某种优异技能，但也让孩子失去了快乐。如今的家长个个望子成龙，在孩子们的生活里，除了正课之外，每天还需要为没完没了的补习班、兴趣班忙碌，哪里还有时间享受童年的快乐？

对待比赛胜负的态度，其实已经透露了人格培养上的欠缺。我们不应该过分放大这件事，但还是希望李父今后能更多地从孩子的角度出发，让孩子更多地参加一些社会活动，帮助孩子心身健康，全面发展。家长们也可以通过李云龙的例子反躬自省：为了我们自己所期待的成功，我们有没有剥夺孩子的快乐？其实，对孩子的正确教育，不是单单要孩子和别人比考试成绩，比某项技能技巧，而是要养成孩子本身应该具有的健康人格，比如有爱心，懂礼貌，能独立生活。正如主持人所说，在孩子的生活里，除了上学、课外辅导，还可以有名山大川、人文古迹……放松心灵、增加见识，也是完善人格的另外一种培养方式。

家长如果希望孩子将来有很好的发展，就不要只盯着孩子的学习成绩，更不要虚荣心作怪，对孩子有太多的奢望，过分的要求，而是要把眼光放到培养孩子的完善人格上来。孩子有了完善的人格，就能应付学习和生活中的困难和挑战，能够享受成功与快乐的人生。

让孩子爱看书

我一直在留意观察那位在书店角落静静地看书的小女孩。她是这家小书店的“老客人”，以前叽里喳啦的，这几天反倒是一声不出。

她还只是个小学低年级生，傍晚我来书店的时候，几乎都会见到她。她好像喜欢看科普作品和根据中外历史改编的故事书。前些日子她经常摆弄一种智能型的并合棋，很快就成了这方面的专家高手，常常教那些来书店玩棋的“初哥”，认真的态度就像是一个小老师。这几天她怎么就那么安静地躲到一个角落自个儿看书呢？应该是一本很有趣的故事书把她给吸引住了，那种津津有味的样子，倒令我想起了自己小时候躲在书店角落看书的情景。

童年时代我家里穷，能念上书已经很不错了，根本没有想过买课外读物的事。不过我喜欢看书，除了向同学借书看之外，就是喜欢往书店跑。那时候我对历史故事书很感兴趣，往往一看到就爱不释手，可那些书并不是一两天就能够看完的，况且我还是利用放学后的时间来看的呢。于是我就想了个办法，当天看不完，就把书塞到书架的后头，这样不容易被人拿去。这其实是非常自私的做法，可我就是控制不了自己。后来时间长了，和书店工作人员也混熟了，他们就只眼开只眼闭地让我多看些日子。我真的非常感激他们对一个爱书的穷孩子的谅解。

现在书店角落的这个小女孩可能也弄了个“藏书”的把戏，要不然她这几天为什么一进来就目标明确地只拿一本书在那边聚精会神地看呢？从她的身上我看到了自己童年的影子，几乎忍俊不禁。

当然，这位小女孩并不是什么穷人家的孩子，她的父亲也舍得给她买书，但也不是什么书都要买啊！现在许多家长都肯花钱为孩子买书，每逢孩子考试成绩好，例必要奖励孩子一些课外书或者文具之类的礼物。不过，有时候家长把书搬回家了，可这些书大多数成了家里的摆设，孩子连翻也没翻过，因为这里头练习册、辅导书较多，而儿童感兴趣的课外读物则凤毛麟角。

儿童阅读需要老师、家长的辅导，特别希望教师向学生推荐优秀书籍，让孩子获取成长过程中应该知道的知识和道理。

从放学到现在，这位小女孩在书店逗留的时间至少有个把钟头了吧，她就那么一个人静静地全神贯注地看书。小女孩和她的爸爸都是这家书店的老顾客。

应该是吃晚饭的时间了，爸爸来招呼孩子回去，小女孩还是意犹未尽，赖着不走。最后父亲没有办法，只好跟她讨价还价，再给她半个钟头的宽限，自己也拿了本书，在一边看着，等待孩子。做父亲的宽容、和蔼的态度，尤其是对孩子爱好读书的那种赞赏和鼓励，令人十分感动。

孩子喜欢看书，这是好事，做家长的理应多加鼓励。说老实话，时下喜欢看书的小朋友并不多，有那么多的游戏机、玩具，特别是人手一件的手机诱惑，许多小孩子沉迷进去，一有空就拿起来玩，甚至到了废寝忘食的地步，情况非常令人担心。有些家长并没有容许，更别说鼓励小孩子看书。孩子到了书店门口刚想进去，做家长的就忙不迭地拉着孩子跑，不由分说，也不理睬孩子高兴不高兴。看到这种情景只有摇头叹息。如果家长能够转念想想，就拿买一包糕饼、糖果或者吃一碗面的钱来买一本书，而且还是孩子喜欢的书，那有什么不好？为什么要躲开书店，不让孩子沾下边呢？

一般孩子都喜欢胡乱买东西，这是事实；孩子喜欢新鲜，有些书买了回去，孩子翻了几页就丢到一边，再不理会，这也很普遍。可是书店虽然卖书，但也允许顾客看书啊。其实，孩子看课外书，家长也是需要加以辅导的。因为儿童看课外书随意性比较大，缺乏辨别能力，喜欢新奇，阅读时囫囵吞枣。这就需要家长配合孩子的成长，循序渐进地选择一些补充和辅助课堂教学的书让孩子看，这有助于孩子增加知识面，培养丰富多彩的情趣，让孩子更加全面地发展。

在书店，我看到一位母亲替孩子挑选科技方面的图画书。她说，孩子喜欢看科普读物，这套科技图画书很不错，分门别类的，她就每个月给孩子买一本，现在已经买了七八本，还会继续买下去。图画书对低年级学生的智力开发及想象力培养有好处。

现在的问题不是孩子书看得多了，而是要把孩子从手机、游戏机那边拉回来！

许多家长都明白，一个人的知识，并不全然是从课堂上得到的，有不少恰恰是从课外阅读中获得的呢！课时有限，课外阅读是课本知识的延伸和补充，也是课堂学习无法替代的。要培养孩子的读写能力、科学精神、创新意识和人道情怀，课外阅读是不可忽视的基础。

常来书店的两位小朋友就是非常好的典型例子。那位喜欢看科普读物的男孩子，每隔一段时间就会买一本，正因为这套图文并茂的科普读物是精心设计、分门别类的，他这么按部就班地一本本看下去，不就涉猎了比较系统、全面的基础科学知识了吗？从这个良好的开端出发，相信有一天他会达到一个更高的更自觉的水平呢。而那位喜欢看历史书籍的小女孩，就算她老躲在书店一角看书而不买书，日积月累下来，其文史知识的增长也会是十分可观的。如果我们不单单着眼于当下的功利，这两个孩子的阅读基础打得这么扎实，对他们的成长应该都会是很有帮助的。需要特别赞扬的是他们的家长，前者坚持循序渐进，一次就是一本，不因为孩子的好奇、贪新鲜而一股脑儿地把书都抱回去；而后者则是充分耐心，让孩子看个饱，而不是一下子就把书买回家，让孩子知道不容易得到的才最值得珍惜。

中小学生的课业负担普遍严重超载，课外阅读的确是一件奢侈的事。而且，每个年龄段的孩子都有各自的阅读兴趣，不能一概而论，等量齐观。如何让课外阅读成为孩子的乐趣而不增加负担？如何让孩子在最短的时间内汲取最多的精神营养？家长就要为少年儿童好好设计、筛选一番。又因为是课外，家长必须比老师花更多的心思。无论如何，从幼年开始，家长就应该鼓励子女阅读课外书籍，经常带他们到书店、图书馆及书展等地方，培养他们的阅读习惯。

最令人忧心的反而是中学生。你看，那间中学就在街对面，却很少看见有学生进书店，更多的时候是三五成群地逛商场，看时装，打手机，围着鱼蛋、牛杂摊嘻嘻哈哈，高谈阔论。要知道中学是青少年成长的重要阶段，养成良好的阅读兴趣、习惯和品位，是会终身受益的啊。

乡土知识

驾车的同乡小伙子算是我的校友，于是我们交谈了起来。他问我的老家在哪儿，我说在萩芦，同时问他知不知道萩芦溪桥，他说不知道。接着，我又问他听没听说过江春霖这个人，他又说没听说过。

我对他的回答感到意外，不过我还是耐心地告诉他，萩芦溪桥离我们念中学的涵江才二十里，江春霖就是萩芦溪人，他可是我们莆田出的名人呢，是清末的大清官。萩芦溪桥就是江春霖辞官归里后募捐修建的。他还主持修建了涵江附近的水利工程韩坝。

后来我想，现在年轻人上学的情况跟我们那个时代是大不一样了。我念初中时，学校常组织郊游，学生也常去附近的农村劳动，对家乡的地理、历史、人物、故事多少有所了解。而且，我们当年还有供作课外阅读的乡土教材。这一比较，我就觉得现在的年轻人对于乡土的知识了解得太少了，孤陋寡闻，亟须补课。

学生无疑需要了解全国甚至全世界范围的历史、地理、自然知识，但我们也知道，教育并不能让人完全脱离自己生长的地方。不论是融入社会，还是回归和认同当地的文化、生产和生活方式，学生都应该了解和掌握乡土知识。

近年来，内地学校陆续开发和编写了不少具有浓郁地方特色的乡土教材，使学校教育在对文化多样性的保护中发挥了重要作用。教材不仅包含了丰富的乡土文化知识，还结合当地的经济文化类型，加入了实用性的内容，找到了当地文化的“根”。

其实，在完成规定教学内容的前提下，把乡土教材的内容以各种灵活的形式传输给学生，不但不会给学生造成负担，还会带动学生对生存的周边环境产生兴趣和尊重。

澳门应该是一座文化城市吧，可许多中小学生对自己所生所长的这个地方并不了解。现在许多中小学都是关门办学，学生天天就是从家门到校门，然后再从校门到家门，再大一点的街区就不认识了。学校对学生实施填鸭式教育，学生功课负担沉重，苦不堪言，少有学习乐趣。在这种情况下，适当增加一些乡土教育，让学生走出校门，调剂一下紧张气氛，激发学生学习乐趣，既能调动学习积极性，又能增加对周围环境和当地社会的认识。

乡土教材的编写很重要，它是落实乡土教育的重要基础。乡土教育不应该是随意、松散的，而应该是有目标、有计划、有系统、有评鉴的教学设计。

在澳门，新的社会形势对澳门教育提出了更高的要求，澳门教育行政当局和许多学校，也都在思考如何设置切合澳门实际的乡土课程。许多有志于此的专家、学者和教师在教材编写方面作出了很大的努力，取得了不少的成绩，也培训和锻炼了一批乡土教育的骨干力量。

乡土教材包括地方教材、校本教材等，具有浓郁的地方特色。但是，乡土教育的内容，史地和社会，应该涵盖我们日常生活的每一个方面，这就会牵涉到每一个科目。

乡土教材具有浓郁的地方特色，教材不仅包含丰富的乡土文化知识，还要结合当地的经济文化情况，加入实用性的内容。这样，要收入的内容就需要考察和研究，需要调动各方面的积极性。有些学校的经验是让老师指导学生来编写校本教材，也编写得很有特色，甚至推向市面，受到欢迎。因此，在乡土教材编写过程中，应该尊重教师、学生及家长的意愿，反映当地的实际需求。

乡土教育除了增加知识，提升学生生活技能的功能外，很重要的还有培养学生爱乡爱国情操的作用。今天，澳门不但要永续文化旅游城市的特色和优势，还要培养对澳门和祖国有归属感的心智健全的年轻一代，乡土教育应该重视。学校教育不能只盯住书本，还要把眼界放开一点。

既然乡土教育除了智育的功能之外，还有增进年轻一代对本地区的认同和归属感的作用，那么，澳门社会就有义务和责任协助学生有计划地、系统地了解本地的自然、人文和社会等乡土环境。教育当局和学校应可充分调动社会资源，整合各方力量，共同推进澳门的乡土教育。

充实自己

经常光顾我们这家小书店的小林，刚刚领到这个月打散工的工资就跑来选购了两本书，都是有关澳门历史方面的，一本是历史小说《澳门故事》，另外一本则是有关澳门历史的扛鼎之作《澳门掌故》。如今澳门街爱看书的女孩少之又少，而且喜欢的还是历史书，这就更加稀奇，令人振奋了。

小林还是一名大学生，以前就常来书店，有时就看看，有时也会买一两本书。最近她到一家公司打暑假工，来书店就更勤快了。这不，今天她又买了两大本，花了百来块钱。近年来，每到暑假，打散工的学生不少。孩子可以自己攒点钱帮补生活，或者买点自己喜欢的东西，这当然是好事。不过，一般情况下，女孩子总是要买一些花花绿绿的衣服、首饰、化妆品什么的，很少有人会钻到书店里头去。就算到了书店，女孩子一般会买的也是时装、扮靓、谈情说爱之类的书，历史方面的书一般是碰都不会去碰的。

年轻人在要走出学校迈进社会的关键时期，需要认定方向，充实自己，不论是社会经验还是文化知识。当今社会发展迅速，知识爆炸，竞争激烈，年轻人更要充实自己，掌握多一点知识和本领。对于年轻人来说，除了学校学习之外，课余读点好书，不但能够令人愉快，增长学识，还能培养高尚的情操。况且，用自己打暑期工攒到的钱来买书，这不更有意义吗？我心想，当有一天小林整理书架翻到这两本书时，一定会有一段美好的回忆，漾出一个甜蜜蜜的笑容。

现在固然电子产品充斥市场，书籍出版还是层出不穷。那么，年轻人看书也就更要有所选择。有些书只能一时消遣，或者看了并没有什么好处；有些书不但写得生动有趣，又能够增长知识，助人向上，那就应该是首选了。因此，人们会自然地把后一类书叫作好书。用这一类书来充实自己，那就可以达到事半功倍的效果了。

那么，为什么女孩子读点有关澳门历史方面的书会令我振奋呢？这是因为喜欢历史的女孩子真的不多。我主观地认为，喜欢历史的女孩子一定是比较大气，将来会更有头脑，更有出息。老师当然会讲到读点历史的好处，但学生是不是都会听得进去？我看无论如何老师还是要经常地讲，不断地讲。社会上也要多讲读书、读史的好处。古人云：不读书者鄙，不读史者鄙。就是说不读书、不知道历史的人都是没有见识、粗鄙无知的。一个人起码对自己国家的历史要有所了解。历史写满了沧桑，印记着民族步履的艰辛。以史为鉴，大可用以治国，可以少走弯路；小可学会如何做人，可以引发你对人生的深入思考，培养出一种观察社会的眼光，帮助形成自己的价值观、人生观，总之好处多多。再说，作为澳门人，尤其是作为澳门未来的主人翁，不知道澳门的历史，总是一个不小的欠缺吧。我看这位女孩子算是找对了方向，她挑的这两本书绝对是好书。

其实读历史，虽然都是以前的“故事”，但是，这些故事也还是蛮有趣的，并不枯燥，认认真真地读下去，一定是获益匪浅！我看小林应该是从读历史书尝到了甜头，也应该是一早就瞄准了目标，要不然她不会那么快就买走了这两本书。我打心里感到高兴，就好像找到了一位知心的朋友。

生活哲理

千山独行

我的学生胡君最近从日本福冈回福建老家探亲，用了差不多五天时间！这在交通如此发达的当下，简直是不可思议的事情。

8月7日那天，胡君兴高采烈地拿着机票到福冈机场。快要回家看到日思夜想的老母亲了，心情特别激动。胡君告诉我，这几年母亲健康状态每况愈下，他在大学教书，一直无法抽身回去探望老人家，心里十分不安。今年好不容易凑了十几天的假期，准备和母亲好好相聚相聚。我也打心底替他高兴。

胡君的行程要经过好几个转折，第一站是福冈飞上海，当天晚上换乘上海飞福州的飞机。顺利的话，第二天上午就可以从福州乘大巴到永泰县城，然后再坐城镇区间车回老家大洋了。

俗语说“人算不如天算”，胡君这第一站就遇到了挫折。福冈飞上海的班机晚点了好几个小时，待他抵达上海时，已经没有飞福州的班机了。胡君只好在上海住下来，等待第二天的飞机。由于预告今年第十三号台风“苏迪罗”的中心可能在福建省沿海登陆，最大风力十三级以上，为了安全，8日上海飞福州的班机全部取消。

胡君只好从空中改陆路了，好在上海有高铁通福州。可是，由于空中交通中断，这高铁也是一票难求啊！待到胡君费了九牛二虎之力买到票，登上去福州的动车，却不料由于台风“苏迪罗”在莆田市登陆，福州风雨极大，城区严重内涝，树木倒伏，交通受阻，动车到温州就又停止不走了。胡君又只好在温州住下等待了。

为安全起见，铁路部门调整列车运行方案，从上海、杭州开至福州的动车全部停运。什么时候开通，要待情况稳定，空列试运行后才能决定。胡君这一住就是两天，归心似箭。于是他四处打听，刚好有一批福州旅客要包车回去，他赶忙凑上一份，搭上了车子。胡君是十日到福州的，第二天，也就是十一日，他终于回到了大洋老家，见到了母亲。

人在路上，很多时候是身不由己啊。

胡君一个人在路上，尤其是困身逆旅，会产生孤立无援的感觉吗？于是我在微信里提议他看看书，或者排除杂念，让心静下来，好好整理一下自己的思想。

关于看书，我介绍了两个人的读书感想，一个是梁启超的，一个是林语堂的。梁当然是讲文章经世，林则是怡情养性。这两方面对于一个知识分子来说，都是有用兼且有益的。关键是善于思考，而思考是一切智慧的源泉。尽管遇到像身处逆旅这样的小事，也可以寻得心灵的安顿。

由之我想起了“千山独行”这句话。千山独行，有时会产生孤立无援的感觉，有时却可以催人奋发。就像一个人站在高山之巅，会感到自己是多么的渺小，但有时又会涌起一个人在短暂的人生中，对自己，对家庭，对国家，对社会应该做一些什么的复杂情绪。《礼·中庸》中讲：“譬如行远必自迩，譬如登高必自卑。”路，还是要一步一步从此走下去的。

那年我送一个朋友远行，回来时一个人站在两县交界的高山之巅，就有这种感觉。夕阳西下，暮色苍茫，迎风披襟，思绪万千。

《楚留香》剧集中有一首歌曲《千山我独行》，是这样唱的：

“湖海洗我胸襟，河山飘我影踪……情牵不到此心中。来得安去也写意，人生休说苦痛，聚散匆匆莫牵挂，未记风波中英雄勇，就让浮名轻抛剑外，千山我独行不必相送。”“千山我独行不必相送”，一人一剑走天涯，这是一种久违了的侠客豪情。

胡君当年告别中国南方城市的安逸工作，前往日本留学，然后又留在那里从事科研，不也需要有“千山独行”的勇气吗？耐得孤独，耐得嫌猜，也还要耐得名利地位，可以说是冷暖自知。如今他在这所著名大学里教学，还有自己的研究所，可以说是事业有成吧。可是他还是要千里万里风雨兼程地归来，探望山沟沟里的故乡和垂垂老矣的母亲，这一路阻隔，不更有“千山独行”的感慨吗？

但凡成功的人，往往要经历一段千山独行的岁月，而就是在这段时光，他们思考人生，沉淀自我，找到了自己人生的目标和前进的方向。有着高尚的思想境界，有着追求事业的良好心态，他们才能够在纷纭复杂、声色犬马的世界静下心来，踏踏实实、认认真真地做好自己的事业，创出一番成绩。

耐得寂寞

我有两位学生坚持科研三十多年，并且都颇有成就。他们是日本早稻田大学的胡君和北京师范大学的林君，两人都兼有教学和主持研究室的工作。我把他们归纳到耐得寂寞的一类人。

胡君和林君大学毕业时正是中国改革开放最初也最为轰轰烈烈的时期。我的许多学生，都赶上了这个大潮，有的从商，有的从政，许多人现在也出人头地，都有蛮不错的成就。当然，他们的日子并不都一帆风顺，之所以获得成功，也是付出了很大的努力。胡君和林君刚开始时也是困难重重，四处碰壁，犹如在黎明前的黑暗中摸索，但他们最终挨过去了，迎来了黎明。胡君和林君还有一个特别与众不同的地方，他们要读好多年的书，要转好几个场，才能找到安身立命、适合自己发展的地方。即使现在，他们还是继续坚持现今十分冷场的科研工作，忍受许多常人忍受不了的寂寞，不去随大流。这也正是我喜欢他们，愿意和他们保持联系的主要原因。

俗语说，千里马不一定跑得最快，但一定要耐力最好。一个胸无大志、目光短浅的人，是耐不住寂寞的。正因为胡君和林君有着高尚的思想境界，有着追求事业的良好心态，他们才能够在纷纭复杂、声色犬马的世界静下心来，踏踏实实、认认真真地做好自己的事业，创出一番成绩。

南怀瑾大师指出，一个人如果能在每一刹那，自我观照，自我控制，长养智慧与安详，没有忧虑、没有恐惧、没有攀缘，离开一切执着，就能拥有统一和谐的心灵，幸福也就掌握在自己的手中了。由之我又想起《世说新语》里管宁、华歆的故事：管宁、华歆共园中锄菜。见地有片金，管挥锄与瓦石不异，华捉而掷去之。又尝同席读书，有乘轩冕过门者。宁读如故，歆废书出观。宁割席分座，曰："子非吾友也。"姑勿论管宁、华歆两人后来的发展，就故事本身引申出来的教训，仍然意旨深远。

耐得寂寞，中国传统文化多么重视个人定力、道德的养成啊。

胡君和林君高中时是同班同学，林是班长，胡则是学习委员。中学阶段的班干部，私交都十分亲密，工作上也配合得很好。因此，当年我当班主任，很多事情就交给他们做，大家有商有量，任务都完成得很好，班级也显得很有活力朝气。

物以类聚，人以群分。在学校里头，志向高远的同学，或者说学习成绩好的同学，都喜欢"埋堆"，有一个比较固定的圈子。他们在学成走上社会之后，一般都能保持学生阶段开始的密切联系。胡君和林君就是这样的"铁哥们"。更为难得的是，胡君和林君在各自的大学都有自己的研究室，他们能够在自身研究出色成就的基础上，尽量寻找合作的空间。他们定期开展交流，或互访，或共同参与一些学术活动。当然，他们的交流和交往，也都得到有关机构的鼓励和支持。相对于有些同学如今在官场或者商界的联系和互动，我觉得胡君和林君的这种友谊更加清纯，也更加深远些。他们经常趁学术交流之机相聚，也增加了许多久别重逢的欢喜和欣慰。而这些，也都是我这个曾经的班主任感同身受的。

我说过，在人的一生中，除了父母、兄弟姐妹和子女之外，最为亲近的社会关系就是师生和同学关系，这是我的人生经验。少年不知愁滋味，许多人在少年时期并没有太多意识到师生、同学关系的珍贵，渐渐年纪越大，就越是重视和珍惜师生和同学之间的感情了。

如今我的这些学生都五十开外了，也都开始想念旧时的同学了。每年春节，他们都会利用回乡省亲的机会搞一次年段聚会，把老同学和课任老师都召唤过来，大家一起谈学校往事，谈别后生活和自己家庭。当然，他们也特别希望我能够回去，和他们把酒言欢，一般我都不会辜负他们的好意，这也是人之常情吧。

利用价值

老朋友久别相逢，问我最近忙不忙，我回答还是很忙，他笑笑口说:“忙就好，说明你还有利用价值。”

这不是老朋友第一次说到“利用价值”，记得很久前有一次我因为太忙而发牢骚，埋怨有些人尽是在利用人时，老朋友规劝我，不要埋怨人家利用你，你有价值人家才利用你呢。说到这里，我的气才消了。以后我就把这话当作座右铭，时时刻刻提醒自己，能做就多做一点，能帮别人的话就多帮一点，这样下来，我虽然一直很忙，但总觉得愉快。慢慢的朋友就越来越多了。

好像李嘉诚也说过，如果你不能被人利用，表示你没价值。做人，不要老去计较“得”与“失”。若我们只会占人便宜，却从来不让人占我们的便宜，将来注定没人愿意和我们打交道。

起初我为什么会认为被别人利用而心生反感呢？的确，社会上有那么一些人，他需要你时，好像发出十二道金牌都不够；一旦你需要他时，敲遍锣鼓三十六重天都找不到。这种情况下，如果看不透，那就很容易产生怨怼。就连罗曼·罗兰也曾经这样感叹:“认识的人越多，我就更喜欢狗了。”世态炎凉，古今中外概莫能外。不过，如果能够对这种社会现象淡然处之，也就不会有太多的困惑和烦恼了。

其实，能够被人利用还是值得骄傲的资本。你能被别人利用，说明你有可资利用的价值。一个没有价值的人，才不会被别人利用呢。说得透彻一点，你有没有价值，取决于他人对你的需要。你对他人需要的满足度越高，你的价值就越大；你对他人需要的满足度越低，你的价值就越小。

价值，或者说资本，不一定是你已经拥有，那么，如果你暂时没有这个价值或资本，应该怎么办呢？是立刻回绝别人的需要呢，还是努力去创造条件，从而满足这种需求呢？这就关系到态度问题了。不立即回绝，而是想方设法，这当然是一种积极的可取的态度了。有时候持续不断到来的需要和利用，反倒成了我们继续学习，努力掌握更多知识和技能的动力。

许多人退休之后反倒更加忙碌，因为别人以为你退下来了应该会有更多空闲时间了。殊不知每个人都这样想，都找点事来要你帮忙，那你就分分钟要排个日程表，够你忙的啦！有个朋友讲得更有意思，年纪大一点的人如果无所事事，那就很容易老的。因此，我退休后心态反而宽松平淡，不会再去理会他人有没有利用你的意图。的确，以一种宽容的态度，调整一下自己的观点和角度，就能拥有恬静和谐的心灵，幸福也就在自己手中了。

收住心中的野马

对于欲望这回事，用得上中国一句俗语，叫作“知足常乐”。欲望有时会像脱缰的野马，收不住就变成了灾祸。

不可否认，凡人都有七情六欲。人的一生，欲望总是伴你前行，许多时候，它会是推动你向上的力量，对社会也有所帮助。比如我们说年轻人立志要早，要勤奋读书，努力充实自己，将来好为社会服务。放大一些说，人们追求的应该是仁义道德，并不是钱财、美色、虚名、权力那些低俗的东西。这就是正向意义上的欲望，实质上它提出了一个更高的要求。当然物质的、精神的享受也会有，总不能不食人间烟火吧。孔子在回答学生对“无欲则刚”的疑惑时说：其实所谓的欲望，并不见得就是指贪爱钱财。简单地说，凡是没有明辨是非就一味和别人争、想胜过别人的私心就算是“欲”。孔子又说：所谓的“刚”，并不是指逞强好胜，而是一种克制自己的功夫。能够克制住自己的欲望，无论在任何环境中，都不违背天理，而且始终如一，不轻易改变，这才算是真正的“刚”啊！

要节制欲望，还是用得上“物无小大，过必为灾”这句老话。最近看到一则消息，伦敦财富咨询机构Wealth Insight的研究显示，中国富人，包括贪官，现在有大约六千五百八十亿美元的资产隐藏在海外，抵得上中国一年财政收入的百分之三十！而随着新一轮反腐行动的开展，内地出现了所谓的“房叔”“房婶”这样的名词，用来特指拥有几十套住宅及商业房产的贪官。贪官能够获得如此数量惊人的金钱、房产，要从制度上去检查问题，而对他们个人来说，真可以用欲壑难填来加以形容。贪腐，对个人和国家的祸害，可谓大矣！

中国的三教早就告诫人们要收住心中的野马。孟子有一句话：“养心莫善于寡欲”，是说希望心能够正，欲望越少越好。佛教的理想，则是“不计众苦，少欲知足”。而道教也认为，为人处世应节制欲望，个人修炼要少思寡欲，才能求得长生。所以要做到林则徐所标举的“无欲则刚”，就要清楚自己想要的是什么，明确自己的人生目标。心无旁骛，抵御物欲的诱惑，特立独行，正直刚强。

一度被视为广东省省长候选人的广州市委书记万庆良因为贪腐而落马。这件事再一次证明强化各级领导干部廉洁从政意识的重要性。而要强化廉洁从政意识，很重要的一点就是要克制欲望，戒除侥幸心理。

其实，官高权大，就更加应该自制自律，如履薄冰，克己奉公，服务人民。如果认为官高权大就可以为所欲为，予取予携，那就大错特错了。贪得无厌，最终都要落得可耻的下场。这样的事例太多太多了，良可浩叹！

不管是官还是普通人，都要节制自己的欲望。叔本华在《人生的智慧》中说：人要获得独立自主和闲暇，必须自愿节制欲望，随时养神养性。更须不受世俗喜好和外在世界的束缚，这样人就不致为了功名利禄，或为了博取同胞的喜爱和欢呼，而牺牲了自己来就世俗低下的欲望和趣味。南怀瑾大师也指出，一个人如果能在每一刹那，自我观照，自我控制，长养智慧与安详，没有忧虑、没有恐惧、没有攀缘，离开一切执着，就能拥有统一和谐的心灵，幸福也就掌握在自己的手中了。

在中国传统文化中，一直非常重视个人定力、道德的养成。《世说新语》里有这么一个故事：管宁、华歆共园中锄菜。见地有片金，管挥锄与瓦石不异，华捉而掷去之。又尝同席读书，有乘轩冕过门者。宁读如故，歆废书出观。宁割席分座，曰："子非吾友也。"作者试图通过这个故事，显示管宁、华歆二人德行之高下。可见在古代，对读书人道德质量的要求和约束，尺度是多么严格。表面看来这只是两件小事，但从这个故事引申出来的教训意旨深远，那就是：不贪钱财、不慕名利；专心致志、交友谨慎。今天的人们可能很难理解，认为苛刻，但这个故事一直脍炙人口，代代相传。

旧书《解人颐》里有一首很有哲理的诗："终日奔波只为饥，方才一饱便思衣。衣食两般皆俱足，又想娇容美貌妻。娶得美妻生下子，恨无田地少根基。买到田园多广阔，出入无船少马骑。槽头扣了骡和马，叹无官职被人欺。县丞主簿还嫌小，又要朝中挂紫衣。作了皇帝求仙术，更想登天跨鹤飞。若要世人心里足，除是南柯一梦西。"嘲人欲望永无止境，到死方休。

内心安适，才有真正的幸福。俗语"知足常乐"，讲的也是这样的道理。知足的人，即使粗茶淡饭，也觉得安乐；不知足的人，即使锦衣玉食，也不会满意。

"知足常乐"不是说什么都不要做，比如说官总要有人当吧。其实，当官是牺牲，不是享受；是奉献，不是占有。只有与人分享你对社会的理解和贡献，你的成就才有意义，你的欲望才不自私，你也才会心安。

寡欲多寿

许多人到年纪大的时候，都希望找个清静的地方，修身养性，颐养天年。确实，山村海峤、城郊乡野能够让人远离市井的喧嚣，世事的纷扰，名利的困惑，获得心境的安宁，延长人的寿命。不过，不是每个人都有这样的条件。一个年长的人如果能够少思寡欲，自我调适，保持平静安详的心态，则无论身处何地，都能达到健康长寿的效果。

在中国传统养生文化中，也一直强调少思寡欲。孔子在《论语·雍也》中提出“仁者寿”。“仁者寿”，就是说仁者少思寡欲，性常安静，故多寿考。孔子解释说：“仁者，爱人。”爱人就是待人宽厚，推己及人，有高尚的情趣和道德质量。庄子总结的养生秘诀也是少思寡欲。他有时将“少思寡欲”讲成“少私寡欲”。他认为，遇事斤斤计较，患得患失，终日不得其安，疲困不堪，久之必致积虑成疾，“殆而已矣”。生老病死，固不可抗拒，但要活得快乐、死得安详，则全靠少思寡欲了。只有胸怀宽大，志趣高远，不计名利，知足常乐，心境平和，方才“可以保身，可以养身，可以尽年”。

将“少思寡欲”改为“少私寡欲”，是一个更高的标准，那就是德。德必须修，必须养，才能成为浩然之气。“大德必得其寿”，我们身边就有不少这样的人。比如澳门的梁披云先生，他终日心平气和，宽厚待人，性格豁达，安心处世。他长期以书法、诗词为旨趣，有人求他题诗写字，他都来者不拒；

他不求名利，还在力所能及的情况下做了不少社会公益的事情。梁老德高望重，受到人们的尊崇。他活到一百零六岁，创了澳门文化名人长寿的纪录。梁老之所以长寿，少思寡欲，养心也是关键。

养生先要养心，少思寡欲不是容易做到的。许多人有永无止境的欲望，自寻烦恼。老年人要做到既“不以一得为喜”，也“不以一失为忧”，尤其是在子女问题上要看得开。这样，就可以保持内心的清静，有利于身心健康和祛病延年。

世界上最需要改变的是自己，这并不是“无可奈何花落去”。不要固执，许多事情换一个角度来看，情况会是截然不同。

年纪大的人要改变自己对事物的看法会是比较艰难的事情，因为他们往往认为自己社会经验丰富，也往往自以为还相当了得。但世事往往不以主观意志为转移，况且也不见得你的看法就完全正确。在这样的情况下，老年人如果能够以一种宽和包容的态度调整一下自己的观点和角度，事情也许会有很好的转圜，于自己的身心健康也有极大的好处。

所谓健康，其实包含健和康两个方面。健，指的是身强体壮；康，指的是精神爽利。只有两个方面都具备了，才能叫作真正的健康。很多时候，精神因素会更加重要；而精神因素往往会影响健康。少思寡欲，自我调适，养成改变自己的习惯，保持平静安详的心态，是每一个年长的人应该去做，也是能够做到的。

一些老年人喜欢争论，包拗颈，这其实非常有害健康。有些人甚至因为一件很小的事情闹得不可开交，大家不欢而散，连几十年的朋友都没得做。这又何必呢？如果双方都能从对方的角度去思考，多一些宽容和体谅，就不会一直纠缠不清。就算对方错了，讲得通就讲，讲不通一笑置之，这样既不伤人又不伤己，何乐而不为？有时来点幽默，缓解紧张气氛，带给大家轻松愉快。同样，在处理与子女看法不同的问题上，也应该抱持这样的态度，要看得开，时刻保持内心的清静，化解矛盾。这样做，有利于家庭和睦和自身健康。

哲人说过，自制是人类最难得的美德。人在社会上生活，会有各种各样的境遇，自然也就会有各种各样的情绪。人在良好的境遇中，容易表现出积极的、乐观的情绪，也容易发挥正常的甚至高水平的理智。一旦境遇恶劣，出现消极情绪，就容易判断错误，失去自制力，做出不理智的事情。

让身心与环境处于安宁和谐的状态，老年人的心理健康非常重要，心理不健康，就会严重影响生活质量，最终必然影响甚至损害身体健康。为什么要强调老年人的心理健康呢？因为老年人来日无多，要倍加珍惜。收起“爱拚就会赢”的观念，好好享受你的黄昏岁月。

归根结底一句话，顺其自然，你无法改变别人，但你可以改变自己。

老人问题

不是因为自己是老人，所以才写老人问题。其实，我是最不愿意认老的。可是最近遇到几件身边的事情，又觉得有些话不吐不快。

前几天我的一位老朋友、九十一岁的黄先生跌倒了住进医院，子女不在身边，搞得众乡亲手忙脚乱。因为黄老平时自我感觉良好，能够自理，倒也相安无事。可一旦发生问题，所有潜伏的矛盾也就浮上了水面。

活到九十开外，没有什么大病大痛，干净利落没有拖累子女，你说这还不是有福之人？可是一个非常现实的问题摆在眼前，年岁不饶人，老人家总免不了要出情况，一出情况，自己又对付不了。这就是独居老人的现实问题。

黄老的子女都在外国，各自谋生，照顾不了老人，他们一心希望老人回乡下养老，多少还有亲戚朋友照应。可老人家就是不愿意回去。原因很简单，澳门福利好，老人家看病容易。但是，事情并不那么简单，一年三百六十五天，天天对老迈年高的人都是考验，身边没有人照顾总不是办法。

另外一对老人是我的老同事，他们退休多年，一直相互照顾，似乎相安无事。可是随着年岁增长，自顾不暇，相互照顾已经显得困难。他们的子女也都在国外，那么，老人一旦遇到病痛，又有什么人能够伸出援手？不论是独居老人还是相互扶持的老伴侣，他们都需要请人照顾。那么，老人是否有经济能力请人，能否请到适当的人呢？

政府早年已推出敬老金，并向社保供款的长者发放养老金，接受经济困难长者申请援助，相关金额随着近年通胀加剧多次调升，让长者的基本生活得到一定的保障。但是如何为长者提供相应的服务，让他们真正安享晚年，似乎还有一段颇长的路子要走。

老人缺乏足够的照顾已成社会问题。重要的是提高公民教育，倡导敬老爱老的社会风气，人人充满爱心。社会老人服务拓展及逐步改善，并不等于要将照顾老人的责任全部推向社会，为人子女者也应该负起责任。

澳门名人梁披云活到一百零六岁，绝对属于高寿之列。可是他在晚年常对我说，多寿则辱。乍听不免令人惊讶，可是细思之下，却又感到颇有道理。

“寿则辱”，语出《庄子》。意思是说，人生过于长寿，由于种种原因，难免蒙受屈辱，失去人生尊严。现实的情况确是这样，人活的年岁越多，吃的苦头越多、受的罪也就越多。

这几年我常回老家，也常去探望叔叔和舅舅，他们都是八九十岁的老人了。每次探望，都令我感慨万千，心生悲凉。他们的子女工作繁忙，也算孝顺，都给老人家雇了保姆。但每一次我探望他们，都会听到他们对于保姆的不满。与此同时，我也会收到他们的保姆对于老人家的投诉。保姆不能尽责和老人家不好侍候，似乎是一对难以调和的矛盾。

人到了老年，不但失去了工作能力，而且因为年老体弱，丧失了生活的自理能力，因而不免给社会给家庭带来负担，自己也会感到活得多余、无用。长寿老人身上有钱，或者子女给的赡养费用丰足，那问题还不算大，如果垂垂老矣又无经济积蓄，衣食住行样样捉襟见肘，甚至还要仰人鼻息，看人脸色，那就既可悲又可怜了。遇到不孝子女，长寿者则被视为“老不死”，那才是真正的屈辱。在世风日下的今天，这种情况似乎并不乏见。多数人的“辱”，应该说还是自身年老体衰和疾病缠身，生活无法自理，累己累人。

许多老年人都把看病、住院的过程视为畏途，医院的折腾让老年人尊严顿失。就算医疗条件好，好多时候医生也是回天无术，无非让老人满身插着管子多活几天。苟延残喘的做法，作为当事人也未必情愿，这无疑是另一类的“辱”。

人活着，一定得活得有意义，有价值，能自理，有尊严。倘若活得连自己都失去了信心，都觉得没有多大意义，那就真的该走了。生老病死，人生的规律，谁也不能避免。中国人的生死观念向来达观，庄子死了老婆还鼓盆而歌呢。

老有所乐

清明节过后的周末，一批学生结伴来到我的老家，他们知道清明节我是一定会回来的。对于这些还在社会打拚的中年人来说，难得偷闲与老师、同学聚聚，更何况我老家的枇杷远近闻名，漫山遍野黄灿灿呢。

祖屋翻修好至今多年，一直丢空，只是清明节家族的人回来扫墓用那么一两天。看到我这山上环境清静，有池塘，有菜地，单家独户的，房子也还宽裕，于是有些学生建议，退休以后大家来这里抱团养老。

这几年听了不少抱团养老的话儿，孤陋寡闻，不知道有没有人真正付诸实行，也还没有亲眼看到成功的例子，不过心中的向往却是与日俱增，毕竟自己是七十开外的人了。说句自私点的话，我是巴不得学生过来与我抱团养老呢，至少他们比我年轻十几二十岁，应该是他们照顾我多一些吧。

师生之间或者老同事、老朋友，晚年自发“抱团”生活，不仅可以排解子女不在身边的孤独感，也能老有所为、老有所乐。说老实话，抱团养老也得有一定的条件。比如说大家身体都还过得去，经济上也基本可以自给自足，最好还能够做一点家务。我当过炊事兵，做的饭菜还算可口，既喜欢喝茶，还能够喝点小酒，学生认为这老头子还玩得来。兴趣爱好相同或相近的人在一起，共度美好的退休时光，互帮互助，如同一家人一般，是很开心的，这样的生活有益于老人的身心健康。

中国老龄人口基数庞大，对于养老的需求十分强烈。家庭养老，独生子女力不从心；院所养老，老人和家人后顾有忧。如何让老年人生活得更有质量，成为全社会亟待解决的现实问题。这种情况下，抱团养老不失为一个很好的补充甚至取代。不过，尽管老人有了自己的圈子，也还需要子女的亲情呵护，因此，子女的探望和及时支持仍然是必须的。尽管抱团养老有自救自助的成分，相关部门所应该肩负的公共责任仍然不能缺失，政府应该为抱团养老提供必要的支持。

随着老年人口的增加和社会的发展进步，现在许多地方在城市规划和住房建设时，都考虑到老年人活动场所的建设，大部分城镇都建立了老年人活动中心，有的农村也办起了老年人活动室，为活跃老年人的生活提供了场所。当然，兴趣爱好相同的师生或者老同事、老朋友晚年“抱团”生活，同样也可以创造出许多的快乐来。

内地近年提倡“六个老有”，即“老有所养、老有所医、老有所为、老有所学、老有所教、老有所乐”。应该说，这是对老年人生活需求的既全面又高度的概括。我现在比较感兴趣的倒是“老有所乐”。我理解所谓“老有所乐”，是指老年人参与适合自己特点的娱乐休闲文化活动，丰富生活内容，幸福地安度晚年。

福州表妹夫前几天微信传来几组照片，介绍福州上下杭街区改造之后的新面貌，每张照片还配了福州民间独有的伬唱说明。表妹夫退休多年，最近活跃小区活动，经常带领一批批长者参观街区坊巷。这样看来，他的晚年生活还是相当丰富多彩的。娱己娱人，称得上是“老有所乐”了。

澳门许多民间机构经常开展兴趣活动让长者参与，为他们健康愉快的晚年生活创造条件。澳门粤澳之友联谊会一行近二十人日前赴穗，与广东省政协历届委员联谊会书画家雅集交流。两地书画家即席挥毫，创作书画作品三十多幅，还联合创作了一幅《春光好》的大幅画作。这也是“老有所乐”的生动例子。

心宽体健，寡欲则寿。老年人生活能否过得快乐，应该说主要还是态度问题。僵化的思想会把人变老，因此思想绝对不能僵化。活到老学到老，扩阔眼光，发展自己的兴趣；量力而为地参与小区事务，广结人缘；多做善事，心慈善行不仅是幸福快乐的丰沛源泉，也是健康长寿的良方妙药。长生不老是绝对不可能的，人们必须顺应年龄变化的事实和趋势，适应环境，创造属于自己的新生活。

距离之美

最近，又有一位朋友辞职，确切些说，是离开他一位非常亲密的老板。这再一次验证了亲极反疏这个普通的道理。

亲极反疏

的确，这位朋友的老板一向十分信任他，他也经常把老板挂在嘴边，引以为傲，认为自己在处理与老板的关系上与众不同。可是，他倒是忘掉了，老板毕竟是老板，他的利益怎么会永远同你的一致呢？果不其然，在一次采购中，老板认为他买贵了，怀疑他与供货商勾结，从中作弊。最后导致老板认为他以前也都是这么做的，因为他一向认为老板跟他关系好，信得过他，于是许多时候是自作主张，先斩后奏。当然，朋友可以向老板作出解释，但他脾气倔强，不愿意这么做，认为既然老板都不再信任自己了，留下来又有什么意思？

更多的例子是朋友之间的合作，常见的是合伙做生意。最初是非常要好的朋友，由于合作做生意，结果闹到不欢而散。至于朋友间的借贷纠纷，就更是司空见惯的事情了。总的一句话，就是古人常常告诫的“亲极反疏”。

导致亲极反疏的原因，主要是认知上的落差。其实，两人关系是不是真的就那么亲密，这里头可能早就有问题。及至发现真实情况不是这样，又一下子接受不了，大受打击，倍感痛苦。

古人在人际关系上有许多经验之谈。《庄子·外篇·山木》："且君子之交淡若水，小人之交甘若醴。君子淡以亲，小人甘以绝，彼无故以合者，则无故以离。"正人君子之间的交往不带功利，淡得像水一样。这里头的先决条件是正人君子，只要有一方跟这个条件有距离，那就不能形成信任和亲密的关系。如果把友谊建立在相互利用的基础上，在你有利可图的时候跟你非常要好，一到利益冲突时就翻脸不认人，这样的人还能叫作朋友吗？

知所进退，亲疏有度，是一种宝贵的生活艺术。相互之间能经常地想想我能为对方做些什么，那友谊就一定会长长久久。

许多人都有这样的经验，观看一幅大写意的中国画，最好站得远一点，这样才能看出画家泼墨的意趣和所描绘的景象；而欣赏西洋油画，就更应该这样，否则，就只能看到一团团糊里糊涂的颜色，根本看不清画家画的是什么东西。我们不妨将这种情况叫作"距离之美"。其实，在人们社会生活中，人际关系也要讲究"距离之美"。

交际艺术

懂得交际艺术的人，并不追求所谓的"亲密无间"，而是倾向于在人与人之间保持适当的距离。记得年前与一位多年不见的朋友在厦门相遇，那晚他特地约我一起用个晚餐，喝了一瓶葡萄酒，相互交流了一些别后的情况。交谈之中，我最欣赏他说的一句话，他说，有些人天天见面，却是没有什么话好说；有些人几年不见，仍然是一见如故，无话不谈。我觉得他这是推心置腹的真心话。

人们在社会生活中会积累许多有益的体验和感悟，当中不乏深邃的人生哲理和对社会问题的深刻认识。“君子之交淡如水，小人之交甜如蜜”，就是非常有见地的经验之谈。表面上“淡如水”不动声色，实际上并不见得就不亲密温馨；而表面上“甜如蜜”黏黏糊糊，实际上却不一定真的那么意密情深。如果在社交中没有弄清“亲”与“疏”的辩证关系，往往会期望越高失望越大。大家都知道，要在社交中保持长久亲密是不容易做到的。许多人会因为了解太深而分手，原因就在基础不牢。“亲密度”过高，有时会适得其反，亲极反疏的事情是经常发生的。慢热比一拍即合稳妥得多，与其最后弄得不欢而散，不如一开始就保持一定的距离。就算是很好的东西，远一点欣赏不也是一种美的享受吗？

夫妻关系应该比朋友更加亲密无间了吧，但两人朝夕相处，有时也难免要发生矛盾，发发脾气。中国有一句俗语叫作“小别胜新婚”，就是说夫妻分开一段时间之后，两人关系反而会更加亲密，这应该也算是一种距离之美吧。

待人以诚

人在社会上生活，免不了要交朋友。待人以诚，就一定会交到好的朋友。交朋友不是要拿来用，算计朋友能为自己做些什么。施有时比受更加令人快乐，有能力为朋友做些什么，那不是更加幸福吗？

我们提倡人与人之间保持适当的距离，并不是拒人千里之外，不近人情，而是强调在人际关系中待人以诚，不因时间和空间的变化影响相互之间的关系。

中华文化博大精深，中国人在长期的社会生活中积累了许多宝贵的经验，总结出了许多富有哲理性的规律，比如说“过犹不及”。“过犹不及”表现在人际关系上，就是亲极反疏。物无细大，过必成灾，在人们的社交中，不可能“亲密无间”，如果过于亲密，到头来很有可能弄到亲极反疏不欢而散的地步，这其实也是大家都不愿意看到的结果吧。

待人以诚，这是人们为人处世应该持有的基本态度。比方说我们在公司做事，既要考虑社会的效益，也要顾及公司的利益，自己在这中间尽忠职守，努力做到最好。平时就是对待老板或者上级，我们做好了分内的工作，也就可以泰然处之心安理得了。如果没有把精力放在工作上，事情没有做好，而是一味想方设法讨好巴结老板或者上级，不说往上爬，就是滥竽充数，也是对公司的不忠，对同事的不公。为什么呢？因为人家都在努力工作，而你却一心一意要少做一点，而要得到多一些的利益。分内的事情做好了，以平常心对待老板或者上级，保持一定的距离不是更好吗？

至于说交朋友，也要做到待人以诚。有些人交朋友，是在算计什么时候拿来用，一味从人家那里拿好处，从来没有考虑自己付出，那就是利用感情，不是推心置腹了。朋友关系是相互的，特别要相互理解，相互支持，相互帮助。当然，有时候我们也需要朋友的帮助，不过，我们应该更多地考虑自己为朋友做了些什么。为了保持朋友之间日久常新的关系，我们还是要强调，朋友也要保持一定的距离，天天黏在一起并没有好处。

中华商德

少年时在老家街头经常会看到肩挑小贩，他们的担子上往往会写上“货真价实，童叟无欺”之类的字句，非常醒目；而有时到市场买菜，小贩也会在你买好菜后，添上几根葱一起捆扎，使人觉得十分温馨体贴。其实，这些小商小贩微小的自觉行动，当中就蕴含着我们中华文化非常宝贵的商业道德。

在中国，商业道德已有悠久的历史，中国古代就有经商要合义取利、价实量足等要求。儒家提倡的商德用“仁、义、礼、智、信”为基础，以道德理念和经营价值观作指导。《吕氏春秋》中更是给商德下了一个基本定义，“商德唯信，利末义本”，意思是经商的德范唯有一个“信”字，利益追求还是其次，信义才是根本。

两次游览山西的平遥古城，对那里展示的晋商文化颇感兴趣。上两个世纪运行的“山西银号”，比欧美式的银行还要早，这些银号的信誉连清朝政府都认为靠得住。社会发展到今天，商业道德的基本内容演变成为文明经商，礼貌待客；遵纪守法，货真价实；买卖公平，诚实无欺等等，其中心也还是一个“信”字。

多年前，我乘车经过一个盛产螃蟹的沿海小镇，在停靠站有小贩叫卖螃蟹，我从车窗要了一串，心里还蛮高兴的。回去后一洗，一串十只螃蟹中竟然有两只是泥巴捏的，另外的八只也是涂满了泥巴，还捆扎上厚重的咸水草。

不知道从什么时候开始，人们不再相信市场，不再相信流通，尤其是天天要吃的出现了“黑心食品”，更加令人闻之色变。这中间深层次的原因，就是做生意的重利轻义，把最基本的商业道德抛到一边去了。

现在我们的经济建设取得了巨大成就，社会生产力逐渐提高，商品经济日益发达，但是，经济领域的道德缺失现象也日益凸显。弄虚作假，巧取豪夺，败坏社会风气，制约商业经济健康发展。只有加强商德建设，提高从商者道德水平，才是解决市场弊病的良方妙药。

近年风行的网购、电商之类的商业消费模式，也必须建立在诚信的基础之上。现在我们的实体商业活动尚且缺乏诚信，弄虚作假伪劣商品充斥，更遑论虚拟的看不见的网购、电商。后者其实更需要一个厚重扎实的诚信基础，才能健康地存在和发展。

诚信是商业活动的主旋律。不论是实体商店还是网购、电商，都不能离开这个主旋律。其实，从商者讲究商德，具备良好的商誉，也才能使事业长远发展下去。希望大家共同努力，给我们的社会更多的和谐。

诚信为本

我承认年纪大了，跟不上时代的潮流，比如网购、电商之类的消费模式就非常不适应。最近家里多了许多用不着而又占地方的网购商品，令人十分烦恼。

我们确实已经进入互联网时代，社会生活的方方面面，已经都有互联网的踪影。于是，一些电商高谈阔论如何推动社会进步，如何推动中国的现代化。其实，“互联网 +”是优势互补，不是取而代之。然而，现在许多电商却像野蛮人抢钱，严重打击传统消费模式，引起不少混乱，很多中小企业经营困难，而从业人员亦因而大量失业。

在传统消费模式和小店铺受到严重冲击的时候，出现攻击电商的文章并不奇怪。让大家冷静下来思考一下商业文化，思考一下互利共赢有何不可？一个商业小店铺，背后就是一个中产阶级家庭，摧毁了它们的生存环境，那不是社会的灾难又是什么？从事电商的人认为，这是一种建设性的破坏；不打碎旧世界，如何建设新世界？可惜，一些电商的破坏力往往比建设力高，他们勇于使用旁门左道，令行业进一步走向低俗腐败。

“商业的作用不只是买卖商品，而更重要的一个作用是把人、公众吸引到大街上去，以产生‘随机消费’。”这不无道理。如果大家都待在家里足不出户，只是等待送货员把快件送上门，那么，许多城市的繁华商圈就会消亡。一些电商为北京王府井、中关村，上海南京路、淮海路的衰败而欢呼；他们扬言电商的生长有一些野蛮，但中国需要这股野蛮的力量。这是多么狂妄多么恐怖的言论！

在传统商业中，我们很容易看到成行成市这种情况，许多商铺聚集一起，并不是恶性竞争，而是和平共处，大家一起把街区带旺。从民众需要出发，合理布局，货比三家，这是传统商圈的特色。车水马龙，人流熙熙，比如北京王府井和上海南京路，这样的商圈就非常富有人情味。为什么《清明上河图》那么出名，应该并不只画得好那么简单吧？因为它很好地反映了宋代京都繁华的市井商业和居民生活。人们欣赏这种生活方式，喜欢这种温馨的氛围。拿我们比较熟悉又亲近的澳门旧区来说，新马路和十月初五街一带以前就十分繁华。如今澳门这些传统商业区衰微了，但澳门人并不希望就这样下去，而是努力激活这些街区，让那里的中小商铺重新兴旺起来，使得澳门经济更加全面多元发展，从而也给老百姓带来一个温馨的重生了的传统商业街区。

中国的电商确实比世界上其他国家的发展要快很多，与此同时，中国电商卖假货的比例也比其他国家高很多，这是不争的事实。由于竞争激烈，厂家尽量把成本压到最低，这样，大家恶性竞争，无利可图，商品的质量还会有保证吗？部分电商的野蛮恶性无序发展，其目的是要独富而不是均富。这种情况对整个国家的经济和社会和谐是非常不利的。中国人缺电商不要紧，缺诚信才是最要命的啊！

我并不反对网购、电商之类的商业消费模式，而是希望互联网和其他传统产业结合得更科学更合理也更有人情味，毕竟商业也是服务民众的吧。

当然，电商对传统消费模式和小店铺造成冲击这件事我们也不必大惊小怪。那种恶性竞争令行业进一步走向低俗腐败，造成企业无利润的情况，已经引起人们的警觉，也引起了政府的注意，一些规范性的法律法规正在出台。我相信电商还会发展，但那是更加健康有序的发展，再不是野蛮恶性竞争。

得失之间

人们在社会生活中，往往重视结果，忽略过程。于是胜利时飘飘欲仙，失败时垂头丧气。其实，得失之间有许多人生的哲理，事过境迁，沉潜下来认真思考，从中可以学到一些有用的东西。

强台风“天鸽”给澳门造成了巨大的损失。不过在救灾过程中，我们看到澳门骄傲地站立起来，看到了澳门民间的救灾力量。许多人参加义工团队，清理和重建街区；帮助独居长者，为断电缺水缺食的居民、商户提供及时的帮助。许多青年朋友以前没有经历过重大的考验，这次台风给了他们一次参与社会活动，培养互助友爱精神的锻炼机会。不少人从中学到了动员和组织群众的能力，凭这股蓬勃朝气和创新精神，他们能为澳门做很多事情。也许一些新的社团领袖就会从他们之中产生。

这次台风也揭开了澳门政府近年存在的一些重大问题。赌收增加，内地支持，让经济急速发展，也造成部分政府官员懒散怠慢，不思进取，缺乏应对突发事件的统筹处理能力。人们警觉到，政府官员长期处于松散状态才是这次灾难损失惨重的主要原因。于是大家希望政府官员把“民心是我心”作为工作的准绳，时刻将人民群众的衣食冷暖放在心上，为老百姓谋利益。亡羊补牢不为晚，这也从某种意义上阐释了“祸兮福所倚”的辩证道理。

立法会选举结束，胜出者高兴，落选者难免有所失望。我有一位朋友第一次以候选人身份参加选举，虽然初试啼声成绩不错，但还是以低微之差铩羽而归。这与他本人的预期有颇大的距离，他为此闷闷不乐。我试想一些开解的话，可能也只是说得容易做得难，希望他自己能够看开，从情绪的低谷挣脱出来。其实，如果注意到过程的重要性，那么初试啼声就能有今天这样的成绩，已经是很不错的收获。的确，在胜利在望时功亏一篑，多少人流泪，多少人惋惜。但是否可以转念，也许一切都是最好的安排，把它当是一次练兵好吗？付出的努力不会白费，机会永远留给有准备的人。你已感动民心，你已赢得名气；只要深耕基层，卷土重来可期。

人生哪能事事如意？但就是心有不甘。其实，上天在给予的同时也会拿走点原本属于你的东西，有时失去就是另一种拥有。我想朋友如果能够这么想，那还有什么看不开的？我年纪稍长，经历的事情多些，比较容易理解。其实，每个人的一生大概总在得与失之间徘徊反复，假如生活中一扇门关上了，必然有一扇窗向你打开。

当年我大学毕业分配到外交部，可“文革”中外交部几乎瘫痪，我们只能暂寄部队农场，最终还是要再分配到山区教书。这不能说不是人生的一大失落，但我在山区教书十多年，习惯了、喜欢上了那里的生活，还结交了一大批的好学生。如今我们来来往往亲密无间，给我的晚年生活增加了很大的乐趣。事实证明，你在这里失去的，会从其他地方找回来。我们常常为拥有而沾沾自喜，为失去而垂头丧气，其实你现在拥有的可能转瞬即会失去，你前一秒失去的在下一秒也会以另一种方式重新回到你身边。此即所谓“失之东隅，收之桑榆”。

面对失败，面对失去的荣耀、权力，看透可能会难些，因为诱惑大。但做大事情的人就一定要参透，学会以一种平常心对待，不要为失去而耿耿于怀，长期把自己困在不满和怨怼中。面对失败的关键是要保持乐观淡然的心态。古人云：“每临大事有静气”，就是说遇到大事要稳住阵脚心不慌，面对一时的失败要耐得住烦。越挫越勇，不灰心，不气馁。从新的起点出发，许多事情等着你去做呢。

“失败是成功之母”，“塞翁失马，焉知非福”，这些人生哲理的认知都从社会实践而来。希望朋友能够掌控自己的情绪，消融烦恼，恢复心态的温和平静。修炼自我，培养自胜之力，提高克服困难、承受打击的基本素质。借修炼抵达幸福，借宽容淡化痛苦。

穿越迷茫

每个人在人生的道路上都会经历迷茫。迷茫，源于对前途的未知，知道了自然就不会惶惑慌乱。只有穿越迷茫，认清方向，才能更好地前行。

我三十多年前刚到澳门时，也陷入了极度的迷茫。当时我在内地已经教了十多年的书，完全走出了刚分配到山区时的失落和惶惑，习惯了平静的教学生活。如今来到人地生疏的花花世界，要从事什么行业的工作？要怎么维持这三口之家？先是到学校打听能不能重执教鞭，可人家说我不懂广东话，于是拒诸门外。然后又问了几家工厂，都说没有文员的工作，只有搬搬运运的活计。我在农场落下了腰肌劳损的毛病，显然干不了粗重活。好在后来找到了报社，总算解除了就业的困惑。很老实地说，到了报社我也还是经历了很长一段时间的迷茫。倒不是上班时间的颠倒，夜班工作辛苦，主要还是经验不足，难以得心应手挥洒自如，生怕完不成任务，常常为自己工作好不好忧心忡忡。曾经有一段时间，确实很想打退堂鼓，回老地方去教书。这样一直折腾了好几年，才慢慢习惯了澳门的环境和报社的工作。这不，我就这样跌跌撞撞地做了三十年的新闻工作。

生活中经历的苦，谁都无法替你扛。一个人的成长之路，也不是人家给你讲了多少的经验教训，而是你自己把前面的路走过，哪怕追逐梦想到头来还是竹篮打水一场空。只有经风雨见世面变清醒，才会明白什么是自己的人生追求。也许，摆在你面前的本来就是一条挺好的路，只是你疑虑重重，想得太多了。有人说，人生不是赢在起点，也不是赢在终点，而是赢在转折点。我看这讲得很有道理。过好转折点，也就是穿越迷茫。生活中有坎坷，有挫折，有失落，有悲伤，不要紧，凡事多往好处想，总会有好运光顾你。这很符合最近流行的吸引力定律。世上没有走不通的路，只有想不通的人。自我成长的路没有快捷方式，只有不断地走，才会一点点琢磨清楚自己，对未来无所畏惧。其实，每个人的心里都藏着自信，否则不会走上社会。只要你不放松，不颓废，保持乐观，勇敢前行，就可以到达理想的远方。美国心理学家罗杰斯说：好的人生，是一个过程，而不是一个状态；是一个方向，而不是终点。你或许会暂时迷茫，但不会停下，你会一直走下去，直到走上那条最适合你的路。

每个人都希望自己的前途一帆风顺，但弯路每个人都会经历，没有迷茫的人生是不真实的。我身边有很多乐观的人，无论发生什么事情，都可以冷静面对；也有不少整天抱怨的人，常常为一丁点小事闹情绪。前面那种豁达平静的人，并不是因为他们运气好，而是他们明白人生总有顺境和逆境，不确定才是生活的真相。而那些怨天尤人意志薄弱的人，本来情况并非无可救药，只是他们在困难和挫折面前没了主意，自己吓自己缴械投降，没有付出足够的努力。

很大程度上，一个人生活得是否幸福，取决于是否具备穿越迷茫的能力。歌德说得好，苦难一经过去，苦难就变为甘美。乐观豁达面对人生，你吃的苦，一定会铺成你要的路。

有话好好讲

日前看到一篇网络上的文章，题目叫作《像对待领导一样对待父亲》，觉得很有意思，于是发给乡亲群。后来又觉得范围似乎可以扩大些，比如要像对待朋友一样对待亲人，这类的事应该叫作亲亦需礼吧。

据说《像对待领导一样对待父亲》这篇网文，是中共北京市委组织部推荐的，近日在网络上火得不得了。文章说的是一位父亲打电话给在单位工作的儿子，说是要送自家种的冬白菜过去，儿子听了不但不领情，还十分不耐烦地抢白了父亲一顿:“这大冷天的，你折腾啥？两蛇皮袋白菜能值几个钱呀！”那边厢妻子听到了，感觉不妥，批评丈夫平时对待领导谨小慎微、毕恭毕敬，却对父亲如此话语粗暴，“你什么时候能拿出一半来对待父亲呀？”顿使丈夫惭愧语塞。于是这位人子在父亲送白菜来的时候，好好地接待了父亲一番。

说是好好接待，其实也就是泡上一杯热茶，双手捧到父亲面前;“啪”开打火机，为父亲点烟;叫辆出租车，送父亲到长途汽车站;帮父亲打开车门，用手护住车门上沿，怕父亲碰了头……就是这么简单的一些事，让父亲高兴得像小孩子一样，回到乡下对老婆不厌其烦地讲了好几遍！

这篇文章写得朴实无华，读来让人感同身受，发人深省。当然这个做儿子的也不至于坏到泯灭天性，要不然他也不会幡然改进。是啊，作为社会上的一员，不管你是什么身份，什么地位，都不要忘记了自己为人子女的身份。记得爱惜父母，敬重父母。

生活中有许多事情令人烦恼，令人焦虑，但无论你多么不顺心，也不要对亲人失去耐心。可能我们认为非常平常、非常细微的责难，都会刺伤亲人的心。我自己在这方面就不是那么检点，妻有时也会埋怨，“你对朋友那么耐心、和气，为什么就对我这样不耐烦，粗声粗气？”

确实应该像对待朋友那样对待自己家里人。亲亦需礼，耐心倾听，千万别让轻忽伤了亲人的心。

最近听了两位朋友的倾诉，引起了我的进一步思考，觉得要像对待朋友一样对待亲人，耐心倾听，不是一件容易的事情。特别是在家庭出现不同意见的时候，有话就要好好讲。

两件事都是关乎家庭成员之间的沟通问题。其实，他们都没有什么深仇大恨，就只是谈不拢，最终各自东西了，却还是藕断丝连，相互挂念。要不然，他们断不会对外人提起这么尴尬难堪的事。这样的局面令人痛惜，也再次证明了家不是讲道理的地方，是要讲爱的。

当然，家不会是一个完全抛却了道理的地方。一些基本的社会、伦常的规则，也还是需要大家遵守的。不过讲到道理，似乎更多的是一个理性过程，而家庭更需要的是情感的互动。有时候真要分出个是非对错，恐怕也就伤了相互的感情。如果家庭成员都重感情，即使出现了一些矛盾或摩擦，由于大家有了情感的基础，就可以有话好好讲，而这时候去解决问题也就容易得多了。

“家和万事兴”，是任谁都懂得的道理，但要真正做到“家和”是很难的。比如说，子女与父母是两代人，生活经历不同，这就使得子女与父母在家庭观念、思维方式和行为习惯等方面，会有比较大的差异。而这些差异，并没有一定的标准分出对或错。如果一定要拿差异来评判对或错，那么家庭关系就会在这样的纷扰中变得紧张。我们常常看到一些家庭的破裂，刚开始的时候就因为一些鸡毛蒜皮的小事情闹得不可开交，由此埋下了隐患。

我劝朋友，有些事需要忍一忍，一味地抱怨对方，最后的结果是只能看到对方的不足和缺点，而有意无意地忽视了对方的优点。“宽容”，不是仅仅看到对方的优点，而是能够容忍对方的缺点。亲人之间，有了最可贵的感情，多一点包容，也就多一个转圜的机会。朋友听了我的话，很快找机会修补与亲人的关系。

事实证明，化解家庭冲突的重要途径是沟通，是心与心的沟通。

历史回眸

登上金门岛

想不到这么轻而易举就登上了金门岛，这个半个多世纪前整整面对了五年之久可望而不可即的神秘岛屿。

那天我们一大早从酒店出发，来到厦门的五通码头，赶上了 8 点半的航班，只用了不到半个钟头的水路航程，我们就顺利登上了金门岛。

这里还保留着那么多闽南风格的乡村景物，古朴的气息令人惊讶，尽管和对面建设得热火朝天的厦门比起来，这里也许显得落伍。你看水头那座漂亮的小学，精美的石刻、砖木雕塑，怎么会在连天炮火中保留得那么完好。即使我们参观的坑道，也修饰一新，成了热门的旅游景点。摆在公园里头的退役飞机、坦克，毫无杀气，祥和地成了公园里花草一般的装饰。三宝菜刀、贡糖和高粱酒，在这里随处可见。这就是那个人们认为被炮火炸平了的金门？

金门列岛，分为大金门和小金门两岛，附近还有大担、二担两个小岛，距大陆约 5.5 海里。20 世纪 50 年代，台湾海峡两岸处在敌对交战状态，蒋军不断对福建沿岸进行骚扰。1958 年 8 月 23 日，福建前沿阵地万炮齐鸣，大小金门、大担、二担等岛屿遭到猛烈的轰击，整个世界为之震动。

厦门成了前线上的最前沿，也因当年的两岸交火而失去了素来的安宁。厦门大学与蒋军占领的大担、二担岛正面相对，当然也受到炮击。我是 1963 年进入厦门大学的，当时形势还相当紧张，厦大师生组成民兵师，要轮流与部队一起担任海岸上的警戒任务。每月一个晚上的“海防哨”执勤，两个小时目不转睛地盯住海滩的那份紧张，至今记忆犹新。

在两岸炮击的战争岁月，无论是金门还是厦门及其临近地区，都遭受到惨重的损失。

厦门大学距离国民党军队占领的大担、二担岛不到5000米，这所海防前线的高等学府，在20世纪50年代至60年代，经受了台湾海峡一系列的战事风云。学校着力构建防卫体系，挖筑布满校园与周边用以防空防炮的壕、洞，利用学校后面五老峰的石洞开挖坑道。1958年炮战时，厦门大学也遭到猛烈的轰击，建南大礼堂、图书馆和一些师生宿舍中了炮火，有学生受伤。1963年我上厦大时，还看到大礼堂前面留有一段被炮火轰毁的石栏杆。这特地留下的印记提醒师生，形势仍然紧张，还需提高警惕。

我有一位大学同学家在金门对面的南安石井，那里可清楚地看到金门的公路。他说读小学开始就经常躲飞机和炮弹。1958年，他家的房子被国民党的炮弹击毁，母亲只好在破败的旧屋撑起雨伞做饭。村民在田间、地头、山坡上都能捡到许多金门的弹片，有钢铁的，有铜的。他也捡到一些拿去卖，当然铜的比较值钱。

离金门最近的大嶝岛、小嶝岛和角屿情况最惨。这三座仅有13平方公里的小岛，被蒋军倾泻了20万枚炮弹，平均每平方米的土地上就有1.5枚。炮弹炸毁岛上民房806栋，炸死岛上军民167人。今天人们游览三岛，也像金门那样，能够买到用弹片打造的锋利菜刀。

炮战中国民党军队更是损失惨重。8月23日下午5时30分，解放军开始炮击金门，重点集中于指挥所、观测所、交通中心及炮兵阵地。突发炮火造成死伤440余人，金门防卫司令部三位副司令赵家骧、章杰当场死亡，吉星文伤重不治。司令胡琏、参谋长刘明奎与在金门视察的台湾当局“国防部长”俞大维均负伤。

金厦海域的这场炮战，是一场独特而又耐人寻味的战争。

美国与台湾当局于1954年12月4日签订《美台共同防御条约》，战略伙伴关系基本形成，但双方对于“条约”的解释存在差异。该“条约”第六条规定：所谓共同防御的“领土”，“就‘中华民国’而言，应指台湾与澎湖”，这就将蒋军占领的金门和马祖等沿海岛屿排除在外。蒋介石始终疑虑：如果解放军只取金、马而不跨海攻台，美国是否要根据上述条约出兵干涉？

据说1958年8月23日5时30分，远在台北的蒋介石刚刚准备吃饭，就收到了金门正在遭受猛烈炮轰的报告。闻听此讯，蒋介石先是一怔，不一会儿眉头舒展，连说了三个“好”。

其实，毛泽东早就提出了和平解决台湾问题的主张，只是美国一直阻扰。蒋介石也过高估计自己，老是要“反攻”，不断对大陆进行骚扰。这才有了炮击金门的战役。按毛泽东最初的构想，炮击金门的目的是为了封锁金门列岛，迫使台湾方面从金门撤兵，达到收复金门的目的。在美国干涉台海后，中共因势利导，将金门和马祖作为拴住美国人的两根铰链，使其如食鸡肋，骑虎难下。毛泽东始终控制着战场上的主动，一步步按照自己的目的去打。在达到目的后，又适时地将其转变为政治和外交斗争。

当年毛泽东以国防部长彭德怀名义发表的《告台湾同胞书》就说：“我们都是中国人。三十六计，和为上计。”“你们与我们的战争，三十年了，尚未结束，这是不好的。建议举行谈判，实行和平解决。”后来毛泽东在会见著名报人曹聚仁时说：“只要蒋氏父子能抵制美国，我们可以同他合作。”

炮击金门一方面使金门继续成为美国脖子上的一根绞索，另一方面也使蒋介石不能从金、马撤军，继续保持与大陆的联系，从而避免台湾孤悬海外，成为美国制造“两个中国”和“台湾独立”的借口。

将近一甲子前的炮火，早已消失得无影无踪。大陆提出了“三通”的主张，希望两岸进行各方面的交流。从此两岸停止炮击，后来台湾当局开放民众到大陆探亲，经金门来往台湾与大陆的台湾民众以百万计。现今，不管是从金门望厦门，还是从厦门望金门，哪里还有当年的紧张气氛？

心存统一，海峡两岸才有真正的和平。如今，厦门这边的人们在白城立交桥上看夜里的海，感叹漂亮！金门人说要将金门建成“一国两制试验区”，与厦门建立“金厦和平特区”。像我们这样穿越金厦水域的两岸人民，也许已经平息了起先心中的那份激动，却依然能够真正体会两岸和平的可贵。

历史画卷

坐在高雄姑妈家厅堂，我对住墙上挂的一幅中堂思绪万千。这是福州著名书法家徐自明先生的诗歌、书法遗作。这幅已历二十八个春秋的作品，泛黄的纸面上淬炼的诗句，飘逸的书法，仿佛展开了一幅长长的历史画卷。

“往事付苍黄，鸿泥客路长。燕江春雨驿，沙县晚风樯。苦忆三条烛，宁图五斗粮。开笼聊放鸽，一意寄高翔。”这是一幅怎么样的历史场景呢？除了诗歌本身的意涵之外，徐老还在后边用小字注明：“黄晖兄余特种考试同届窗友也，别垂五十年矣。闻近自台湾北归，不禁悲欢交集。因检录五十述怀旧稿一律为赠，殆中间两联述及试前试后情景，未知有同感否？”这就是说，这首五言律诗回忆抗日战争时期，他们一起前往永安参加福建省政府特种考试的情景。后边的小注，既说明他赠送这幅书法作品的因由，还进一步抒发了他们在两岸分隔四十年后重逢的悲欢交集心情。这是一份令人心生无限感慨的特殊礼品，这历史的画卷又是多么的沉重啊！

地处福建东南的山城永安，曾是抗战时期福建省省会所在地。1938 年 5 月，随着国民党福建省政府内迁永安，这里成了当时福建政治、经济、军事、文化等领域的中心，这种情况持续了七年半之久。

省政府内迁，公务员还是需要的，永安举行了多次招收公务员的考试。1942 年，我的父亲和徐自明先生以及后来成为我姑丈的黄晖先生前往永安，参加福建省政府招收财务、教育、会计、审计、统计、合作、行政、建设、农业等公务人员的特种考试。他们就是在前往永安的船上认识的，从此结成了莫逆之交。

可以想象，在国难当头的年月，这些自身前途未卜的青年，在“燕江春雨”“沙县晚风”这样的迷茫环境中，是何等的焦虑和彷徨，又是多么地需要友谊，需要相互扶持。奇特的相逢，锻铸了历久弥新的友谊。

有些时候，一个人的际遇经历，会不由自主地与国家的前途命运联系在一起。太平日子里成长的年轻人也许不以为然，可一讲到战争动乱、天灾人祸什么的，你就不会说我夸大其词了。

徐老伯说的“别垂五十年”，是指他们三人自 1942 年永安特考之后直至 1988 年在福州重逢，算来几近五十年。至于两岸分隔则将近四十年。长达四五十年的亲友离别，不能不说是令人唏嘘的家国悲情啊！

在日寇侵骑犯境的烽火岁月，这些被招收为公务员的青年，也分散到省内各地去担任文员工作，当然少不了颠沛流离，很难再聚在一起把酒言欢了。也正因为此，年纪较大、已有家室的父亲，在船上就和后来的黄晖姑丈谈成了亲事。其实，他只是将自己的妹妹托付给好友照顾罢了。待到 1945 年日本投降，黄晖姑丈参加赴台接收，一家子就在台湾定居下来了。后来由于国共内战、两岸分隔，他们一家和我们也就断了音讯。

国民党政府的一般文员，其实也是很清苦的。后来我了解到，姑丈终其一生，也只是千辛万苦送女儿到美国读书，很迟才买下公家的一套三居室宿舍。大陆这边，我父亲和徐伯就更苦了。尽管他们只是为五斗米折腰的国民党政府普通财经、行政人员，1949 年之后，不但失去了工作机会，还挂上了历史反革命的帽子，历经三反五反、反右斗争和“文化大革命”等运动，备受屈辱磨难，祸及家人。好在“文革”结束拨乱反正，纠正冤假错案，连带他们这些“国民党残渣余孽”也给平反了。只是他们虽然熬到可以抬起头做人，却早是父亲诗句所浩叹的“对镜惊呼鬓已霜”！

三老已逝，我对住这幅中堂浮想联翩。当年姑父母突然归来的时候，父亲和徐老伯一起欢迎老友的情景历历在目。离情别绪，叠加个人命运、家国悲情，怎不令人浩叹长歌呢。

航空英烈

这次南京之行，最难得的是拜谒了紫金山北麓的南京抗日航空烈士纪念馆。这座纪念馆讲述了第二次世界大战期间，中、美、苏等国空军在中国大地上联合抗击侵华日军的英勇历史，为我们上了感人的一课。

纪念馆是在南京航空烈士公墓旁加建的。1932 年，原国民政府在紫金山北麓建了南京航空烈士公墓，陆续安葬 170 余名在抗日战争期间牺牲的中国和援华的苏联、美国、韩国航空人员。1995 年 9 月，在公墓上方建成抗日航空烈士纪念碑，镌刻着 870 名中国军人、2197 名美国军人、237 名苏联军人和 2 名韩国军人的英名。为了更充分地展现航空烈士的伟绩，在国内外各方的努力下，2009 年建成了这座纪念馆。

我们怀着无限的敬仰来到这里，整个陵园整洁而静谧。这里不是时下的旅游热点，但我觉得很值得来。人少一些也好，别让喧嚣扰乱了烈士们的清梦。

纪念馆前那座“正义之神”的巨大雕塑，威风凛凛。骑在飞天虎上的“正义之神”三头六臂，象征着中、苏、美三国团结一心联合抗战。我们参访团全体成员就在这里虔诚地合影。静默几分钟后，我们步入纪念馆。馆内陈列分“奋勇抗敌”“国际援华”“壮志凌云”和“缅怀先烈”四个部分，有实物、文字、图片、影像等形式。“飞虎队”队长陈纳德将军夫人陈香梅赠送的日记本、勋章弥足珍贵。当然，既叫航空纪念馆，也会有实体飞机。在“奋勇抗敌”展厅，一架美国“霍克-3”驱逐机，昂首挺胸地停放在钢制平台上；在纪念馆门前的空地上，也有一架1:1比例仿造的当时美国战斗机模型。团友们纷纷在飞机前拍照留念。

我们转到坡上的公墓拜谒航空烈士。墓碑上一长串中、美、苏、韩烈士的英名震撼人心。下坡时，我留意到右手边的公墓大门。这是一座高大的石牌坊，上有何应钦题写的挽联：“捍国骋长空，伟绩光照青史册；凯旋埋烈骨，丰碑美媲黄花岗”。长眠于此的英烈当之无愧！

回程的车上，我的脑子里老是盘旋着林徽因三弟林恒的英姿。林恒在1941年4月13日的对日成都空战中血洒长空，年仅二十三岁。我的激动固然因为林徽因是人们敬仰的名人，也因为林家姐弟是福州人的缘故，多了一份乡里乡亲的感情。福州多有忠肝义胆之士，不说甲午中日海战、甲申中法马江海战以及后来抗日战争中山舰福州籍将士，林氏家族也是充溢着满满的刚烈之气，不乏视死如归、为国捐躯的英烈。名满天下的黄花岗烈士林觉民、林尹民，就是林徽因、林恒的两位堂叔，他们壮烈牺牲时也仅二十四岁。

1944年，在抗战胜利的前一年，躺在病床上的林徽因，写成长诗《哭三弟恒》，这时距离林恒牺牲已过了三年：“弟弟，我没有适合时代的语言，来哀悼你的死。”“它是时代向你的要求，简单的，你给了。这冷酷简单的壮烈，是时代的诗，这沉默的光荣是你……”

1932年，为应对可能全面爆发的中日战争，国民政府在杭州笕桥成立了空军学院，以此来培养中国第一代飞行军官。航校门口的校训写道：“我们的身体，飞机和炸弹，当与敌人兵舰阵地同归于尽。”这不是在玩命吗？可这群或出身名门望族，或来自高等学府，英武潇洒、前途无量的年轻人，在国难当头之际，义无反顾地走进了航校，成为中国史上第一代战斗机飞行员！全面抗战开始时，国民政府只有不到300架飞机，而日本投入的飞机达2000多架，还源源不断地再生产投入战场上。敌我差距如此悬殊，仗只能硬打，玩命那样地打！至抗战胜利，总共有16期毕业生，1700人冲天参战，击落敌机超过1200架，牺牲的空中地面官兵达4321人，平均年龄不足二十三岁。

风云变幻，世事沧桑，今天盛世中华，太平日子，来之不易啊！我们不忘过去的国难，怀念为我们奠造幸福的民族英雄，又怎么能够遗漏这群壮志凌云的航空英烈？

海上遗珠

早前随团访问上海，住进兴国宾馆，第一次有机会接近上海旧时“领馆区”这样一片神秘的土地。虽然惊鸿一瞥的也只是面纱揭开的一角，但已是回味无穷。

以湖南路、华山路、兴国路三条路为界，现存上海市中心最大的别墅群，拥有28幢风格迥异的别墅。这些建筑大多建于20世纪二三十年代，有英国乡村式样的、法式的、西班牙式的，它们分别为德士古洋行、太古洋行、海宁洋行或者一些资本家的办公和住宅楼。花园别墅式的宾馆——兴国宾馆就坐落其中。

兴国宾馆位于“领馆区”中心，它坐拥7万多平方公尺的大花园，绿化面达到90%以上。我们住的是一座新大楼，说是新的，但也不高，建设风格与周围楼群十分协调。从房间玻璃窗户看出去，一座座小巧玲珑、红瓦白墙的洋楼点缀在大片的绿树丛中，煞是好看。远处是闹市区的高楼大厦，眼下是一片浓荫掩映的别墅群，能不赞叹这环境保护的用心良苦？

酒店房间里有一本介绍这处花园别墅的专著，是很有分量的专著，不是简简单单的小册子。我看了整整一夜。原来这里不但是上海市中心相当稀有的花园别墅酒店，还是有着很多很多历史故事的旧宅老屋呢。上世纪50年代中期，这里曾是大名鼎鼎的国宾馆，现今酒店的八号楼，仍是上海市政府会晤重要外宾的接待场所。

这些中西合璧的建筑，具有历史、文化、科学等多方面的价值，向人们展示了上海文化的沧桑感和深邃性。让优秀的有价值的建筑得到保留保护，当中还包括对周边环境的保护与提升，这里头功德无量啊！这不，许多住客还有寻幽探秘者，在这里就能感受到十里洋场之外幽深之处独特的历史文化气息。

像兴国宾馆这样的旧时楼群已经不多。在整体城市发展建设过程中，这一片文化遗产得到传承保护，这是城市决策者的远见，也是广大人民的心愿。只有这两方面的统一，一个城市才能和谐。

《吕氏春秋》里有这么一句话："流水不腐，户枢不蠹，动也。"它的意思是，流动的水不会腐臭，经常转动的门轴不会被虫蛀。这话是比喻经常运动的事物，不易受到外物的侵蚀。许多人都知道，房子没人住，整天门窗关得严严实实的，很快就会发霉腐朽，道理也就在这里。

要旧房子不荒废朽烂，就得有人使用，有人维修。如今上海旧租界的洋人别墅群，不但是兴国宾馆，就是整个区段的老房子，都修旧如旧，得到了很好的利用。所以你临窗一望，绿荫丛中一座座红瓦粉墙的老房子点缀其间，逶迤远方，确是令人心旷神怡。

沪上这些上世纪二三十年代建的别墅，不但风格多样，当中还都有各自精彩的历史和故事呢。上海对这些老房子作了详细的调查，弄清它们的来龙去脉，在这个基础上，组织人马写出了许多很有价值的老房子志。比如对寻常百姓来说十分神秘的兴国宾馆，它的志书就摆在客房的案头，这不就是很好的宣传吗？客人清夜看了这本书，了解宾馆的历史情况，白天再到宾馆四处逛逛，就有了更多更直观的心得体会。

那天在服务员的指点下来到了宾馆内的一号楼，我因为看书知道，这一号楼原是著名英商太古洋行大班的住宅，上世纪50年代中期，也曾长期作为毛泽东及家人在上海的临时居所。我是慕名而来，这座英式皇家古典风格的别墅，似乎还是守卫森严。隔着玻璃窗向内探望，从装饰和家具来看，应该还是有人住在里面的。听说兴国宾馆内部的小别墅，每幢都获得了这样的保护利用。比如八号楼，现在成了会议中心，也承办宴席。那天上海市有关领导宴请我们，就在这里举行。

这是我第一次有机会接近旧上海租界领事馆区这片神秘的领地，揭开的也仅仅是兴国宾馆面纱的一角。不过我觉得，上海在文物保护，尤其是有历史价值的老房子保护利用方面有许多好的经验，值得澳门效仿。

患难见真情

我们将一座颇有年月的老房子叫作建筑文物。建筑文物的主要价值，不在外观的华美或内里的精致，而是在于它的沧桑岁月，它的历史记忆。我们在上海虹口区提篮桥附近的长阳路看到的上海犹太难民纪念馆，就是一座有丰厚历史的建筑物。

第二次世界大战期间，德国法西斯推行排犹、灭犹政策，大批欧洲犹太人被迫背井离乡，寻求栖身之地。慑于纳粹的淫威，许多国家拒收犹太难民。而在此刻，中国上海向犹太难民敞开了大门，起先是给许多犹太难民发放签证，后来索性不需要签证和财产担保就可以入境，因而上海成了大批犹太人的定居地。大批犹太难民涌入上海，他们被安排居住在上海虹口区提篮桥一带的舟山路、霍山路、长阳路的 7 个收容所。在这个狭小的空间里近 3 万名犹太难民和 10 万中国人度过了“二战”艰难的岁月，留下了难忘的真情厚谊。至 1945 年战争结束，大多数犹太难民得以幸存。

现在这座上海犹太难民纪念馆，前身叫作摩西会堂，曾是犹太难民们经常聚会和举行宗教仪式的场所。

摩西会堂只是一座普通的三层楼房，青砖墙面，门窗上饰有传统式样的拱券，山字形入口具有犹太建筑的特色，大门上方则是犹太教的标志“大卫星”。馆方介绍，这座三层楼现已恢复 1928 年作为犹太会堂时的建筑风貌，内部结构也根据图纸进行了调整。后来为了展览方便，又先后增加了 2 号展示厅和3号展示厅。

“二战”结束后，犹太难民陆续移居世界各地。但他们对上海这段生活难以忘怀，常常称自己为“上海犹太人”。

摩西会堂由于是当年在沪犹太难民们聚会和举行宗教仪式的场所，因此留下了许多实物和资料，让我们得以重温这一段历史。我们在展示厅看了许多历史图片，并看了多幕多媒体播放。内容丰富的短片配合情景雕塑、实物复制品、油画等艺术品，生动再现了犹太难民在上海的经历。今天，命名为“犹太难民在上海纪念馆”的摩西会堂已成为整个上海关于犹太难民历史和实物资料最为齐全的地方，成为犹太人到上海的必访之处。每年都有许多犹太难民和他们的后裔来到摩西会堂，追寻这一段“第二故乡”的历史。

1993年10月14日，以色列总理拉宾到这里参观，并在留言簿上写道：“在犹太人被纳粹屠杀、驱赶，而流浪于世界之时，犹太人得到了上海人民的庇护，我和犹太人民及以色列政府从内心深处感谢你们的帮助！”

我看过电影《辛德勒的名单》，德国实业家辛德勒救助大批犹太人的故事十分感人。而在中国，也有这样一位侠肝义胆的人物，他就是“二战”期间中国驻奥地利总领事何凤山。当年很多犹太难民就是拿了中国驻奥地利总领事的签证才逃到上海的。在参观过程中，我常常想起何凤山这个中国的“辛德勒”。

何凤山生前从来不提他的义举，这事一直无人知晓，直到20世纪末，才在上海犹太研究中心和美国“救命签证”等组织的努力下，被发掘出来。2001年1月23日，以色列政府在耶路撒冷的犹太人大屠杀纪念馆举行隆重仪式，授予何凤山“国际义人”荣誉称号。德国前总理施罗德在何凤山的纪念碑前说：“在他的面前，我们看到了人性的光辉，从而感到了我们自身的渺小。”

患难见真情。“二战”期间大批欧洲犹太难民在上海的境遇，以及他们与当地民众和谐相处、共渡难关，就是我们这次参观最受感动之处。摩西会堂之所以值得保护，就因为它藏有一份珍贵的历史和友谊。

漫谈琉球

在中日关系研究学者黄天的讲座上，有人结合自己的旅游经验，提出冲绳人对中国人的态度比起日本其他地方的人要好得多，这是为什么？黄天指出，这是因为历史上中国对琉球，即现在的冲绳十分友好，以大护小，当然也还有移民的亲缘关系。

闽人三十六姓

事实正是这样，我们且以地理上与琉球最为相近的福建为例。琉球王国建立时，中国正处明朝。据《明史·琉球传》记载，1372 年，琉球中山王察度向明朝朝贡。1379 年（洪武二十五年），明太祖为方便贡使往来，赐闽中三十六姓移居琉球。闽人三十六姓多为航海家、学者、工匠或其他拥有一技之长的人。他们来到琉球后，得到上至王府下到民间的极大尊重，大多被委以重任，参与国家重要政治经济文化活动，并世代享有高官厚禄，成为琉球国中影响至大的名门望族。1916 年出版的《琉球五伟人》一书中，列举为琉球做出巨大贡献的五位历史人物麻平衡、向象贤、蔡温、程顺则、向有恒，其中，蔡温、程顺则就是闽人三十六姓后裔中的佼佼者。

据不完全统计，闽人三十六姓目前在冲绳的后裔大约有三至四万人，还有许多人到了“日本本土”发展。冲绳当地人将冲绳以外地区的日本人称为“本土人”，他们对中国有一种特殊的情感。现任冲绳县最高行政长官——冲绳县知事仲井真弘多就是蔡温的后裔。电影明星山口百惠也是闽人三十六姓中杨姓的后人。考古学家安里嗣淳给自己起了个中国名字“孙中路”，并将其印在自己的名片上。他说：“琉球的士族都有中国名字，是要保留曾经和中国、日本两国和平相处的冲绳的历史文化。”1987年，由冲绳县政府有关部门安排学者、专家携带闽人三十六姓的家谱来闽寻根。经过多年努力和各方合作，基本完成各姓氏宗祖地的查证。冲绳各姓访中团纷纷踏上福建的寻根之旅。

日本政府忌讳别人触及它侵略、吞并琉球的历史。黄天结合史料及珍贵图片，论证钓鱼岛不属于琉球，琉球在历史上也不是日本的。这就驳斥了所谓钓鱼岛是日本固有领土的说法，指明日本“购岛”不合法。

福州与琉球

在中国与琉球的关系史上，福州有着极其重要的地位。

明初，朱元璋命总管府推官杨载出使琉球国，派遣“善操舟者闽人三十六姓”前往琉球国授艺。其中福州闽安镇郑义才、侯官县壁团洲金瑛等人都是首批奉旨入籍琉球国的。明清两代，福州都是中琉交通港口。中国册封使从福州南台出发，经罗星塔、五虎门入东海，乘风破浪前往琉球。这些使节多为福州人，如清嘉庆十三年（1808），奉命充册封琉球正使的齐鲲，是福州仓山区齐安村人；清道光十八年（1838）出使琉球的状元林鸿年，是福州鼓楼区人。

明成化起，福州河口设有“进贡厂”，凡琉球贡船及谢恩使、庆贺使、进香使和留学生等所乘船只，均须在福州登陆。贡船在闽安镇经“巡检司”检验封仓后入福州内港河口，贮存在“进贡厂”里，然后择期取道上北京。为了便利琉球国的使者、通事、商人、船员和留学生的住宿和生活，“进贡厂”之南特设“柔远驿”，俗称“琉球馆”。

位于福州鼓山西南麓闽江之畔的“远洋琉球金将军庙”，是国内少有的一座供奉琉球人的庙。金将军字伯通，琉球国久米人，其先世即最早移居琉球的侯官县壁团洲人金瑛。嘉靖三十九年（1560），继位的琉球国王尚元上表明廷请求册封，并派曾任其家将的金伯通护航。金伯通顺利完成使命。两年后，金将军再次奉命护航朝贡，船至闽江口突遭风暴袭击，不幸溺水身亡，尸身漂至鼓山远洋之滨，乡人捞之见其腰牌，始知为琉球国金将军，遂将其尸身作了防腐处理并塑以金身，建庙祀之。

福州琉球馆展示的“闽人三十六”姓氏写着：蔡、郑、金、林、陈、毛、王、梁、阮、孙、曾、魏、程、红、周、李、高、吴、沈、田、马、钱、宗、叶、范、杨、郭、翁、于、韩、贾、俞、陶、伍、江。

据载，在福州亡故的琉球人前后有五百多人，大多安葬在福州南郊的长安山。20 世纪 80 年代初，福州市与冲绳县那霸市结为友好城市后，那霸市的琉球人后代请求帮助寻找其祖先在福州的墓葬。福州方面经过查勘，共寻得十余台“琉球墓”。1986 年建造琉球墓园，将原址上的连同他处移葬来的共八台“琉球墓”划入保护范围。

冲绳县那霸市西北部有一座占地 8500 平方米的“福州园”，模仿福州名胜，亭台楼阁，古色古香。此为近年冲绳民间延续中琉友好的善举。

独立倾向

多年潜心研究中日关系历史的黄天认为，要了解中日之间钓鱼岛纷争由来，不得不从琉球说起。

从闽人三十六姓迁居琉球，到琉球被日本兼并的五百年期间，中国与古代的琉球王国有多少密切的关系？到底冲绳以前是不是中国的领地？这是一个很有趣的话题……黄天指出，翻查大量历史资料，过去管治冲绳的琉球王国，从未承认拥有钓鱼岛屿，直至“二战”后美国与日本私相授受，强将冲绳岛连同钓鱼岛屿给予日本。

1817年，日本国掠夺了琉球王国将其编入了鹿儿岛，1879年废琉球而建冲绳县。刚刚占领琉球时，日本为扑灭琉球人的国家意识，不择手段地使用了各种软硬兼施的方法，强行推行“日本化”。“二战”后期，美国进攻琉球本岛，日军强迫琉球人跳崖自杀，或干脆打死琉球人来应对食物匮缺，琉球人口一下子减少了四分之一。1945年日本战败投降，并无条件接受《开罗宣言》和《波茨坦公告》，根据此约，“日本只能保有本土四岛”，其他武力吞并的岛屿必须放弃。1947年4月联合国《关于前日本委任统治岛屿的协议》，把包括琉球群岛在内的“主权未定”之地交给美国“托管”。二十五年后的1972年，美国把琉球送给了日本。

当然日本政府不希望别人触及它侵略、吞并琉球的历史，就像它在许多问题上否认历史一样。但是日本“用武力吞并冲绳强制合并”的历史却是事实。赴冲绳采访的《环球时报》记者注意到，冲绳当地人认为日本“本土人”总是用牺牲冲绳保护自身利益，“本土的政府”常常无视冲绳人的意愿，代替冲绳人做出某种决断。

围绕驻日美军事基地搬迁问题，冲绳的部分居民中间出现了主张冲绳独立的倾向。倡导琉球独立的早稻田大学教授稻福惠子表示，“因为岛屿防卫造成的军事化，琉球有被错误的国家战略当成牺牲品的危险性。要想从根本上解决基地问题，完全独立才是最有效的方法”。黄天分析认为，近年的钓鱼岛争议是美国与日本政府有意制造紧张气氛，转移冲绳民众反对美军驻守的高涨情绪。美国同日本的私相授受不仅非法，而且其在琉球的驻军也非法。一旦琉球公决独立，美国驻军就只能乖乖滚蛋。

琉球问题可以再议也可以不议，但不议不等于否认历史，不议日本就必须改变在钓鱼岛问题上的态度。

郑家大屋怀古

我来到郑家大屋，脑子里盘旋的不是这个大屋的规模和形制，而是这座老屋传递出来的文化气息，以及我对这里的老主人，我那遥远的乡亲的特殊问候。

龙头左巷十二号的郑家大屋，倚山面海，风景宜人。诚然，郑家大屋因郑观应著述《盛世危言》而闻名遐迩。不过，在我来到澳门的最初日子里，我就知道了郑家大屋跟莆田的血缘关系。由于封闭待修，我很迟才看到这座大屋的真容。好在我已经接触过许多中山三乡的历史以及中山郑姓的分支流布，早在心底里留给这座大屋特殊的敬意。李宗仁为中山郑昌世堂修谱题辞“南湖世胄”，是在肯定中山郑姓最可贵的文化基因和优良传统，教育子孙慎终追远。中山郑姓的远祖郑露、郑庄、郑淑三先生于唐天宝年间自侯官徙永泰，又由永泰至莆田，结庐于南山祖坟旁，遂在山下之南湖设讲堂以修儒业，实为开莆倡学之首，于莆田文化居功甚伟。

郑氏入莆的祖先以文化为志业，这个传统历代受到很好的发扬。民国二十四年中山《郑太崖祖房谱》序提到的郑樵，就是这个家族的优秀代表。郑樵比中山三乡开基祖郑菊叟要低四辈，但《郑太崖祖房谱》序仍盛赞郑樵“为宋代之儒宗，是亦吾族之光也”。郑樵是南湖三先生中郑庄的后裔，是宋代著名的历史学家。他在山深林密的夹漈山上筑草堂，过着清贫的生活，著书立说二十年，完成《通志》二百卷。郑樵以学问著述为毕生事业，对中山郑氏也有一定的影响。

有这样的家风，晚清的中山郑氏传人郑观应也专注于著书立说。不过郑观应面对清廷大厦将倾，更多的是忧国忧民、富国救时的思想。《盛世危言》是郑观应倾一生心血的力作，是中国近代史上一部影响巨大的政论专集。康有为、梁启超、孙中山、毛泽东等都从这部政论专集中获得教益和启迪。

中山郑姓作为名门望族，最可贵而又引为自豪的是它的文化基因和优良传统。继郑观应之后，郑家后人中仍不乏以学问著述为毕生事业的精英。

前不久在互联网上看到一条消息，说是商务印书馆最近出版了总计28种38卷本的《郑克鲁文集》。郑克鲁是郑观应的嫡孙，《文集》汇聚了他译作和著作的精华部分。这应该是当世中山郑姓后人最高的文化成就。

1939年出生于澳门的郑克鲁，勤奋刻苦，译、著极丰，在研究和教学上也成就卓著。1987年他荣膺法国文化部颁发的“文化教育一级勋章”，2008年被评为“中国资深翻译家”，2012年获“傅雷翻译出版奖”。他主持编写的《外国文学史》是中国高校的权威教材。中国作协副主席叶辛说：“郑克鲁的工作就好比是酿酒，倾其一生，精益求精，让他翻译的作品历久弥新。”

晚年定居澳门的民国时期著名画家、美术教育家郑锦，也是这个家族的出色人物。

以前我并不知道郑锦其人，直至两年前美术评论家陈继春先生让我看了他一本有关郑锦的文稿，才令我眼界大开。原来这附近竟然有这么一位功业卓著的文化人！有人总结郑锦的贡献：创办北平美术学校，为中国美术界培养了大量的杰出画家；在故宫博物院任职时，为保护国家文物免遭散失做了积极的工作；从美校校长职位退下来后，深入乡村，从事平民教育事业，为乡村普及基础作出了贡献。其实，任选一项，郑锦都足以令人肃然起敬。

郑锦，字褧裳，又作絅裳，1883 年生于香山雍陌村。1896 年，十三岁的郑锦跟随姐姐东渡日本，在东京读书并开始学习油画。四年后，他考入京都美术学院，学习日本画。1907 年，考入日本美术最高学府——日本绘画专门学院。郑锦学满归国时，梁启超向当时的教育部总长蔡元培郑重推荐郑锦，还写了一篇《郑褧裳画引》大加褒扬。

1914 年，郑锦应国民政府教育部的邀请回到北平，同时兼任北京大学、国立北京高等师范大学、国立女子师范学校的教师。他在兼任故宫博物院副院长、文华殿古物陈列所所长时，每周更换展品，让皇宫私藏文物走入民间。

1917 年，郑锦受教育部委托筹办中国第一所国立的美术学校。经过一年的努力，“国立北平美术专门学校”于 1918 年 4 月 15 日成立。郑锦被任命为第一任校长，一做八年。

郑锦糅合传统与现代、东方与西方美学思想。高剑父誉其画“真美合一”，期许其“能开国画之前途”。只是郑锦离职后洁身自好，远离政治，渐渐淡出公众视野。郑锦其人其事，不应该因时间流逝和社会变迁而被遗忘。

从中山三乡郑氏的开基分派说到澳门郑家大屋的前世今生，无非是在强调一个巨家大族是如何重视文化的传承。这正是作为文化遗产的郑家大屋的真正价值。

饮水思源，不忘祖宗。中国人普遍会在自己的家谱上记录下祖先的遗训和教诲，留给后人。每个家族的家谱，往往透露了一个家族性情和品格的信息。中山三乡郑氏在家谱中褒扬开莆倡学的南湖三先生、宋代历史学家郑樵，以及清末民初的郑观应，即是意在鼓励族人砥砺志向，勤奋好学，遂有后来的郑锦、郑克鲁等的名人辈出。

郑家大屋是一座岭南派院落式大宅。以当时地处葡萄牙人占领区，西方文化为主流的环境之下，郑家大屋傲然屹立，体现了对于中华文化的坚守。

郑观应的父亲郑文瑞为什么选址背倚西望洋山的妈阁街侧建这座大屋呢？郑观应解释，“先荣禄公梦神人指一地曰：此处筑居室最吉，后至龙头井，适符梦中所见，因构新居。”我看，除了靠近中华文化浓厚的妈阁庙之外，大屋西北面向海湾，湾仔银坑一带宜人风景尽收眼底，也应该寄托着浓烈的家国情怀吧。

郑观应是一个热忱的爱国者，他以中国知识分子传统的忧国忧民情怀，以及他本人特有的开眼看世界的敏锐，苦心编撰《盛世危言》，呼吁国人主动跟上世界现代化潮流，呼唤社会的总体变革，让国家走上富国强兵的道路。

郑观应对于中华文化的坚守，还体现在他强调孝悌爱亲、勤俭忠诚、廉洁自律的家风传承。《盛世危言》中除了“富强救国”理论，在政治、经济、军事、外交等方面的改革方案外，还有一篇名为《恤贫》的文章，其中的主张，对于今天做好社会公益、社会服务，发扬守望相助的传统精神，仍有积极的意义。郑观应还有一条家训教育后世：“积金玉以遗子孙，子孙未必能宁；积诗书以遗子孙，子孙未必能读。不如积德以遗子孙。”2017 年 7 月 11 日，郑观应家规登陆中央纪委监察部网站“中国传统中的家规”专栏，这是中山首位登上该栏目的历史名人。

令人欣慰的是，在得知中山三乡郑氏谱序情况后，莆田郑氏族人将两地族谱衔接了起来，也就是说，他们在中山找到了走出莆田的郑菊叟及其卓有成就的后人。

流连郑家大屋的人，并非只是来看这座房屋的建筑，而主要是来缅怀曾经在这里生活过的一代文化名人，学习他的变革思想和对中华文化的坚守。

遥远的乡亲

老友符先生来饮茶，攀谈中讲到自己的祖先也是莆田人，少年时还曾随大人到莆田祭拜先祖。我大感惊讶，想不到这位二十多年来行走澳门大街小巷的大记者，竟然会是我遥远的乡亲！

符先生对我说，虽然符姓不在全国前一百名大姓之列，但在海南，符氏子孙分布十八个市县，总人口四十多万，侨居海外的也有十来万。儋州、东方、文昌、白沙、昌江等市县符氏排名第一，全岛符氏排名第三。要是没有符先生的介绍，我是绝对想不到符姓会是海南特有的大姓。

介绍中国姓氏来源的书上说："符氏，鲁倾公之孙雅，为秦符令，因氏焉。"原来战国时，鲁国末代君王倾公有个叫雅的孙子，在秦国担任符令，后来便以符为姓。所谓符，是古代朝廷传达命令、调兵遣将所用的凭据。春秋战国时期有一段信陵君盗符救赵的佳话，里头所盗的虎符就是这么一种重要的东西。其实盗符的人是如姬，是她扮演了至关重要的角色。郭沫若先生根据这段历史写成的话剧《虎符》，就强调了如姬的关键作用。

话说回头，符姓先祖从中国各省渡琼而籍居者共有五大支脉，重点是来自福建莆田的符有辰。北宋仁宗天圣三年（1025），有辰入琼抚黎，累官广南西路、琼管司清化军指挥使，敕封万户侯。他原籍河南宛邱，生于福建莆田，其父当时在莆田当官。符氏渡琼五大支脉先祖中还有莆田人符诸，他于北宋仁宗康定元年（1039）迁职入珠崖，也有政绩。不知符先生的渡琼先祖是符有辰还是符诸，这要符先生自己去查族谱了。总之，符先生与莆田有这么一个不解之缘。

类似的情况还有邻近澳门的中山三乡，那里姓郑的人说他们的祖先来自莆田，当然最重要的是有族谱为证。他们的开基祖也是于北宋年间来广东当官，后来舍不得回去而定居下来的。

的确，广东的潮汕、湛江、雷州半岛常有“先祖迁自莆田”的说法，海南许多大姓的族谱多记载祖源莆田。这种情况，类似移民史上的“固始认同”，我们不妨称之为“莆田现象”。

莆田人移民外地历史很久，较大规模则自唐代始，宋、元、明、清为盛。是什么原因致使这些莆籍先民选择移民？莆田靠山面海，人民颇擅渔盐之利。欧阳修曾生动描写：“闽商海贾，风帆浪舶，出入江涛浩渺，烟云杳霭之间。”莆田人惯于闯荡江湖，有冒险精神，很会做生意。当然地少人多，不得不出外另谋生路是主要原因。还有一种情况，则是出仕落籍。史上莆田科甲鼎盛，文化发达，“多进士、多仕者”，不少入仕为官的莆籍先民退休后在当地入籍，这种情况在广东、海南地区尤为突出。入琼抚黎的符有辰、符诸，中山三乡的郑姓先祖郑菊叟，就是典型的例子。

其实自福建渐进式或者喷溅式南下移民的不只发生在莆田一地，由于文化水平的原因，一些福建移民根本记不清自己祖籍何处，可能把先人出发点的莆田港口当成了自己的祖籍地，写进了家谱。

“固始认同”也是这样，福建人十有八九都自称祖籍光州固始。固始县位于豫东南豫皖两省交界处，南依大别山，北临淮河。这里自古以来就是中原腹地通向东南沿海的交通要道。

初唐“开漳圣王”陈元光、唐末五代时闽王王审知率将士及其眷属南下闽越，开漳定闽，走的都是这么一条路。其实固始县只是中原走向福建的一个交通枢纽，就像洪洞县的大槐树，福建人朦胧中将自己的原籍统一成了光州固始。因此固始有“唐人故里，闽台祖地”“中原第一侨乡”之称。

姓氏融合与血缘关系是两回事，说是同祖同宗，但不见得都有血缘关系。认同固始本身是认同中原文化，近年福建和台、港、澳等地不少人去固始寻根问祖、投资兴业。同样的，“莆田现象”也是一种文化的回归，是中国人特有的慎终追远。

闲情偶寄

闲话花生

朋友自闽西探亲回到澳门，捎来一大袋龙岩花生，足有十来斤重，这下我和办公室那些喜欢盐酥花生的年轻人又可以大快朵颐了。

年前初次品尝朋友带来的龙岩花生，一嗑起来，欲罢不能，从此念念不忘，经常提起，仿佛留有余香。不料朋友有心，记挂于怀。这不，大老远地陆空劳顿，运来这么一大包，真是情深意重，大寒天里的一股暖流啊！

说起花生，确实又是奇特食品。不论达官贵人还是平民百姓，都喜欢吃它，也都可以用很低的价钱买它来享用。福州人常说，“花生都是壳，吃了不停剥”，可谓刻画入神。举凡鸡鸭鱼虾之类的食物，多吃之后必生厌腻，唯独花生不然，大宴小饮可以有它，品茗闲聊也可咬嗑。记得以前在山区，周末老师们打牙祭，如果有一盘花生佐酒，那可是十分过瘾的啊！

龙岩花生之所以海内外闻名，主要在于精选名优品种，并在污染极小的山地种植。用这种原料配以精湛的加工工艺焙制的盐酥花生，香酥美味，妙不可言，较之其他地方的名产更具独特风格。据史料记载，早在明朝万历年间，龙岩就开始生产盐酥花生，迄今四百余年。当地的加工手法特殊，采用湿烤等多种方式，让花生又香又有嚼劲，又不上火，让人吃了不肯罢手。据朋友介绍，现在龙岩盐酥花生主产地是新罗区，那里各乡镇都有加工花生。由新罗区政府组建的龙岩盐酥花生加工集团，实行贸工农一体化，产供销一条龙的经营方式，公司、基地、农户密切分工合作，统一加工、统一管理、统一品牌、统一标准、统一包装、统一销售。当然，最重要的是制定盐酥花生烘烤技术和手工质量的综合标准。

龙岩位于福建西部，故称闽西，辖地相当旧时汀州八府。我在那里的上杭县住过一段时间，对那里的风物略有了解，闻名于世的特产“闽西八干”常萦于怀，想不到如今又有盐酥花生令人垂涎。

春节里亲友互访，不论是佐酒还是品茗，有那么一碟花生伴你闲谈，确是趣味盎然。

我国和东南亚各地皆有花生出产，而加工制法不一，炒炸晒烤，五花八门，各具特色，都成为人们喜爱的零食。比如山东花生以其个大油多闻名；福建的龙岩花生和衙口花生以其香酥成为抢手货；而南洋的万里望花生则是香脆可口，畅销港澳台地区。

说到加工方法，比较有名的是盐酥、蒜香、红泥诸种。不同的加工方法，使得花生口感各领风骚，所谓变变口味，百吃不厌。当年我到汕头部队农场锻炼，假日常和朋友到附近农村小店打牙祭，也就经常品尝到潮汕地区一种“盐渍花生”。这种加工花生仁，不用油炸，只是在翻炒过程中不断喷洒盐水，直到花生皮起灰白色盐渍。这样做法的花生同样香脆可口又不油腻。而在当年，食油还是比较紧缺的啊！

如果以品种论，我认为台湾近年开发的“黑金刚”和龙岩的红衣花生是上品，盖因物以稀为贵吧。因此也可以说，农业要重视新品种的开发。只有创新，才能持续发展，抢占新的市场。台湾重视农业创新，这是很值得大陆好好取经学习的。

其实在我的情感之中，老家莆田的“水煮花生”一直是自己的心头好。家乡的农民每年都会选择颗粒饱满的花生做“水煮花生”。那是将洗净的花生倒入大锅，加水加盐加蒜头盖上锅盖大火煮熟；之后将煮熟的花生捞起，摊到太阳下曝晒。经过几天的曝晒，花生干燥，香脆可口，可以将其保存了。这种原汁原味的花生，不但可以常年供应自家享用，也是亲友之间的送礼佳品呢。

大学里有一年新学期开学，大家回校，都带来家乡土特产让同学品尝。一位莆田邻县福清的同学自家乡挑来一大担的“水煮花生”，令到众人惊喜万分，欢呼雀跃。一直到现在，这一担“水煮花生”，都是我们同学回忆青春岁月时的一席美谈。

以茶会友

在珠海一处山庄别墅，朋友招呼我们品尝一种叫作“阿百腊”的云南茶。朋友解释说，“阿百腊”是布朗语，意即茶魂，也是布朗族祖先留给后人最好的茶。这种茶是用千年古茶树的鲜叶制成的。

一提到千年古茶，马上来劲。以前也喝过不少普洱茶，多数是紧压的茶饼茶，冲出来的茶汤色泽浓黑浓黑的，也算醇厚，但没有什么香气。而我们喝的“阿百腊”茶，虽是散茶，茶汤却是渐泡渐浓，还散发一种特有的野花清香。哪来的野花香气呢？朋友说，这是因为原始森林古茶园中，有很多不同的树种，包括芳香型的桂花树、香樟树、松柏等，这些树种会通过自然循环，让古树茶散发出特有的香气。

我们一边品茶，一边观看有关“阿百腊”茶的录像。朋友津津乐道的千年古茶园，位于云南省澜沧县城东南的惠民乡景迈、芒景两个村委会境内，距县城 70 公里。古茶树总面积有 2.8 万亩，现有成林成片的采摘面积 1 万余亩。

我们注意到，这种乔木古茶树树身很高，采茶的方法与灌木的人工栽培茶是截然不同的。我们兴致勃勃地观赏那些体形瘦小的中年妇女轻盈地爬上树摘茶，而每棵树采集的茶叶并不多，大概意在保护吧。为什么要选择体形瘦小的人上树呢？当然也是为了保护古茶树，避免把古茶树的树枝压断。这些古茶园中的古茶树，根本不用打农药，而且没有病虫害。因为古茶园里不同的树种会引来不同的昆虫，也会引来不同的鸟，最后形成生物之间彼此的治理。

冲了四大壶的水，我们的“阿百腊”茶仍然色深味浓，香气悠远。朋友为我们指点迷津，原来正因为是古乔木茶树，茶叶坚实，从外到里都泡得出茶味，而灌木茶就没有那么深厚耐泡了，而且泡久了就成了烂茶渣。

“阿百腊”是当地布朗族合作社自己的品牌，它代表着百分之百的古树茶。除散茶外，合作社也生产茶饼、茶砖、茶坨，统一采用“阿百腊”的品牌标识。由于“阿百腊”茶质量优良，2008 年北京奥运会组委会选择它作为国礼。人们欣赏绝妙佳品“阿百腊”茶，更赞赏布朗族兄弟精心保护千年古茶树及其良好的自然环境。

我们一边品尝色深味浓的绝妙佳茗“阿百腊”，一边听朋友娓娓道来千年古茶园和滇南茶马古道的故事，不知不觉一个下午就在这悠悠茶香中过去了，窗外天色已黑。我们纷起告辞，可朋友说是早在外头定下饭席，还为我们每人准备了一大袋的“阿百腊”茶，内里还有珍贵的“七子饼茶”。如此厚礼，我们如何消受得起？朋友坚称茶自古就是礼品，送给乡亲朋友最是相宜。

是啊，茶最能代表中国的诗礼文化，以茶会友，情深意重。饭席间，朋友讲起了“七子饼茶”，令我们感受尤深。“七子饼茶”是以普洱茶制成的紧压圆茶，外形圆形，酷似满月。传统包装中每七饼圆茶为一个包装，故称“七子饼茶”。在云南少数民族文化中，“七”是一个吉祥的数字，象征着多子多福、七子相聚、月圆人圆、圆圆满满。因此，“七子饼茶”常作为儿女结婚时的彩礼和逢年过节的礼品。“七子饼茶”也畅销于港、澳、台及东南亚地区。游子心怀故国家园，一饼远寄，这茶情、乡情、家园情都包裹在里头了。

忆昔在汕头的时候，常见到店铺案头上置有炭炉、茶具，有时还会见到三五人围聚品茗。原来潮汕人好茶，以茶招揽生意，这在当地已是一种习惯。当然，生意清淡的时候，呼朋唤友一起来品茶谈天，也好打发百无聊赖的时光。潮汕人用茶量极大，以前每年我都要为潮汕朋友罗致二三十斤的福建色种。在炭烧铁观音尚未风行的时候，色种经济耐泡，为潮汕人最爱。炭烧铁观音是中度发酵茶，香气浓郁。今天人们喝的铁观音已经不是传统意义上的炭烧铁观音了。这种“新派铁观音”只是轻发酵，清香鲜爽但水薄，失去了传统铁观音的浓香。

已故濠江茶友林志宏丈，晚年为澳门茶博物馆事奔忙，常去杭州进行茶事交流，结交不少杭州茶人。每年清明时节，杭州茶叶研究所的朋友例必送他两罐当令龙井，而林老也例必分赠一罐给我，说是好茶要与好友分享。我每每坚辞，林老却总是这么说：你朋友多，我这里留一罐就够了，也帮我呼唤呼唤茶博物馆吧。唉，故人还没看到茶博馆就已仙逝，长留下这茶香悠远。

讲到“茶马古道”，朋友说“茶马古道”之所以得名，是因其贸易的代表性商品是茶叶，而以骡马为主要运输工具。“茶马古道”的起源可以追溯至唐代，当时茶叶由云南运到北方、西藏和东南亚国家。到了宋代和明代，“茶马古道”日渐兴盛，直到清代仍是普洱茶和其他商品的主要商道。云南普洱茶历史悠久。澜沧景迈芒景千年万亩古茶园就是由当地布朗族、傣族先民所驯化、栽培，迄今已有一千八百多年历史。因此，可以说云南是“茶马古道”的发源地。

“茶马古道”是中国西南民族对外经济文化交流的走廊，同时，它也是一条世界上自然风光最壮观、文化最为神秘的旅游线路，蕴藏着开发不尽的文化遗产，值得人们去寻幽探秘。

喝茶其实不仅是品尝茶的口感和香气，更多的时候是在体味茶当中蕴含的文化。而在施受之间，默默地传递着淡香悠远的友情。

“捞化”与兴化米粉

虽然我常回福州，但有很长一段时间并不知道“捞化”是什么玩意儿，也未加深究，后来光顾了几次，也就明白了它的内里乾坤。原来这“捞化”，竟是我那老家莆田的“捞兴化粉”！莆田古称“兴化”，“捞兴化粉”先是被简称为“捞兴化”，省去了“粉”字，后来干脆再省一个字，就成了“捞化”。我只能感叹社会变化快，自己跟不上潮流。

兴化米粉的特点是细白如丝，入汤不糊。将这种米粉置于捞勺中，放入沸水中烫一下便熟，盛入碗中后，加入预先熬制好的猪骨汤或牛骨汤，配以海产或禽畜肉类等佐料，撒上葱花就可。一般吃“捞化”的喜欢添三样东西：葱、醋、胡椒粉，不少捞化店里都有一排一排的配料架，方便客人添香加味。“捞化”并没有固定的搭配，丰俭由人，无论哪种“捞化”，都一样的鲜爽甘美。

“捞化”作为普罗大众的美食，无论福州人或是过往客人，没有一个不喜欢吃的。而能打响名堂，自然也靠推陈出新。美味而又带有快餐性质的小吃，虽然不太饱肚，但可以“解馋”，人们多会不时光顾。

兴化米粉可以说是中国最早的快餐之一，被誉为最“幼”的米粉。莆田人讲的“幼”，就是细的意思。兴化米粉的特点，真正是条细均匀，色泽洁白，轻松晶莹，煮炒易熟，独具一种风味。不同于市场惯用的机器风干，兴化米粉因利用太阳光自然晒干，也让这种米粉具有独特的米香和弹性口感。如今这种易碎的米粉市场上还不好买到呢。

那天老友黄先生的儿子带了新婚的妻子从澳洲来澳门探望老人家，我为他们的团聚感到高兴，遂自告奋勇要炒一碟兴化米粉，让远方的游子品尝，体会一下家乡特产的风味和中间蕴含的一份乡情。老黄家乡观念特浓，无论到了什么地方生活，身边总是备有兴化米粉。于是我照足莆田人炒米粉的做法，先是炒了大半锅的猪肉丝、香菇、冬笋、虾仁、大白菜、葱、蒜，再倒入几勺高汤，还加了一小碗的鲜蚝。调过味道之后，自觉这锅汤料已是十分鲜嫩可口，可以投入米粉了。

不料我投入的米粉少了一些，而汤料的水分又多了一点，这么一来，炒出来的米粉就没有预想的那么松爽弹牙了。老黄笑笑说我这是老马失蹄，可澳洲那两口子还是手不停箸，赞不绝口。总结这次经验，关键是要掌握好汤料的水分，因为兴化米粉非常幼细，一投到汤料之中，就没有什么时间让你在炉火之上慢慢摆弄了。只有汤水恰如其分，让米粉充分吸收，这样再稍微翻炒就得铲起装碟了。

以前我曾在莆田黄石镇的西洪村看过人家做米粉，那工序确实十分复杂。更由于是在阳光之下生晒，就需较长的时间让水分蒸发，得花费很多的劳动力。可家乡人就是要保住这种独特风味，一直坚持纯手工制作。兴化米粉的销路还是很广的，除闽省各地外，还远销各省市，甚至港、澳、台及东南亚地区。刚来澳门时，我在义字街还买到“白鹭牌”的兴化米粉呢。

许多驰名全国、流芳海外的乡土食品，大都有一个美丽的民间传说。比方说广泛流行于福建沿海各县市的“光饼”，人们就将之比附到明代抗倭名将戚继光的身上。历史悠久、惹人喜爱的“兴化米粉”当然也不例外，也有它一段口耳相传的动人故事。

据说北宋治平（1064—1067）年间，兴化军主簿黎畛在其母生病想吃米粉时，为尽其孝心，特派人从老家广东博罗县淡月村取来加工米粉的工具，又请来师傅，到莆田制作米粉给病中的母亲食用。当其时，长乐人钱四娘携带十万缗钱来到莆田兴修木兰陂。黎畛受命协助钱四娘，时常到工地巡视，鼓励民工全力以赴早日完工。相传黎畛为解决民工吃饭难的问题，将老家易煮易熟的方便食品——米粉引进过来，指导当地群众加工制作。这样，既解决了民工吃饭费时的难题，又加速了建陂的工程进度。后来黎畛不幸因公殉职，民工们就以米粉、米酒祭江，并建庙纪念他。

木兰陂，这道千年来造福着莆田人民的水利设施，静静地、尊严地躺在肥沃的兴化平原上；钱四娘、黎畛等前赴后继地舍身建陂的英雄人物，也永远地留存在莆田人民的心里。兴化米粉附丽于令人肃然起敬的木兰陂，真是太感人、太耐人寻味了。从北宋以来，兴化米粉就在莆田代代相传，其加工工艺越来越精，产品质量也越来越高。这种以手工制作、很细很细的米粉，如今畅销全国，享誉中外，可人们却仍然习惯地把它称为“兴化米粉”，这不是很有“古早味”吗？

松爽香口的兴化米粉，常常牵动远方游子的心。

猜灯谜

中秋节社团文化活动，我和朋友制作了一批灯谜，与会员共同欢乐。

猜灯谜，是中国传统文化中的一朵奇葩，是我国独有的富有民族风格的一种文娱形式。在中国民间的节庆活动中，常常能够看到它的身影，比如每年正月十五元宵节、八月十五中秋节和国庆节，许多地方张灯结彩，制作灯谜，吸引小区民众和游客。

讲到灯谜，当然首先与中国文字有关。中国文字是象形文字，其形、声、义、理，或分或合，或连或拆，或横或竖，转体借代，都可以让人产生广阔丰富的想象空间。这就是前人总结的所谓“六书”：象形、指事、假借、形声、会意、转注。而与一般的谜语相比，灯谜具有更严格的规则，也就更加富有挑战性。如今的年轻人，不一定都接触过灯谜这一类的传统文化，出的题目太偏门或是太深奥了，参与的人就不会很多。另外，如果不结合当时当地的实际，恐怕也提不起大家的兴趣。于是，我们把范围收窄一些，集中到当今人们喜闻乐见的物、事上面，尤其是制作了一批澳门的街道和名人之类的谜语。这样，就收到了比较好的效果。

由之，我想到中国传统文化的继承问题。随着社会的发展变化，人们的生活节奏越来越快，但是也丢失了很多珍贵的东西，丢失了优雅的生活情趣。猜灯谜其实是一项很好的中国传统文化活动，应该在群众中推广和普及起来。猜灯谜也可以结合社会生活实际，结合政府宣传活动；举行活动的地点可以是广场空地，也可以是社团学校。

灯谜要既能启迪智慧又迎合节日气氛，就得联系当时当地的实际，这样才能激发参与者的兴趣。灯谜又与一般的谜语不同，要更加文雅一些，这就免不了涉及典故。制作和猜灯谜，也可以与时俱进，由易到难。灯谜通俗化是好的，但一些传统的有文化底蕴的东西还是值得继承和发扬。

中华传统文化的继承和发展，是一项长期的事情，要想方设法努力去做，要持之以恒不断去做，当然也要耐心细致，深入浅出。小到猜灯谜这样的中国传统文化活动，我们都应该努力在群众中推广和普及。

年轻人要与时俱进，但也要回眸和重视传统。其实，我们今天很多东西，还不是从过去的传统发展起来的？继承和创新并不矛盾，只有继承和创新相结合，我们才能进一步发展。

逐梦山水间

学生晨熹创作了一幅题为《逐梦山水间》的中国画，参加福建体育美术展，获得优秀作品奖。近年熹熹重操画笔，爱作山水画，不想竟有如此喜人的成就。

《逐梦山水间》有典型的宋元山水画风格，但在大面积的山石、树木、流瀑之中，有着一道鲜明的、占据中间地位的公路，上面有十来个俯身踩单车奋力前进的运动员。中国传统山水画也是有人物的，不过都画得很小。这是因为中国文人认为，人在自然界尤其是大山深谷面前，永远都是十分渺小的，一定要谦卑。可熹熹这画中的人物虽然细小，不占太大的画面，但个个都那么生动逼真，神态各异，惟妙惟肖，因此仍然是非常的抢眼。

为什么熹熹的作品会获得这个专项画展的最高奖呢？我认为这是因为这个作品运用了传统的中国山水画技法，表现了新时代的建设成就、体育事业的发展，以及人们奋发有为的精神风貌。福建山区地形复杂，但现在画面上这段公路并不蜿蜒曲折，这是因为现在福建的公路建设技术先进，多高架桥，多隧道，就算崇山峻岭，也像是一马平川了。这就是说，熹熹把握住福建公路建设的新成就，摸到了时代的脉搏。作为体育题材，公路单车比赛是最能展示大场面，体现你追我赶的体育精神的。

山水画在中国有着悠久的历史，历来深受人们的喜爱。而以山水画表现现代题材，近年并没有太多成功的作品。以前如黄宾虹、李可染、张大千、傅抱石、关山月等大师吸收西方绘画理论，深入观察自然，创作自己的风格，将山水画发展到一个新的阶段。福建著名画家李硕卿 1956 年深入鹰厦铁路建设工地，挥毫创作出《移山填谷》大型中国画，受到高度赞扬。著名艺术评论家王朝闻称该画是“中国画的新声”，中国美术家协会副主席蔡若虹也说这是“中国画新生的标志”。

熹熹的《逐梦山水间》，让我惊喜地看到了老一辈国画大师远去的影子，虽然仍然稚嫩，但已在扎实地向高峰攀登。

近年我在欣赏熹熹作品的时候，常常想到中国画的传统和创新问题。这里头除了熹熹的作品给我启示之外，一些时下流行的怪力乱神式的涂鸦，也引发了我这方面的思考。

虽然我是门外汉，但我也知道要学好中国山水画，离不开临摹与写生有机结合。许多画家在继承优良传统技法的同时，走遍了名山大川，观察天地之美，创作出优秀的作品。熹熹家在山区，少年时期学习西洋画，也常跟老师到野外写生。近年重拾画笔，浸淫在中国山水画之中。由于他善于学习传统技法，吸取前人优秀成果，临摹与写生并重，因此进步神速，令人刮目相看。

绘画的创新是必要的，关键是如何创新？前面讲的怪力乱神式的涂鸦，是指一些人以一种做生意的心态去从事艺术，而不是脚踏实地去追求自己的理想。在投机取巧、追名逐利的氛围影响下，一些人对传统技法未能系统地深入学习、研究，就急于追求创新，这就出现了严重的问题。现在不少所谓山水画作品笔墨浮躁，气韵枯涩，古灵精怪，扭捏作态，偏离了中国传统文化所追求的中正平和、天人合一的意境。这类画家虽在短期内或有一点小成果，但最终都会因积蓄不厚基础不牢而被淘汰。

我还注意到，熹熹在绘画实践中努力向传统深入学习的同时，还认真学习书法、篆刻、古典诗词，追求对中国传统文化有整体、系统的了解和把握，稳扎稳打，逐渐吃透传统中国山水画的精髓和旨趣，然后自然地过渡到创作创新的挥洒自如。

熹熹的《逐梦山水间》，正是传统与创新有机结合的成功之作。首先它具有典型的宋元山水画风格，可以看到很扎实的传统中国山水画的功底。然后我也高兴地看到，这件作品运用了传统的技法，表现了新时代的建设成就和人们的精神风貌，而这种创新一点都不突兀、别扭，恰和传统接合得天衣无缝。

传统与创新紧密结合，熹熹一定会在攀登艺术高峰的征途上取得更大的成就。

成功总是留给有准备的人。熹熹今日在绘画上取得可喜的成就，就应了这一句经典名言。

熹熹念中学的时候正处“文化大革命”后期，虽然开始复课，但许多学校还是没有什么课可开。就在这个时候，赫赫有名的闽侯师范给下放到了这个山沟沟，令这个山区初中学校师资大大加强，于是办起了高中。老师虽处逆境，但仍然想尽办法教学生一些有用的东西。许多兴趣班，比如农机班、土壤分析班、写作班、绘画班，也纷纷办起来了。这个地处山区的学校，一下子晋升为地区重点中学。我也是在这个时候到了这所充满朝气的学校。

在“读书无用论”的影响下，当时许多学生还是在混日子，不大知道自己究竟要学些什么。正是在别人没有书念而无所事事的时候，熹熹有滋有味地学起了画画，梦想当一个画家。那时的兴趣班不分年级，谁都可以念，熹熹应该是从一开班就念而又能坚持到底的那一种学生，因此学画画的时间跨度比较长。熹熹跟的是20世纪50年代毕业于中央美术学院的曾文朗老师，他擅长西洋画，后来到澳门，也参加美协。熹熹尊师重道，勤奋好学，很得文朗老师喜欢。他们师生经常到学校附近的田野、河边、山坡写生，熹熹就这样打下了比较扎实的基础。我回想起这一段日子，自己作为一个年轻教师，也希望能教给农村的孩子一些有用的东西，可是如果学生不求进取的话，老师也是无计可施的。

熹熹走上了社会后，好像放下了画笔。也许是临近退休，心中潜伏的那个儿时梦想又萌发了出来。不过他改西洋画而沉醉在中国山水画之中，重新学习中国画传统技法，临摹与写生并重，连带也认真学习书法、篆刻、古典诗词。

有梦真好。熹熹正是早年怀抱远大的理想，在别人荒废学业的情况下，比别人抢先了一步。而在如今这样一个物欲横流、急功近利的环境里，熹熹也没有迷失方向，仍然脚踏实地地去追求更高的艺术境界，难能可贵。

书画的入门乃至成就，讲究师承，有时候也借助家学渊源。

在当年的学生中，熹熹完全是靠老师耳提面命成长起来的。那时他的家庭和他本人都认为，在没有什么书念的情况下，学点画画这样的技艺，多少都算有所收获，或许将来还能靠这一技之长谋生呢。熹熹说我把他的童年写得那样真实，又让他回到了那个年代。他还说:“曾老师是我一辈子最尊敬的老师，他永远都活在我的心里。我从读书到走上社会，都是老师给我的力量和学识。我至今还珍藏着曾老师的书信、画作以及从澳门寄来的照片，常常看看长长思念。我当加倍努力，争取有所进步，有所作为。”从这些字里行间可以看出，曾老师教给他的，肯定不只画画上的技艺，更多的应该还是做人的道理。老师言传身教，其实也是一种爱的传承。仅就书画来说，熹熹今天的成就当然离不开曾老师的指导和鼓励。

在书画方面也有一定成就的另一个学生是婷婷，她的情况有所不同。当年她喜欢唱歌跳舞，进的兴趣班是文艺班。但是由于她的父亲是美术老师，那就有了家学渊源这个天然的优势。虽然黄老师到了师训班，常不在子女身边，但耳濡目染机会还是有的。重要的是一种家庭的文艺氛围，自然而然地将孩子们吸引过去。现在婷婷大哥和三姐妹都从事美术行业。

家学渊源在书画方面表现得特别明显。东晋王旷，与卫氏世为中表，故得蔡邕笔法传于卫夫人，亦教授儿子王羲之学书法。王羲之早年曾从卫夫人学书法，后改变初学，草书学张芝，正书学钟繇，又博采众长，遂成大家。王羲之七个儿子中五个是书法名家，其中王献之最承家法，又学张芝，用功精深，勇于创新。人称王羲之为“书圣”，王献之为“小圣”，合称“二王”。

其实，不论是师承还是家学，都只是一个良好的基础。要发扬光大，有自己的面目，要“逐梦山水间”，还得靠自己的努力。

医史与科普

谭健锹医生的新书就要出版了，他嘱我作个序。我不是医师，历史也懂得不多，该怎么写呢？好生为难，所幸最近与谭医生常有来往，交谈中颇多收获，那就先谈谈我对谭医生的印象吧。

我认识谭健锹医生，也是因书而起。那天书店来了位文质彬彬的中年人，挑选了两三本文史类的书，我看在眼里，就向他介绍台湾时报文化 2014 年 4 月出版的《历史课本没写出的隐情：那些帝王将相才子的苦痛》，因为这本书我看过，觉得蛮有趣味性，也不是信口开河胡编乱造那一类。这位先生看到封面上作者的名字时，面露喜色地说："哦，谭医生，是我的同事。"于是他把这本书买了回去，还为我留下了谭医生的电话。

过了些日子，因为文促会的工作，就找了谭医生来商量，当然也特别想认识谭医生这个人。交谈之下，我知道谭健锹兴趣广泛，熟读历史书籍，更可喜的是，谭医生喜欢以历史的眼光加上现代医学的知识，解剖历史上一些名人的生老病死，推敲折磨他们的病痛。就比如《历史课本没写出的隐情：那些帝王将相才子的苦痛》这本书，他就是从医学的角度剖析屈原、白居易、曾国藩、乾隆皇、万历帝、周瑜、诸葛亮等历史名人的病因、病史，参以人物的生平事迹、言行成就，并辩证地指出史料、传闻的谬误，让那些沉睡了千百年的灵魂更加跃然纸上，吸引读者。

其实早在2013年5月，台湾时报文化就出版了谭健锹医生的《病榻上的龙》。在这本书中，谭健锹以专业医学的眼光，根据史料记载，仔细推敲历代诸侯、帝王的病因，翻检审视其病史，让读者重新理解他们的生存环境、生活习惯与性格基因，并以全新的角度辨证历史传闻及观点的正误，同时针对帝王罹患病例提供保健之法，突显与众不同的读史切入点。继之2014年5月，台湾商务印书馆也出版了他的《疫警时空：那些纠缠名人的传染病》。谭医师结合中外名人的病史、著名医药学家的研究历程，生动、科普地阐释流感、天花、炭疽、狂犬病、登革热、疟疾、梅毒、结核等十二种著名传染病的病原特点、发病特点，同时展开与疾病罹患者、疫病征服者相关的人生讨论。

的确，当你变换一个视角，历史呈现给你的会是另一个五彩缤纷的世界。谭健锹奉献给读者的作品，就是以一个医师的敏感，从医学和科普的角度去重现历史文化方面的吉光片羽。

不过这一次，谭健锹不再仅仅是以西医的眼光，为历史名人的疾病追根溯源。他干脆天南地北，中医西医，无所不及；有医患关系的探讨，也有心理分析的铺陈。只要跟“历史和医学”有关，他都尽收囊中，借题发挥。比如由民族英雄岳飞的“将军肚”，触及古代中国人健美观念的偏差；据晚清“胡庆余堂”出现的虎骨选购风波，他回顾了中医对虎骨的追捧，但也比较了中、西医眼中不同的虎骨地位；从篡汉的新朝皇帝王莽既戴头巾裹着脑袋，还用染料把头发、胡须染黑这“时髦”的行为，联想起脱发和白发的成因……

说实话，把历史上有争论有疑义的名人病例找出来，并且能够撤除藩篱，把视角和触角伸向更为广阔的历史、社会空间，编写出一本文史、医学并融的书绝非易事。在谭健锹笔下，每一个事件或案例都力图既具备完整的故事情节，又兼顾当时或后世的不同说法；在综合诸家之见、各派之说的基础上，谭健锹独辟蹊径，做出自己的判断，融故事性、学术性和趣味性于一体。

读谭健锹医生的书稿，不仅不感枯燥，相反倒觉得是一种享受，常常情不自禁地为书中的精彩内容所吸引，回到历史上的那些动人心魄的场景。对于这样有助于提供知识、增添生活乐趣，有益于开发智力、开阔视野的好书，我当然表示热烈的欢迎，并且要向人们热情地推介。

医学散文

澳门中华文化发展促进会日前举办一场文学研讨会，讨论本土作家谭健锹的散文作品。

用澳门笔会会长李观鼎教授的话来说，谭健锹是近年澳门文坛涌现的新锐之一，这是毫无疑义的。谭健锹奉献给读者的作品，是以一个医生的敏感，从医学和科普的角度去重现历史文化方面的吉光片羽。他根据史料记载，仔细推敲历代诸侯、帝王的病因，让读者重新理解他们的生存环境、生活习惯与性格基因，并以全新角度辨证历史传闻及观点的正误。他在台湾出版了《历史课本没写出的隐情：那些帝王将相才子的苦痛》《病榻上的龙：现代医学破解千年历史疑案　从晋景公到清嘉庆25位帝王病历首度揭密》《疫警时空：那些纠缠名人的传染病》，以及《历史课听不到的奇闻：那些你不知道的医疗外史》四本书，还有已经结集等待出版的第五本书，成绩骄人。这些书融故事性、学术性和趣味性于一体，极富可读性。的确，读谭健锹的书是一种享受，常会情不自禁地为书中的精彩内容所吸引，回到历史上那些动人心魄的场景。

那么，怎样定位谭健锹的这类书呢？李观鼎教授说：他的散文以医事为题材，笔触所至，别开生面，已大抵形成医学散文的格局，发展空间广阔。文促会在拟定研讨会题目时就采用了李先生的提法。文促会理事长龚刚教授对谭健锹评价很高，认为谭作为澳门作家，其系列著作已风行台湾，并将由北京中华书局出版简体字版，其影响力已冲出澳门。尤其是他在文学上，创造了雅俗共赏的医学科普小品文体；在史学上，从西医医理角度对历史人物、历史事件提供了新的诠释；在科普上，以趣味性、知识性兼备的小品文，普及了医学知识、保健知识。医学科普小品，稍有别于医学散文。

谭健锹自己则表示，有感于现时市面上的医学科普书籍较乏味，一般人不易感兴趣，故借散文以专业医疗知识检视史料，推理历代著名人物死亡的真相，希望促进人们了解历史、科普知识，关注自己和身边人的健康。其实不少病人的病症如果早期察觉，医生就能更有效地防治。

无论如何，谭健锹已在文学上创造了一种文史与医学共融的独特文体。中国古代的医学历史也是中华文化非常重要的组成部分，我们的祖先，以前怎样管理健康，怎么医治疾病；我们的民族历史上，有哪些对健康产生重大影响的环境问题、生活习惯问题，或者是历史变迁的过程中民族的医疗史，需要有人致力挖掘、关注。谭医生的医学散文创作，已经做了很好的工作。

谭健锹的专业是心血管诊疗医生，却因为喜文学、爱读史，进而从历史公案中推敲历史人物，洋洋洒洒写出了多本医学科普著作。文促会会长张宗真赞赏谭健锹作为“80后”的年轻医生，有这样一种沉潜勤奋、锲而不舍的敬业精神，能够在完成自己医疗专业的过程中，腾出这么多的时间和精力进行文学创作。谭的书从另外一个角度看历史，这种历史更重要的启示，是帮助现在的年轻人，正确对待和管理自己的健康。中国医学也是中华文化重要的组成部分，需要有人专心致志地去挖掘、关注。我们欣赏谭健锹的书，更欣赏书背后的那种精神。

我们花了一些时间探讨谭健锹的作品，其实并非仅仅关注医学散文或者医史小品这样一个层面。我们希望谭健锹能够发扬光大，推而广之，扩大格局，写出更多有益于青少年成长的深入浅出的文史作品。

谭健锹兴趣广泛，博览群书，驾驭文字的能力较强。最近他开始写小说，初试啼声，成绩不错。即使在文史散文方面继续发展，我们也可以相信他能扩大领域，从历史故实中披沙拣金，探究真相，挖掘到我们民族的文化精髓。

每个国家、每个民族都有自己的历史，我们爱自己的国家，爱自己的民族，就要了解自己国家、自己民族的历史。历史的经验也好，历史的教训也好，都是宝贵的财富，都值得我们关注，值得我们去挖掘。以史为鉴，什么时候都是教化人民尤其是青少年的重要课程。我们只是更多地希望谭健锹做出新的尝试，为澳门的文学发展做出更大的贡献。

点缀生活

最近，附近商场开了一间很别致的小店。一般商场店铺只适合销售单一或相类似的简单商品，可这家小店却林林总总罗致了许许多多与家庭生活有关的小商品。我看用“麻雀虽小，五脏俱全”来形容它还是相当贴切的。

如今喜欢自己创业的年轻人很多，而且并不缺乏创意。这家叫作“点点生活”的小店，这样摆开阵势，当然是一个大胆有趣的尝试了。店家的想法大概是这样的：只要你想到什么，不论是居家或者出行的用品，我都尽量为你配齐。比如，家居生活中常用的梳妆台、小凳子；衣、帽、围巾或者是成套的风雨衣、帽、鞋；台钟、挂钟、手表等钟表系列；瓶瓶罐罐以及各种各样花花绿绿、小巧玲珑的小摆设，应有尽有。

说到“点点生活”的创意，我觉得这当中还是有不少的文化因子。谁说生活不是文化？你看，谁都想把生活安排得轻松写意些，如果有人设身处地为你安排了这一切，这不正中了你的下怀吗？家居和出行就最能体现这种需求。因此这家小店正是拿准了人们的这种需求，尽量为你设计安排。当然，我不会说你可以在这间小店里买到你需要的一切，不过我可以断定，只要你提出来，“点点生活”的店家一定会很乐意地为你找到你需要的物品。点缀生活的方方面面，给紧张、繁琐、沉闷的生活一点调剂，这就是生活的艺术，也就是这间小店的文化意涵。

既然是小店，就得讲究小巧玲珑，不是富丽堂皇。迎合普罗大众，这是店铺开在商场的主要原因。强调休闲、随意、方便、实用，能够将这些因素糅合起来就很不简单。刚刚投入商业活动的青年爱说创意文化，其实可以坐言起行，从自己做起，并不一定要等什么人恩赐。当然，政府应该多关心年轻人，帮助他们就业，支持他们从事创意文化。

不得不说，租金昂贵，对澳门中小企业的生存和发展是很大的威胁。现在业主的心态是普遍企硬，只升不降，有意创业的都被租金吓退，守不住的小家小户抵受不住贵租不得不退场。因此，澳门中小企业常见的景象是“一鸡死，一鸡鸣”，这边开了那边倒，到头来总是益了装修的！中小企业只能顺从市场规律，评估是否值得守下去或结束经营。因此，尽管澳门经济因博彩业而增长强劲，中小企业要生存却是实在不容易。政府到现在还没有拿出什么好的措施帮助中小企业解困。

许多人都知道店铺难开，也都有守的思想准备。不过，如果没有创新的营销方法，什么时候才会守得云开见月明？选择商场店铺，铺租虽然对比街铺是便宜了些，但也还是相当高昂的。如果加上装修，还是要准备一笔不菲的启动费。最糟糕的是，刚开张时热闹了几天，接下来就冷冷清清，门可罗雀了。这又是为什么呢？毕竟到商场购物的人多是匆匆忙忙，赶着买好东西回家煮菜做饭，没有什么心思一家家地逛商场慢慢选购。

现在还很难断言，“点点生活”的创新就一定会取得成功。不过，我还是佩服“点点生活”的店主敢于试水。迈开第一步，尝试的勇气总是可贵的。

让生活充满乐趣

退休之后，在一个颇为宽敞的会所借到一席之地，摆起茶座，过起了“得好友来如对月，有奇书读胜观花”的有趣生活。

我所说的有趣生活，跟事业与财富无关。重要的是有了这个茶座，才会有朋友来，而且常来的一定会是有趣的好友。我们身边不乏很是能干、事业成功、腰缠万贯的人，但这些人不会来，他们很忙。忙，这无可厚非，他们跟我等退休人士不一样，他们还有事业要拚搏。不过，这些人一般“没趣”，有时候还会愁眉苦脸、忧心忡忡、唉声叹气，让人感到乏味。而如果来了一个有趣的人则不然，谈笑风生，让周围变得热闹起来，大家都会感到快乐，多了不少浪漫和情趣。所以有人说有趣的人，是生活中的“开心果”，一点都没有错。有趣的人，让人看着就高兴。这是我对“得好友来如对月”的理解。

有时候没有人来喝茶了，怎么打发闲暇时光？怎么排解寂寞？我认为最好的办法是静坐看书。许多人把“书中自有颜如玉”“书中自有黄金屋”给误解了，好像是一味地谋财谋色。我认为看书是可以让人进入另外一个精神世界，并且获得另类享受的。有时候看书有了心得，还可以动动笔或者敲敲电脑，做做文章，那也是一种不错的享受呢！而这，则是我对“有奇书读胜观花”的理解。

每个人都希望生活中充满乐趣。老年人除了喝茶、看书，还可以结伴游山玩水，会友饮宴，学点东西充实自己，让自己在学习中找到乐趣。久而久之，就会成为习惯，自己也变得有趣起来。

为什么我们这把年纪的人喜欢轻松有趣的生活？因为我们多数人经历过灰溜溜、没乐趣的年代，那时候是不容许有“小资情调”的。如今年纪老大，再是压力山大、思想重重、眉头不展，那就真的太对不起自己了。

我看人活得不开心，主要是因为要求的东西太多了。尤其是老年人，不要有非分之想，该丢的东西丢掉好了，让生活充满乐趣。

退休之后，许多人认为我放下了工作，应该有许多闲暇时间。更由于有一个会所兼茶座，于是认不认识的访客多了起来。虽然有些忙，但也因此加深了老朋友之间的感情，还增添了不少新朋友。

每个人都有自己生活的圈子。由于过去几十年从事的是一项办公室的工作，生活圈子相对狭窄。后来多去一些公共场合走走，认识了一些朋友，觉得外面的世界是十分丰富多彩的。现在我们这个会是宣扬中华文化的，文学、艺术、教育各方面的人才和兴趣者都有。想要扩大交友圈，先是走出去参加他们的活动，或是请进来商讨一些事情。这样一来，朋友自然就多了起来。拿我现在这个年纪来说，交朋友就不仅仅是为了工作。闲暇时间喝喝茶或者叹一两杯酒，其实也是蛮有意思的。

哲学家说，如果生活变成了只是怎么活下来的话，那就是无聊。蔡澜也说过：“人生有限，应该追求一些自己的、有趣的东西。”打发无聊，可以做自己喜欢的事情，多培养一些自己的爱好；可以呼朋唤友，找一些有趣的事情做，比如一起出去照相、钓鱼、散步、下棋，不仅能够打发时间，而且还能交到很好的朋友。我这个人比较懒，多数时候就猫在会所泡茶。

来的都是客，看对象选茶，也不拘泥什么茶道，反正泡出来大家都说好喝。这当中的诀窍其实就是用心，开怀畅饮，谈笑风生，这喝下去的是心的交流。

我一向不赞成带有目的性地交朋友。交友最重要的是热情、开朗、坦诚。可这个世界还是有不少急功近利的人，需要时频频劳烦，事过境迁一于懒理。对这种人，可以一笑置之，不必耿耿于怀。大家认识了，是一场缘分，固然不为交朋友而去交朋友，却还是认真对待生活里每一次的遇见，问心无愧就好。

鲁迅赠郁达夫的对联写道:“人生得一知己足矣，斯世当以同怀视之”。知心朋友不会太多，明于此，朋友之间最需要的，就是一种轻松自在的氛围。朋友，有空常过来喝茶。

后 语

年前老编打电话告诉我，要我将近年在报上刊登的一些零散文章整理一下，准备结集出版。

我想了老半天，考虑自己的实际情况，决定把现在这本散文小册子叫作《燕堂夜话》。这“燕堂”并不是什么附庸风雅的噱头，只是因为我那老家的祖屋重建之后，挂上了一块题为“春燕堂”的牌匾，以纪念我的祖父，现在我取这“燕堂”二字，是一个慎终追远的意思。况且我的文章除了大部分讲澳门，也有不少牵涉家乡的情事。我前几年结集出版的两本散文集，一本取名《秋庐漫笔》，一本取名《望耕絮语》，就都是这么个思路。年纪大了，念旧、思乡的感情应该还会强烈一些吧。至于“夜话”，这完全是一种很个人的写作习惯。以前长期在报馆工作，养成了夜晚写作、看书的习惯，现在我仍然觉得白天人来客往杂事丛脞的，很难静下心来一气呵成写出一篇畅达的文章。

其实，在报纸副刊上有一块小专栏，谈谈自己的人生际遇，抒发一下生活的感慨和对社会问题的看法，也是很不错的。不过，小品、随笔虽然可以自由发挥，但总还是要言之有物，不作无病呻吟为好。既然报社给了自己这么好的机会，那就尽量努力写好每一篇，让读者喜欢看。不过，不同的专栏，会有不同层面的读者群，不可能人人都喜欢。

现在的情况就是这样，拉拉杂杂凑成一本小册子，读者诸君挑自己喜欢的看就是。

蒋忠和

2017年9月10日

图书在版编目（CIP）数据

燕堂夜话／蒋忠和著. -- 北京：作家出版社，2019. 5（2023.2重印）
（澳门文学丛书）
ISBN 978-7-5212-0253-3

Ⅰ. ①燕… Ⅱ. ①蒋… Ⅲ. ①散文集－中国－当代 Ⅳ.
①I267

中国版本图书馆CIP数据核字（2018）第224030号

燕堂夜话

作　　者：蒋忠和
责任编辑：杨兵兵
装帧设计：棱角视觉
出版发行：作家出版社有限公司
社　　址：北京农展馆南里10号　　**邮　　编：**100125
电话传真：86-10-65067186（发行中心及邮购部）
6-10-65004079（总编室）
E-mail:zuojia@zuojia.net.cn
http://www.zuojiachubanshe.com
印　　刷：固安兰星球彩色印刷有限公司
成品尺寸：133×214
字　　数：245千
印　　张：10.875
版　　次：2019年6月第1版
印　　次：2023年2月第3次印刷
ISBN　978-7-5212-0253-3
定　　价：40.00元

第一批出版书目

王祯宝《曾几何时》

水　月《挥手之后还会再见吗》

邓晓炯《浮城》

未　艾《轻抚那人间的沧桑》

吕志鹏《在迷失国度下被遗忘了的自白录》

李成俊《待旦集》

李宇樑《狼狈行动》

李观鼎《三余集》

李鹏翥《澳门古今与艺文人物》

吴志良《悦读澳门》

林中英《头上彩虹》

赵　阳《没有错过的阳光》

姚　风《枯枝上的敌人》

贺绫声《如果爱情像诗般阅读》

袁绍珊《流民之歌》

黄坤尧《一方净土》

黄德鸿《澳门掌故》

梁淑淇《爱你爱我》

寂　然《有发生过》

鲁　茂《拾穗集》

穆凡中《相看是故人》

穆欣欣《寸心千里》

以上按作者姓氏笔画排序

第一批出版书目

曾几何时
王祯宝／著
Colecção Literatura
de Macau
作家出版社
曾几何时
挥手之后还会再见吗
浮城
轻抚那人间的沧桑
在迷失国度下被遗忘了的自白录
诗旦集
三命集
澳门古今与艺文人物
悦读澳门
头上彩虹

第二批出版书目

太　皮《神迹》
尹红梅《木棉絮絮飞》
卢杰桦《拳王阿里》
冯倾城《未名心情》
朱寿桐《从俗如流》
吕志鹏《挣扎》
邢　悦《被确定的事》
李烈声《回首风尘》
沈慕文《且听风吟》
初歌今《不渡》
罗卫强《恍若烟花灿烂》
周　桐《除却天边月没人知》
姚　风《龙须糖万岁》
殷立民《殷言快语》
凌　谷《无边集》
凌　棱《世间情》
黄文辉《历史对话》
龚　刚《乘兴集》
陶　里《岭上造船笔记》
程　文《我城我书》
程祥徽《多味的人生之旅》

以上按作者姓氏笔画排序

第二批出版书目

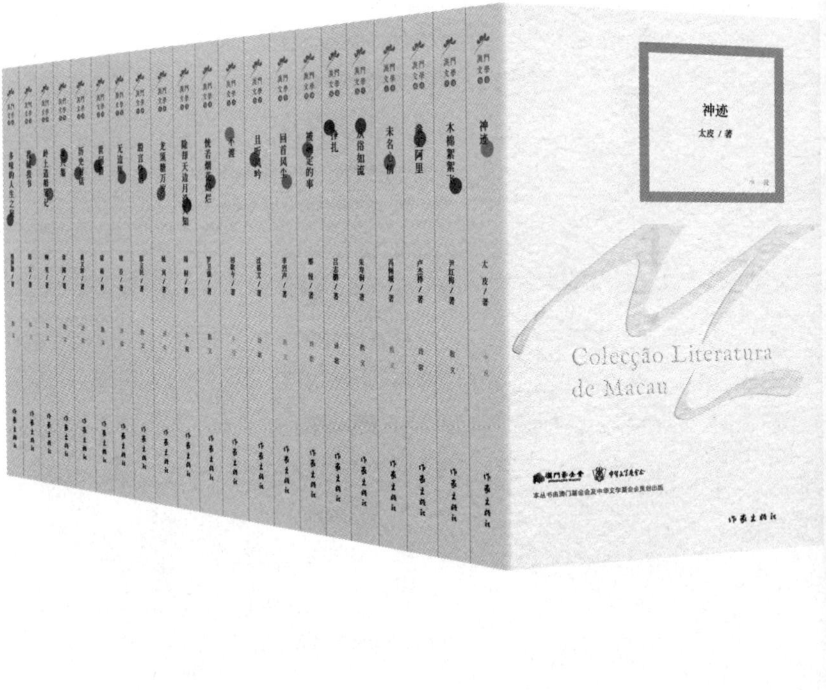

第三批出版书目

太　皮《一向年光有限身》

李文娟《吾心吾乡》

何　贞《你将来爱的人不是我》

陈志峰《寻找远方的乐章》

吴淑钿《还看红棉》

陆奥雷《新世代生活志：第一个五年》

杨开荆《图书馆人孤独时》

李嘉曾《且行且悟》

卓　玛《我在海的这边等你》

贺越明《海角片羽》

凌　雁《凌腔凌调》

谭健锹《炉石塘的日与夜》

穆欣欣《当豆捞遇上豆汁儿》

以上按作者姓氏笔画排序

第三批出版书目

澳門文學 丛书